***

Lieben und hassen
Nicht von dir lassen
Nehmen und geben
Im siebten Himmel schweben
Nicht rasten, nicht ruhen
Alles für dich tun
Dich beißen, dich küssen
Dich lieben müssen

M. S. Dueschamm

***

FSC
www.fsc.org
MIX
Papier aus ver-
antwortungsvollen
Quellen
Paper from
responsible sources
FSC® C105338

Herstellung und Verlag: BoD - Books on Demand, Norderstedt
C 2016 by Owe Klajü und Klaus-Jürgen Mausi Sparfeld

ISBN 9783741263316

Titelfoto: Mausi Sparfeld
Foto Rückseite: Mausi Sparfeld

Owe Klajü

Das Nordlicht, das Bier und ich

***

Roman

„Das Nordlicht, das Bier und ich", das klingt schon ein bißchen absonderlich im ersten Moment, oder? Bei genauerem Hinsehen ändert sich das auch nicht wirklich. Gut, man hätte dem vorliegenden Werk auch einen anderen Namen geben können, hat man aber nicht. Und das hat auch einen Grund: Wenn man die Geschichte dahinter kennt, dann bekommt das Ganze irgendwie ein Gesicht; am Ende jedenfalls. Zum besseren Verständnis des gewählten Titels wollen wir ein wenig näher auf seine einzelnen Bestandteile eingehen.

Zunächst einmal haben wir drei scheinbar wahllos zusammengewürfelte Dinge: Nordlicht, Bier und Ich. Drei Dinge, die für sich allein genommen nicht ungewöhnlich sind.

Als erstes ist da das Nordlicht. Nun, was ein Nordlicht ist, weiß wohl fast jeder. Aber selbst, wer es nicht genau weiß, der hat zumindest schon einmal davon gehört. Für die völlig Ahnungslosen hier die Definition, die ich in einem schlauen Buch gefunden habe, das von einem noch schlaueren Menschen geschrieben worden sein muß:

„Das Polarlicht ist eine Lichterscheinung, die es als Nordlicht, das am Nordpol auftritt und als Südlicht, das am Südpol auftritt gibt. Das nördliche Polarlicht heißt wissenschaftlich Aurora borealis, das südliche Aurora australis. Es wird hervorgerufen durch angeregte Stickstoff- und Sauerstoffatome der Hochatmosphäre, die beim Auftreten beschleunigter geladener Teilchen aus der Erdmagnetosphäre auf die Atmosphäre treffen." Alles klar? Man könnte natürlich auch einfach sagen: es ist eine Lichterscheinung. Ja, und für den einen oder anderen ist es nicht einmal das, sondern nur die Bezeichnung für jemanden, der aus dem nördlichen Teil unseres Landes kommt.

Der zweite Bestandteil des Titels bedarf ganz bestimmt keiner näheren Erläuterung und ist auch relativ eindeutig in seiner Bedeutung. Der Vollständigkeit halber sei aber hier eine Definition aufgeführt, die auf Grund ihres Auftretens in einem wissenschaftlichen Werk über jeden Zweifel erhaben sein muß:

„Unter Bier wird ein alkohol- und kohlensäurehaltiges Getränk verstanden, das durch Gärung aus den Grundzutaten Wasser, Malz und Hopfen gewonnen wird." Na denn: Prost!

Nun zum dritten und wichtigsten Teil: zum „Ich", also zu mir. Es ist kaum zu glauben, aber auch hier gibt es eine einschlägige Definition, die da lautet:

„Ich ist ein Personalpronomen, mit dem die aussagende Person auf sich selbst verweist!" Also ich auf mich sozusagen. Das tue ich denn auch und verweise: Ich, das bin ich, Jens, Jens Müller. Ja, richtig: Jens Müller. Nicht Friedrich-Amadeus Schmiedehammer oder Theodor von Hohenberg, nein, einfach Müller, Jens Müller. Das erklärt sich so: mein Vater hieß auch Müller, Joachim Müller. Und auch sein Vater war ein Müller, zumindest dem Namen nach, Hans Müller. Der Vater von Hans Müller, also mein Uropa, trug den bedeutenden Namen Waldemar Müller. Weiter läßt sich die Geschichte der Müller, die mir den Namen gegeben haben, nicht zurückverfolgen. Aber ich glaube, ich habe hinreichend erläutert, warum ich den Namen Müller trage.

Meine Mutter, Mama Müller, eine geborene Schneider, ist die Frau meines Vaters, des Joachim Müller, Sie erinnern sich? Gut, denn die Zusammenhänge sind nicht ganz unwichtig für die folgenden Ereignisse, die in engem Zusammenhang vor allem mit der Familie meiner Mutter, den Schneiders also, stehen. Das mag alles ziemlich verwirrend erscheinen. Das kann ich gut verstehen, weil es mir genauso ginge, wenn ich nicht wüßte, worum es eigentlich geht. Und selbst, da ich alles weiß, denn ich habe es ja erlebt, bin ich mir nicht gänzlich sicher, ob das meine Verwirrung vollständig beseitigt hat.

Wer nun beschlossen hat, dieses Werk nicht sofort wieder zur Seite zu legen, sondern tiefer in die Geschichte einzusteigen, dem sei noch mitgegeben, daß das mit dem „Nordlicht" und dem „Bier" nicht so ganz wörtlich genommen werden darf; das mit dem „Ich" schon!

Kapitel 1

Begonnen hat alles, jedenfalls soweit es diese Geschichte betrifft, mit dem Tod von Opa Schneider, dem Vater meiner Mutter. Opa Schneider lebte weit von uns entfernt im Norden unseres schönen Landes. Ich kannte Opa Schneider kaum. Eigentlich kannte ich ihn genau genommen überhaupt nicht. Alles, was ich von ihm wußte, wußte ich aus den Erzählungen meiner Mutter und meines Vaters, der ihn übrigens auch nicht persönlich gekannt hatte. Und das, was ich wußte, zeichnete kein besonders vorteilhaftes Bild von Opa Schneider. Es war eher so, daß ich ganz zufrieden war, diesem Herrn nie begegnet zu sein. Dieser Opa Schneider also war nun tot. Gestorben im biblischen Alter von 101 Jahren. Als mein Vater den Brief von dem Anwaltsbüro in Husum geöffnet hatte, sagte er:

„Du Katie, dein Vater ist gestorben – ich dachte, der ist schon seit Jahren tot!"

Dieser Brief von diesem Anwaltsbüro war der Auslöser alles Folgenden. Mama hatte geerbt. Sie war die einzige Tochter ihrer Eltern. Opa Schneider lebte in einem alten Bauernhaus, das durchaus nicht den Eindruck eines Schlosses machte, wenn man den Erzählungen meiner Mutter glauben durfte, die ja schließlich dort aufgewachsen war. Immerhin aber gehörte zu dem Haus wohl ein stattliches Stück Land, das durchaus einen gewissen Wert erlangt haben mußte auf Grund seiner Lage am Ortsrand. Der Brief des Anwalts enthielt drei Bahnkarten erster Klasse nach Husum für den 23. Juni. Dort sollte dann die Testamentseröffnung stattfinden. Mama war schrecklich aufgeregt und schrecklich ärgerlich:

„Das sieht meinem Vater wieder ähnlich! Typisch! Noch im Grab läßt er einen nicht in Ruhe und will der sein, der bestimmt, was geschieht!"

„Nun rege dich doch nicht so auf..." versuchte mein Vater

beruhigend auf meine Mutter einzuwirken. Wer das Leuchten in seinen Augen gesehen hatte, als er das von dem Erbe gelesen hatte, verstand, warum er das tat.

„Nicht aufregen! Na, du hast gut reden! Nach Husum! Was soll das denn! Nur, um so ein Blatt Papier vorgelesen zu bekommen. Was soll da schon drin stehen? Der Alte hat sich nie gemeldet, als er noch gelebt hat. Das Haus kann er behalten, der alte Geizhals!"

„Wie redest du denn von deinem lieben Vater, mein Schatz?" sagte Papa, „so ein Haus kann ganz schön was wert sein inzwischen. Du kannst es ja verkaufen. Mit dem Land bringt das bestimmt ein ganz hübsches Sümmchen!"

„Ach..." Mama sah Papa ein wenig vorwurfsvoll an: „Joachim, du denkst mal wieder nur an das Geld. Das Geld ist mir egal. Ich habe damit abgeschlossen. Ich will nicht, daß das alles wieder hoch kommt!" Mama war zum Fenster gegangen und schaute durch die alten Gardinen hinunter auf die Straße.

„Katie!" sagte mein Vater und näherte sich seiner Frau von hinten. Er legte seine Arme auf ihre Schultern:

„Denk doch an uns – und an Jens! Das Geld wird uns nichts schaden. Wer weiß, was er noch alles angehäuft hat! Du hast doch selber gesagt, daß er nie was ausgegeben hat!"

„Schon, aber..." meine Mutter sträubte sich noch immer.

„Katie! Wir machen gleich ein paar Tage Urlaub da oben. Wann waren wir das letzte Mal so richtig weg?" Mama zuckte mit den Schultern. „Na siehst du!" sagte mein Vater und zog meine Mutter zu sich heran. Seine Hände legten sich um ihr Dekolleté. „Es wird bestimmt nett – und es kostet uns ja nichts. Es wird alles bezahlt, steht in dem Brief. Komm, gib deinem Herzen einen Stoß, Katie, bitte!"

„Ach, Joachim!" Meine Mutter lehnte ihren Kopf an seine Brust. „Meinst du wirklich?" sagte sie mit einer Spur von Sehnsucht in der Stimme.

„Ja, ich meine!"

„Ich weiß nicht", sagte sie, noch immer nicht ganz überzeugt, „ich weiß nicht, ob das gut ist!"

„Was soll denn schon passieren?" Mein Vater lachte laut:

„Wir hören uns das an, was der Anwalt zu sagen hat, schauen uns alles an und überlassen den Verkauf dann ihm! Für uns sehe ich da keinerlei Probleme!"

„Ja, Joachim, du..." begann meine Mutter.

„Genug mit der Schwarzseherei! Denke an das Meer, die Sonne und den Strand – wie oft in den letzten Jahren wolltest du ans Meer?"

„Ja, gut, dann fahren wir halt und nutzen wir die Reise für ein paar Tage Urlaub an der See!" gab sie ihren Widerstand schließlich überraschend schnell auf.

„Siehst du, so gefällst du mir! Das ist die Frau, die ich geheiratet habe!" sagte Vater erfreut und löste sich von meiner Mutter.

Damit war es beschlossen. Da die Ferien erst zwei Wochen später begannen, wurde ich von der Schule befreit – was mir zwar keine Magenschmerzen bereitete, aber ein Jahr vor dem Abitur war das natürlich auch nicht gerade der beste Zeitpunkt. Außerdem teilte ich die Begeisterung darüber, in irgendein Kaff an der Nordsee zu fahren, wo es wahrscheinlich Nichts außer Nichts gab, in keiner Weise. Ich wäre lieber in Berlin geblieben und hätte die Zeit anders genutzt, in der meine Eltern sich an der See erholten:

„Ihr könntet doch ohne mich fahren?" versuchte ich es vorsichtig, „dann wäret ihr mal wieder so richtig alleine, das wäre doch bestimmt schön, oder?"

„Jens!" meine Mutter sah mich strafend an, „Opa will uns alle drei da haben!"

„Aber, er bekommt es doch sowieso nicht mehr mit – außerdem habe ich ihn gar nicht gekannt. Und die Schule..."

„Meinst du denn, Jens", sagte meine Mutter und sah mich strafend an, „dein Opa hat sich das so überlegt und ist absichtlich genau jetzt gestorben?"

„Nein, natürlich nicht!"

„Na siehst du! Und wir sind nun mal seine Familie, er hat – hatte ja sonst keinen mehr!"

„Ja, Mama, ist ja gut."

Der Zug wurde langsamer und schließlich geschah das Unausweichliche: er hielt auf dem Husumer Hauptbahnhof. Ich glaube, daß dieser Bahnhof auch gleichzeitig der einzige Bahnhof des Ortes war. Was mich aber noch mehr wunderte war, daß es hier überhaupt einen Bahnhof gab.

Wir, Mama, Papa und ich waren die Einzigen, die den Zug hier verließen. Das resultierte nicht unwesentlich daraus, daß wir auch, abgesehen einmal von dem Schaffner und dem Lokführer, die Einzigen waren, die sich in dem Zug befunden hatten.

Als wir aus dem Bahnhofsgebäude traten, wurde mir schlagartig klar, warum man Husum auch „die graue Stadt am Meer" nannte. Zumindest das „Grau" bedurfte keiner weiteren Erklärung. Das mit dem Meer erschloß sich mir erst später.

„Ach, es hat sich gar nicht verändert!" sagte Mama und es schwang ein seltsamer Unterton in ihrer Stimme mit. Man hätte beinahe vermuten können, daß sie sich freute, endlich wieder in ihrem Heimatort sein zu können. „Findest du nicht auch, Joachim? Sag´ doch mal selbst! Als wenn die Zeit stehen geblieben wäre!" Mama kam aus dem Schwärmen gar nicht mehr heraus.

„Ja, Katie", sagte mein Vater ohne die Begeisterung meiner Mutter in der Stimme zu haben, „die Zeit ist aber nicht stehen geblieben und wir müssen in einer halben Stunde beim Notar sein! Außerdem bin ich in meinem ganzen Leben noch nie hier gewesen, falls du dich erinnerst!" Er schüttelte den Kopf.

„Hach!" rief Mama, „das hätte ich jetzt fast vergessen. Dann kommt, schnell. Hier lang!" Sie winkte mit der einen Hand und entschwebte auf die andere Straßenseite.

„Komm Jens", sagte Papa augenzwinkernd, „bringen wir es hinter uns!"

„Ja, tun wir das!" sagte ich und warf mir den Trageriemen meiner Reisetasche über die Schulter.

„Hier, das ist es!" Mama klang verzückt, als sie keine fünfzehn Minuten später vor einem großen, alten Gebäude stehen blieb, das eher wie ein Hotel als wie eine Anwaltskanzlei wirkte. Sie blickte die Fassade empor: „Da, seht ihr, das alte Schild mit dem goldenen Becher!" Wir sahen es. „Das gab es schon, als ich hier meine Ausbildung angefangen habe!"

„Du hast eine Ausbildung beim Anwalt gemacht?" fragte Papa verwundert und auch ich schaute Mama fragend an, „das hast du ja nie erzählt!"

„Wieso beim Anwalt?" In Mamas Stimme schwang Unverständnis. „Ich habe im Hotel gelernt, das wißt ihr doch!"

„Hotel?" Papa und ich sahen uns an und wußten nicht genau, was Mama uns sagen wollte.

„Ach, das war mal ein Hotel!" sagte Papa schließlich.

„Das ist ein Hotel!" sagte Mama ärgerlich. „Da!" sie zeigte auf die große Tür, die in das Innere des Gebäudes führte, „da steht´s doch ganz groß: Hotel zum Goldenen Becher!"

„Hotel zum Goldenen Becher" wiederholten Papa und ich.

„Ja, hier werden wir wohnen, erstmal, denke ich!"

„Ja, gut, aber erst..." Papa deutete auf seine Uhr, „der Anwalt? Wo ist der Anwalt? Du denkst an den Termin?" Papas Stimme wurde ärgerlicher, „Anwälte haben viel zu tun und der wartet bestimmt nicht den ganzen Tag auf Frau Katja Müller, geborene Schneider aus Berlin!"

„Blablabla", sagte Mama, „jajaja" fügte sie hinzu, „ich habe das nicht vergessen, ich wollte euch das nur mal schnell zeigen! Der Anwalt ist gleich da drüben!" Sie streckte ihren rechten Arm aus und schwang ihre Handtasche in die Richtung in der der Arm sich bewegt hatte. Papa und ich folgten ihrem Blick und richtig: Auf der anderen Straßenseite, direkt gegenüber von dem Hotel stand ein ebenso altes und ebenso großes Haus, an dessen Fassade ein emailliertes Schild mit der Aufschrift „Christensen und Christensen, Anwälte und Notare" prangte.

„Dann laß uns gehen, es ist Zeit!" sagte Papa mürrisch und zog mit seinem Koffer los, dem Eingang der Kanzlei entgegen. Mama und ich folgten.

Wir betraten das Innere des Gebäudes durch eine große, schwere Holztür, die aus zwei Flügeln bestand und höher war, als Papa groß. Gut, Papa war kein Riese mit seinen 1,70 Metern, aber die Tür war noch gut einen Meter höher.

„Wauw!" sagte ich, „wirkt ja gewaltig." Ich trat durch die Tür und ein weiteres „Wauw!" kam über meine Lippen, ehe ich es verhindern konnte. Wir befanden uns in einer in meinen Augen riesigen Eingangshalle. Sie wirkte so groß, daß ich mich fragte, wie sie in das Haus passen konnte, das sie umgab. Die
Halle war rund und die Wände mit Holz getäfelt. Mit einem edlen, polierten Holz. Die Decke war in Stuck gefaßt und mit riesigen Figuren bemalt. Ich sah eine Frau mit einer Waage, einen alten Mann mit einem langen grauen Bart und einem schwarzen Hut, der in seiner Hand ein kleines Hämmerchen trug, wie es Richter zu tun pflegen. Dann gab es da noch eine Darstellung der Pallas Athene und eine Person, die in eine römische Toga gehüllt war. Zwischen den einzelnen Personen hatte man Schriftstücke in Pergamentform platziert, die mit kurzen Texten beschriftet waren, die ich nicht lesen konnte, da sie in Latein und griechisch und anderen Sprachen abgefaßt waren, derer ich nicht kundig war. In der Mitte hing von der Decke ein großer kristallener Kronleuchter, der den ganzen Raum in glitzerndes Licht tauchte. Auch an den Wänden befanden sich Darstellungen von Personen, die alle einen Bezug zum Rechtswesen zu haben schienen. Von der Eingangshalle gingen drei Türen ab. An jeder Raumseite, so weit man das von einem runden Raum sagen kann, eine.

„Familie Müller?" Eine markante weibliche Stimme riß mich aus meinen Gedanken. Vor uns stand eine ältere, gepflegte Dame in einem Kostüm, wie man es in den 60er Jahren zu tragen pflegte. Ihre grauen Haare waren zu einem Dutt hoch gesteckt. „Wir haben sie schon erwartet. Mein Name ist Karsten. Ich hoffe, sie hatten eine angenehme Anreise?" Ohne eine Antwort abzuwarten, fuhr sie fort: „Kommen sie bitte, hier entlang!" Sie zeigte auf die Tür, die der Eingangstür direkt gegenüber lag. Ich fragte mich, woher Frau Karsten so plötzlich gekommen war. Alle Türen waren geschlossen und ich hatte auch nicht gesehen, daß sich eine geöffnet hatte. Ich hatte keine Zeit, weiter darüber nachzudenken, da wir nun in den Raum hinter der Tür gegenüber der Eingangstür geschoben wurden. Da standen wir nun, etwas verunsichert in diesem, auch nicht gerade kleinen Raum, dessen Wände fast vollständig mit gefüllten Bücherregalen bedeckt waren. Lediglich links des uns gegenüberliegenden Fensters gab es eine bücherfreie Stelle an der Wand, an der ein großes altes Bild hing, das einen großen, alten Mann darstellte.

„Das ist Wilhelm Christensen", sagte Frau Karsten, die unsere Blicke bemerkt haben mußte, „der Gründer der Kanzlei und Urururgroßvater des jetzigen Herrn Christensen, den sie gleich kennen lernen werden. Nehmen sie doch Platz, bitte!" Sie deutete auf drei Stühle, die sich vor dem riesigen Schreibtisch befanden, der vor dem Fenster stand und die ich erst jetzt bemerkte. „Bitte!" wiederholte sie und deutete erneut auf die Stühle, „ich werde Herrn Christensen über ihr Eintreffen informieren. Sie entschuldigen mich!" Sie machte auf dem Absatz kehrt und verschwand durch eine kleine Tür auf der linken Wandseite.

„Ja", sagte Mama und setzte sich auf den mittleren Stuhl.

„Ja", sagte Papa und nahm auf dem Stuhl rechts daneben Platz.

„Ja", sagte auch ich und ließ mich auf den freien dritten Stuhl fallen.

„Hast du dir das so vorgestellt?" fragte Papa Mama.

„Nein, so nicht. Ich kenne das Haus. Ich war hier aber nie drin!"

„Obwohl du deine Ausbildung gegenüber gemacht hast?" sagte ich ungläubig.

„Ich habe im Hotel gearbeitet. Das ist nicht wie heute. Das war eine andere Welt. Ich hatte nichts mit Anwälten zu tun; also, was sollte ich hier." Mama seufzte. „Die Familie Christensen hat nicht weit von uns gewohnt."

„Das ist auch nicht schwer bei der Größe des Ortes!" konnte es sich Papa nicht verkneifen einzuwerfen. Er tat das oft, Mama mit ihrer Herkunft aufzuziehen.

„Ja, ja" Mama winkte ab, „die wohnten in einem riesigen Haus. Ich mußte da auf dem Weg zur Schule immer vorbei. Wenn es dunkel war und drinnen Licht, konnte man manchmal reinschauen – das war für mich wie Tara!"

„Tara?" sagte mein Vater.

„Tara, Papa! Das ist die Plantage in `Vom Winde verweht´!"

„Ach so. Na, wenn das so ist." Papa war kein Fan von alten Hollywoodfilmen. Mama liebte sie. Überhaupt, wenn ich die beiden so hörte, fragte ich mich zu weilen, warum sie geheiratet hatten. Seit wir Husum erreicht hatten, verhielten sie sich noch mehr als sonst so, daß man einfach darüber nachdenken mußte. Es gab eigentlich nicht viel, was sie gemeinsam hatten: Papa liebte Fußball, Mama machte sich gar nichts daraus. Sie war nicht einmal dazu zu bewegen, sich ein Spiel im Fernsehen anzusehen. Mama ging oft und gerne mit ihren Freundinnen ins Theater. Papa lieber in die Kneipe mit seinen Freunden. Mama liebte das Meer, Papa die Berge. So ging es in fast Allem. Aber irgendetwas mußte es geben oder gegeben haben, was sie verbunden hat.

„Ja, irgendwas!" sagte ich.

„Was?" Mama und Papa sahen mich gleichzeitig an.

„Wie? Was? Nichts, äh, Tara" versuchte ich, Mama an ihren Gedankengang anknüpfen zu lassen, „es erinnerte dich an Tara."

„Ja, mein Sohn, an Tara. Du kennst den Film. Im Gegensatz zu deinem Vater, diesem Kulturbanausen!" Sie warf ihm einen verächtlichen Blick zu. Das heißt, sie drehte ihren Kopf leicht in seine Richtung. Den Blick selber konnte ich nicht sehen, aber er mußte verächtlich gewesen sein, den mein Vater seinerseits antwortete mit einem einfachen:

„Tss!"

„Jedenfalls werde ich nie den Tag vergessen, als ich das erste Mal in diesem Haus sein durfte."

„Du warst in dem Haus?" sagte ich überrascht.

„Was hattest du denn in diesem Haus zu suchen?" hörte ich Papa mit einem abfälligen Unterton in der Stimme sagen: „Daß du auch geputzt hast während deiner Ausbildung hast du uns verschwiegen!" Papa war sichtlich sauer.

„Das hatte ich überhaupt nicht nötig, **mein** Vater hat gut für mich gesorgt." Sie betonte dieses „mein" in einer ganz besonderen Form und verfehlte damit auch nicht die beabsichtigte Wirkung. Mein Vater verschränkte die Arme vor der Brust und starrte geradeaus in Richtung Fenster. Seine

Eltern, insbesondere sein Vater, hatten sich wenig um ihn und seine Schwestern gekümmert. Vielmehr mußte er schon mit vierzehn in die Ausbildung, damit er etwas zum Familieneinkommen beisteuern konnte. Die körperlichen Kontakte seines Vaters zu ihm beschränkten sich auf die Momente, in denen er seine Hand gegen ihn erhob. Das hatte er mal erzählt und ich hatte mein bisheriges Leben lang davon profitiert, weil er alles anders machen wollte, als sein Vater es getan hatte.

„Warum warst du in dem Haus, Mama?" fragte ich, um die unerträgliche Stille in dem Raum zu durchbrechen.

„Das war…" begann Mama und wurde durch das Knarren einer sich öffnenden Tür unterbrochen. Wie auf Kommando schauten wir alle in die Richtung. In der Tür, in der Frau Karsten entschwunden war, erschien sie jetzt wieder.

„Herr Christensen", sagte sie und deutete auf den großen Mann mittleren Alters, der jetzt hinter ihr in dem Türrahmen erschien, „die Familie Müller aus Berlin" vollendete sie ihren Satz und zeigte jetzt auf uns.

„Danke, Frau Karsten. Das wär's für's Erste."

„Herr Christensen?" Frau Karsten machte keine Anstalten, den Raum zu verlassen.

„Ich rufe sie, wenn ich sie brauche, danke!" Er warf ihr einen kurzen Blick zu und Frau Karsten verneigte sich leicht und verließ dann den Raum. Herr Christensen schritt auf uns zu. „Behalten sie doch Platz, bitte", sagte er als er bemerkte, daß wir uns erheben wollten. Aber es war schon zu spät: Familie Müller aus Berlin stand, das Bild einer Ehrengarde bietend in straffer Körperhaltung, Herrn Christensen zugewandt. „Na, dann", sagte Herr Christensen lächelnd, „ich weiche mal ein wenig von der Etikette ab" fuhr er fort und reichte mir die Hand. „Das ist bestimmt der Jens. Hallo mein Jung!"

„Ja, Jens, Jens Müller. Guten Tag." Es klang wie „Rekrut Müller, zu Befehl!" Es fehlte nur noch, daß ich salutiert hätte. Aber dieser Mann hatte etwas Respekteinflößendes und Unnahbares und strahlte doch gleichzeitig eine Wärme aus, die den ganzen Raum zu erfüllen schien.

„Herr Müller", sagte er knapp und reichte Papa die Hand.

„Herr Christensen." Was dann folgte, überraschte nicht nur mich, sondern sichtlich auch Papa. „Katja!" rief Herr Christensen und strahlte über das ganze Gesicht.

„Knut!" antwortete meine Mutter und ein Lächeln umspielte ihre Mundwinkel.

„Das wir uns nochmal sehen! Katja, wie lange ist das her!"

„Sehr, sehr lange, Knut" sagte meine Mutter und atmete lang und tief ein.

„Komm, laß dich umarmen!"

„Knut, nicht!" flüsterte Mama, der die ganze Situation in Gegenwart ihres Mannes sichtlich peinlich war.

„Nur zu!" sagte Papa, um Haltung bemüht, „unter alten Freunden..." Seine Hand machte die entsprechende Bewegung.

„Katja!" sagte Herr Christensen erneut und schloß meine Mutter in seine Arme. Auf Grund des Größenunterschiedes der beiden verschwand sie regelrecht in ihnen. „Gut siehst du aus!" sagte er, nachdem er sich wieder von ihr gelöst hatte.

„Du auch", sagte meine Mutter und ihre Gesichtsfarbe wurde noch eine Spur röter, wenn das überhaupt möglich war.

„Aber, wir können später reden. Jetzt erstmal zu dem traurigen Anlaß, der uns dieses Wiedersehen beschert hat." Er setzte sich hinter den Schreibtisch und nahm eine Brille aus einem Etui, das dort gelegen hatte. Er setzte sie auf. „Ja, das Alter geht nicht spurlos an einem vorbei! Jedenfalls an mir nicht!" Setzte er hinzu und sah meine Mutter bewundernd an. Die Mine meines Vaters verfinsterte sich zusehends. Das konnte ich sogar von meinem Platz aus sehen. Und selbst, wenn ich es nicht hätte sehen können, hätte ich es gespürt. Es lag etwas Drohendes in dem Raum und ich hatte den Eindruck, daß ein kleiner Funke genügte, um zu einer gewaltigen Explosion zu führen. „Also", fuhr Herr Christensen fort, „Ich habe hier das Testament des Hans Björn Olofson, bekannt als Hans Björn Schneider."

„Olofson?" Mama schien überrascht.

„Ja, Katja, Olofson, so steht es hier", sagte Herr Christensen und zuckte dabei mit den Schultern. „Geboren am in und so weiter ist im Vollbesitz seiner geistigen Kräfte hier erschienen und hat den folgenden letzten Willen aufsetzen lassen: Ich, Hans Björn Olofson, im Vollbesitz meiner geistigen Kräfte vermache mein irdisches Hab und Gut nach dem Tod meines Sohnes, Katja und meiner lieben Vrauke..."

„Sohnes? Vrauke?" Mama wirkte verwirrt.

„Ich dachte, du bist ein Einzelkind", sagte Papa.

„Ich auch!"

„Wie viele gibt es denn da noch? Und, wer ist Vrauke..." Vater blieb der Rest des Satzes im Halse stecken.

„Ich, ich habe keine Ahnung. Meine Schwester? Oder war mein Vater noch einmal verheiratet? Und, er hatte einen Sohn?"

„Ja, so hat er mir das erzählt, Katja. Er hat auch die entsprechenden Unterlagen vorgelegt", sagte Herr Christensen mit ruhiger Stimme.

„Warum hat er mir das nie gesagt? Warum wußte ich das nicht? Wer ist diese Vrauke? Wo ist sie? Und mein Bruder ist tot? Wie hieß er? Wo ist er?"

„Ja, ja, das wird sich schon irgendwie finden", sagte mein Vater ungeduldig, „viel wichtiger ist doch: Was bekommen wir denn jetzt?" Joachim Müller rutschte unruhig auf seinem Sitz hin und her.

„Ich weiß es nicht", sagte meine Mutter mit ausdrucksloser Stimme, „aber, ist das denn wichtig? Ich hatte einen Bruder, den ich nicht gekannt habe und vielleicht ist da noch eine Schwester!"

„Na, jetzt weißt du zumindest, daß einer von beiden tot ist", fügte Papa hinzu und verschränkte wieder seine Arme.

„...meiner lieben Vrauke", fuhr Herr Christensen unbeirrt fort. „Das Erbe umfaßt das Haus und das dazugehörige Grundstück, mit allem, was sich darin und darauf befindet..."

„Darin und darauf!" wiederholte mein Vater.

„Herr Müller, bitte!" sagte Herr Christensen in scharfem Ton. Papa winkte ab. „...darauf befindet", wiederholte Herr Christensen. „Außerdem gehört dazu noch der Besitz in Schweden..."

„Besitz in Schweden?" Die Augen meines Vaters begannen wieder zu leuchten und seine Haltung straffte sich.

Sein Blick bohrte sich förmlich in das Papier, das auf dem Schreibtisch vor Herrn Christensen lag.

„…Da mein Sohn nicht mehr am Leben ist,…"

„Schön, gut, wissen wir schon, einer weniger!" rief mein Vater.

„Joachim!" Mama sah ihren Mann völlig fassungslos an.

„Ja, schon gut, weiter, bitte!" winkte er ab.

„…bleiben als Erben noch Katja und Vrauke."

„Na also!" mein Vater schlug sich mit der flachen Hand auf seinen rechten Oberschenkel, „zwei also! Schon besser!"

„Joachim…", brachte meine Mutter nur hervor und schüttelte dabei ihren Kopf.

„Das Haus in Husum mit dem dazugehörigen Grundstück erhält Katja zur alleinigen lebenslangen Nutzung. Das Sommerhaus in Schweden geht an Vrauke…"

„Na, da ist das letzte Wort noch nicht gesprochen!" sagte mein Vater mit erhobener Hand. Ein Blick von Herrn Christensen brachte ihn zum Schweigen.

„…Sie darf auch das Haus nutzen, so lange sie am Leben ist. Da sich Vrauke nicht in Deutschland aufhält, liegt die Erfüllung meines letzten Willens alleinig in Katjas Händen, die jetzt wahrscheinlich auf einem der Stühle sitzt, auf denen ich im Moment sitze. Sollte sie die Bedingungen…"

„Bedingungen?" Papas Stimme überschlug sich fast.

„Herr Müller!" Herr Christensen verband seine Worte mit einem weiteren strafenden Blick in die Richtung meines Vaters.

„Ja, ja, schon gut", sagte der nur und senkte seinen Blick.

„…die Bedingungen akzeptieren, steht dem Antritt des Erbes nichts entgegen. Erstens: Ich möchte auf dem Friedhof meines Heimatortes neben meiner Frau beerdigt werden. Zweitens: Das Haus und das Grundstück in Husum dürfen frühestens fünf Jahre nach meinem Tod verkauft werden. Drittens, wenn das Haus verkauft wird, erhält Vrauke die Hälfte des Erlöses. Sollte das Haus nach fünf Jahren nicht verkauft werden, bleibt es in Katjas Besitz und fällt nach deren Tod an ihre Erben. Viertens: Katja muß dafür sorgen, daß Vrauke von ihrem Erbe erfährt. Katja hat eine Woche Zeit, um sich zu entscheiden, vom Tage der

Testamentsverlesung an gerechnet. Sollte sie die Bedingungen akzeptieren, liegen Herrn Christensen weitere Anweisungen vor." Herr Christensen holte tief Luft, dann fuhr er fort: „Es folgen die üblichen Abschlußformulierungen, Datum, Unterschriften etc. Das war alles. Gibt es Fragen, die ich beantworten kann?"

„Ich..." Mama hielt sich die Hände vor ihr Gesicht, „ich verstehe das alles nicht!" Sie schaute Herrn Christensen an: „Knut! Das war mein Vater! Wer war mein Vater? Was bedeutet das alles: Olofson? Sein Sohn? Ich habe, hatte einen Bruder ! Und diese Vrauke! War das seine Geliebte oder meine Schwester? Warum...Knut?" Meine Mutter sah ihn hilfesuchend an und schien einem Zusammenbruch nahe zu sein.

„Katja...", begann Knut.

„Alles schön und gut", mein Vater streckte seinen Kopf in die Höhe, „aber was bekommen wir denn nun? Ich blicke da nicht so ganz durch! Und: Was für weitere Anweisungen?" sagte mein Vater mit einem leicht aggressiven Unterton in der Stimme.

„Darüber können wir später noch in Ruhe reden, jetzt sollten Sie das alles erstmal..."

„...Was passiert eigentlich, wenn meine Frau die Bedingungen nicht erfüllt?" fiel mein Vater ihm ins Wort.

„Joachim!" Mama sah ihn verständnislos an.

„Es interessiert mich. Deshalb sind wir doch hier: Wegen des Erbes!"

„Des Erbes wegen!" verbesserte ihn meine Mutter, „des Erbes wegen bist **du** hier – er war, trotz allem, mein Vater!"

„Beruhige dich Katja", beschwichtigte Herr Christensen, „die Frage ist nicht ganz unberechtigt."

„Oh, vielen Dank!" sagte mein Vater spöttisch.

„Wenn ihre Frau das Erbe ablehnt", fuhr Herr Christensen fort, ohne sich aus der Ruhe bringen zu lassen, „dann geht Katjas Anteil an wohltätige Organisationen. Das hat der Verstorbene alles genau festgelegt."

„Also haben wir nichts! So oder so. Das sieht ihm ähnlich, dem alten Drachen!" Papa war außer sich.

„Joachim, bitte, nicht hier!" sagte Mama und sah ihn mit

einer Mischung aus Flehen und Ärger an.

„Ich mache dir einen Vorschlag, Katja" warf Herr Christensen ein und versuchte erneut, die Situation zu deeskalieren: „Ich fahre euch zu dem Haus deines Vaters. Du siehst dir alles an. Du läßt dir die ganze Sache durch den Kopf gehen. Ihr besprecht das", er deutete auf meinen Vater und mich, „und in zwei, drei Tagen treffen wir uns und sprechen nochmal in Ruhe über die ganze Sache. Es gibt da noch ein paar Dinge…"

„Was für Dinge?" Joachim Müller war aufgesprungen.

„Das, Herr Müller, bei allem Respekt", sagte Herr Christensen ruhig, „werde ich ihrer Frau zu gegebener Zeit mitteilen. Das jetzt ist nicht…" Er deutete auf meine Mutter, die nicht mehr Herr ihrer Gefühle zu sein schien: „…der Moment dafür; sie verstehen?"

„Schon gut, schon gut!" winkte Joachim Müller ab und setzte sich wieder.

„Katja?" Knut war aufgestanden und um den Schreibtisch herum gegangen. Er stand jetzt vor meiner Mutter.

„Knut, ich weiß nicht…"

„Katja, glaube mir, das ist das Beste. Du brauchst jetzt Zeit für dich und ihr" er schaute erst Papa und dann mich an, „braucht auch Zeit für euch. Es ist für alle Beteiligten eine nicht ganz einfache Situation!"

„Das kann man wohl sagen!" sagte Papa und nickte mehrmals mit dem Kopf.

„Gut, wenn du meinst, Knut!" sie sah ihn hilflos an.

„Ja, ich meine, komm!" Er reichte ihr die Hände. Sie ergriff sie und man sah, daß sie sie fest drückte.

„Danke!" sagte sie.

„Ich laß euch eine Kopie des Testaments zukommen und hier", er ging zu einer kleinen Anrichte, die an der Wand gegenüber der Tür stand, öffnete eine der Glastüren und entnahm ihr eine kleine Truhe, „das sind die Aufzeichnungen und Tagebücher deines Vaters!" Er hielt ihr die Truhe entgegen.

„Tagebücher?" fragte sie ungläubig und starrte auf die Truhe. „ich wußte nicht, daß er Tagebücher geführt hat! Ich wußte eigentlich gar nichts von ihm, wenn ich das hier alles höre!"

„Es gab wohl Niemanden, der ihn wirklich kannte!"

„Wer war er, Knut, wer war er?"

„Du hast es selbst gesagt: Vor allem dein Vater, Katja, er war vor allem dein Vater!" sagte Herr Christensen und drückte meiner Mutter die Truhe in die Hand.

„Warum konnte er nicht einfach sterben wie jeder andere auch!"

„Die Wege des Herrn sind unergründlich!"

„Ja, unergründlicher, als du weißt!" Sie sah ihn mit einem sonderbaren Blick an. „Eben noch hatte ich ein Leben und eine Vergangenheit, mein Leben und meine Vergangenheit – und jetzt ist alles anders. Einfach so." Sie schnipste mit dem Finger.

„Katja, nichts ist anders, nicht wirklich. Es erscheint dir nur so."

„Nein, Knut, ich spüre es. Vater hat es so gewollt: Alles soll ins Reine kommen. Alles." Sie sah erst Herrn Christensen an, dann meinen Vater, der zwischen Verzweiflung und Wut hin- und hergerissen war und zuletzt mich. Mich, der nicht wußte wie ihm geschah, der noch nicht verstanden hatte, was eben geschehen war.

„Komm", Herr Christensen schob Mama in Richtung Tür und bedeutete uns, ihnen zu folgen „ich hab noch einen Termin nachher. Ich ruf dich an, morgen, ja?"

„Ja, Knut, danke für alles!" sagte Mama und wir verließen das schöne alte Haus und stiegen in den Wagen des Herrn Notar Christensen, der uns zu Mamas Elternhaus fuhr. Das Hotel stand nicht mehr zur Debatte.

„So, da wären wir!" sagte Herr Christensen.

„Hier?" Ich konnte meine Überraschung nicht verbergen. Das Haus, vor dem wir standen war nicht so groß wie das, in dem die Anwaltskanzlei lag, aber es war auch nicht annähernd so winzig, wie ich das nach Mamas Erzählungen erwartet hatte. Es war ein altes Haus aus roten Klinkern im norddeutschen Stil. Das Dach war mit Ziegeln im selben Rot gedeckt und in der Mitte des Hauses erhob sich ein Giebel, dessen Spitze die typischen gekreuzten Pferdeköpfe zierten.

Links und rechts des Giebels, unter dem die Eingangstür lag, waren jeweils drei Fenster, die wie eineiige Zwillinge aussahen. Es gab eine zweite Fensterreihe über der ersten. Das gesamte Haus hatte vielleicht eine Höhe von vier Metern. Nur der Giebel ragte ein gutes Stück darüber hinaus.

„Nichts für große Leute!" dachte ich und folgte den anderen durch das Tor im Lattenzaun, der die Straßenfront zierte. Es war ein einfacher Lattenzaun, der einen neuen Anstrich gut vertragen hätte. Es war ein Lattenzaun wie vor dem Haus der Tante von Tom Sawyer. Ich dachte daran, wie er die Kinder des Ortes dazu brachte, für ihn den Zaun zu streichen und dafür noch Geld kassierte. Ob das in Husum auch möglich war? Wohl eher nicht, so weit aus der Welt war dieser Ort nun auch wieder nicht. Wir hatten die Haustür erreicht. Der Garten vor dem Haus war gut zehn Meter breit und mit kleinen Büschen und Blumen bestanden. In etwa wie ein Bauerngarten, ein Bauerngarten, dem die Hand des Gärtners für längere Zeit gefehlt hatte.

„Komm, Jens!" sagte Mama und bedeutete mir, in das Haus zu treten, „aber paß auf deinen Kopf auf!"

Ein lautes „Au!" folgte auf ein dumpfes „Klong!"

„Jens!"

„Ja, Mama, du hast es gesagt!" Ich rieb mir die Stirn und schaute mich um: Es war alles noch niedriger und kleiner als erwartet.

„Ja, Katja, richtet euch ein, seht euch um, ich melde mich", sagte Herr Christensen und klopfte Mama aufmunternd auf die Schulter. „Herr Müller, Jens!" Dann verschwand er durch die Tür nach draußen.

„Es ist so, als wenn ich gestern erst hier gewesen wäre!" sagte Mama, „alles ist noch da, alles ist unverändert! Ich kann es nicht glauben!" Sie wirkte fast euphorisch, was die Stimmung meines Vaters nicht gerade verbesserte. Vielleicht hatte er gehofft, daß meine Mutter wieder sie selbst sein würde, wenn sie aus der Praxis raus, dieser Herr Christensen weg und sie in dem Haus ihrer Kindheit war. Aber es war nicht so, es schien noch schlimmer zu werden. Vergessen schien das Testament, vergessen schien, daß sie einen Bruder verloren hatte, noch bevor sie ihn gekannt hatte, vergessen schien, daß ihr Vater vielleicht ein zweites Mal verheiratet gewesen war: „Ob?" rief sie „Nein, das wird er nicht! Oder doch?" Sie leuchtete wie eine Lampe und ehe Papa und ich wußten, was sie meinte, rannte sie die kleine Treppe, die sich rechts neben der Eingangstür befand nach oben. Sie wirkte nicht wie die Mutter, die ich kannte: Beherrscht, alles durchdenkend, keine Gefühlsausbrüche habend, sondern wie ein Teenager, der gerade erfahren hatte, daß Ken in Natur sie besuchen würde. „Nein!" hörten wir Mamas Stimme von oben „Nein! Nein! Das gibt es nicht!"

„Ist alles in Ordnung Mama?" rief ich. Papa und ich machten uns ein bißchen Sorgen um den Gemütszustand meiner Mutter.

„Komm", sagte mein Vater und wandte sich der Treppe zu.

„Sollen wir wirklich?"

„Ja!" sagte er knapp und stieg die wenigen Stufen nach oben. Ich folgte ihm.

Meine Mutter stand im Rahmen einer geöffneten Tür, die sich genau gegenüber dem Ende der gewundenen Treppe, also über dem Flur, befand. Sie stand einfach nur da und ihr ganzer Körper war in Bewegung. Sie wippte hoch und runter, ihre Arme waren in Gebetshaltung vor dem Körper und sie schlug die Hände ununterbrochen aneinander wie bei diesen Äffchen, die man aufziehen kann und die dann mit ihren Armen zwei Becken aneinander schellen lassen. Dazu hörte man ein:

„Nein! Nein! Nein!" Es war kein abwehrendes oder ängstliches „Nein!" Es war ein ungläubiges, freudiges „Nein!" Papa und ich versuchten, an Mama vorbei zu sehen um den Grund ihrer Ekstase zu erfahren. Sie schien uns erst wahrzunehmen, als Papa sagte:

„Geht es dir gut?" Und, wie so oft hatte es Papa geschafft, zum falschen Zeitpunkt die richtigen Worte zu wählen. Mama schoß herum, ihr Gesichtsausdruck erstarrte, sie funkelnde ihn an und fauchte:

„Raus! Raus aus meinem Haus!"

„Katie", versuchte Papa, sie zu beschwichtigen, „Katie, bitte!" Er wollte seine Arme um sie legen.

„Faß mich nicht an! Hau ab! Verschwinde!" Sie wich einen

Schritt zurück. So hatte ich meine Mutter noch nicht gesehen. Vater rührte sich keinen Zentimeter.

„Laß uns doch wie Erwachsene vernünftig miteinander reden!" versuchte er es noch einmal.

„Das mußt gerade du sagen!" Sie senkte ihre Arme und ihr Atem wurde ruhiger, sie atmete ein paar Mal tief durch: „Ich gehe jetzt in das Zimmer. Wenn ich wieder rauskomme, will ich dich hier nicht mehr sehen."

„Aber…"

„Ich meine es ernst. Wenn dir noch etwas an mir liegt, dann geh."

„Wohin? Wie lange?"

„Ins Hotel, nach Berlin. Ich weiß es nicht."

„Gut, ich gehe. Ich warte."

„Tu was du nicht lassen kannst!"

„Wie meinst du das?"

„Joachim! Willst du mir sagen, daß du es nicht auch gemerkt hast?"

„Was gemerkt habe, Katie?" sagte er und man merkte ihm an, daß er keine Ahnung hatte, wovon meine Mutter sprach.

„Und hör auf mit diesem `Katie´, du weißt, daß ich das nicht mag!"

„Das hast du gesagt, aber ich dachte, du scherzt!"

„Ja, dachtest du. Das denkst du immer, wenn etwas anders ist, als du es willst."

„Jetzt tust du mir aber Unrecht, Katie!"

„Schon wieder! Katja, nicht Katie! Katie, so hieß unsere Katze!"

„Das hast du nie erzählt! Du hast so vieles nie erzählt!"

„Genau das ist es! Ich habe so Vieles nicht erzählt. Und warum habe ich so Vieles nicht erzählt? Warum wohl?" Jetzt überschlug sich ihre Stimme fast. „Es hat dich nie interessiert. Darum! Deine Familie, deine schwere Kindheit, deine Arbeit, dein Fußball, deine Freunde!"

„Ka…"

„Und wenn du nach Hause gekommen bist, dann war ich da und alles war gut. Hast du mich mal gefragt, wie es mir geht? Was ich den ganzen Tag mache?"

„Ich, natürlich…" stotterte mein Vater.

„Gib dir keine Mühe. Es ist zu spät."

„Zu spät? Wie, von einem Moment zum anderen? Nur, weil wir hierher gefahren sind! Weil wir nichts geerbt haben? Wären wir nicht gefahren, dann wäre alles noch gut?" Mein Vater lief innerlich hin und her. Auf Grund der Enge war dies nur so möglich.

„Wir? Ich höre immer: Wir! Ich! Ich habe nichts geerbt! Dir ging es doch so wie so nur um das Geld, um nichts anderes. Meinst du, ich habe nicht das Leuchten, die Dollarzeichen in deinen Augen gesehen, als du von Papas Tod erfahren hast, als du an das Haus, das Land gedacht hast?" Mein Vater holte tief Luft und wollte etwas sagen: „Sei ruhig!" fuhr ihn meine Mutter an. „Ja, und nun ist da nichts, nichts außer einem alten toten Mann, der ein paar letzte Wünsche hat!"

„Die du ihm doch nicht etwa erfüllen wirst?"

„Ich weiß es noch nicht!"

„Ka…tja! Du bekommst nichts! Keinen Cent! Wozu die Mühe?"

„Ich habe einen Bruder, Joachim!" Meine Mutter sah ihren Mann an ohne ihn anzusehen und in ihrem Blick lag eine gewisse Sehnsucht. „Ich habe einen Bruder und vielleicht eine Schwester, von denen ich bis jetzt nichts gewußt habe und mein Bruder ist tot; verstehst du?"

„Wir können das Testament anfechten! Da gibt es bestimmt Möglichkeiten. Wir kommen auch so an das Geld!" sagte mein Vater aufgeregt ohne auf die Worte meiner Mutter einzugehen.

„Das Geld! Das Geld! Hörst du dich eigentlich selbst, Joachim? Hörst du, was **ich** sage?"

„Du tust mir Unrecht, ich denke auch an uns, Ka…Katja, an uns. Das kann doch nicht auf einmal alles anders sein, nur, weil wir hierher gefahren sind!" Er wirkte verzweifelt.

„Du verstehst es nicht, Joachim. Du wirst es nie verstehen!" Resignation legte sich in die Stimme meiner Mutter: „Es ist nicht nur, weil wir hierher gefahren sind. Es ist nicht deshalb anders. Es war schon lange anders. Es war nicht alles gut. Für dich war vielleicht alles gut. Für mich schon lange nicht. Ich habe versucht, mit dir darüber zu reden…"

„Wann hast du das versucht?"

„Immer wieder, aber du mußtest weg zum Fußball oder wolltest deine Ruhe haben. Immer gab es etwas, das gerade wichtiger war. Irgendwann habe ich es aufgegeben. Ich hatte mich damit abgefunden, daß es für den Rest meines Lebens so bleibt und mir meine eigenen Freiräume gesucht."

„Deine eigenen Freiräume? Was soll das denn heißen! Habe ich dich etwa eingesperrt?"

„Nein, nicht im wörtlichen Sinn, das nicht."

„Na also, du hast doch alles gehabt!"

„Ja, alles außer einer intakten Beziehung! Ich habe keinen Kontakt mehr zu meinem Vater gehabt, es gab nur dich – und Jens natürlich." Sie warf mir einen kurzen Blick zu und lächelte. Sie hatte mich nicht vergessen. Sie war sich bewußt, daß ich hier war, daß ich das alles mit anhörte. Es schien ihr nichts auszumachen, ja, es schien ihr ein Bedürfnis zu sein, daß ich das alles hörte.

„Nicht doch, laß den Jungen aus dem Spiel!" sagte mein Vater, der ihren Blick bemerkt hatte.

„Der Junge ist kein Kind mehr und der Junge hat einen Namen!"

„Was soll das denn nun wieder heißen? Habe ich mich nicht um das Kind gekümmert, wie…"

„Wie was? Überleg´ dir genau, was du sagst, Joachim!" Mama funkelte ihn bitterböse an.

„Vielleicht ist genau das jetzt der Zeitpunkt, um…"

„Ist er nicht und es ist auch nicht deine Entscheidung!"

„Wie du meinst! Was also passiert jetzt?"

„Du gehst und wirst zumindest mich nicht wiedersehen!"

„Das ist nicht dein Ernst?"

„Mein voller Ernst!"

„Das heißt, was? Trennung? Scheidung? Wie stellst du dir das vor! Unsere Wohnung! Unser gemeinsames Leben! Alles nur, weil wir hierher gefahren sind!"

„Nicht nur deshalb", wiederholte sie und schüttelte heftig ihren Kopf. „Es ist nicht die Ursache, nur der Auslöser. Und: Erinnerst du dich?"

„Woran?"

„Ich wollte nicht fahren!"

„Du wolltest nicht fahren? Ich etwa!"

„Ja, du! Das ist dir mal wieder entfallen. Du hast mich ja förmlich dazu gedrängt. Jetzt tut es dir natürlich leid – kein Erbe, da hätten wir auch zu Hause bleiben können und alles wäre noch heile Welt."

„Du machst dich lächerlich! Sag bloß, du hast nicht an das Geld gedacht?"

„Nicht so, wie du..."

„Das soll ich dir glauben?"

„Glaub, was du willst. Ist mir egal. Ich weiß noch nicht genau, wie es weiter geht, aber ich wußte selten so genau, was ich nicht mehr will."

„Und was willst du nicht mehr?"

„Mein Leben mit dir! Das ist vorbei!"

„Mach dich doch nicht lächerlich. Das ist jetzt eine Laune, du bist überfordert, das war alles zu viel für dich heute. Das ist verständlich. Ich gehe. Morgen sieht das alles schon wieder anders aus, glaube mir."

„Wenn es dir hilft, glaube daran. Du wirst von mir hören."

„Und Jens?"

„Jens?"

„Ja, was ist mit Jens! Willst du uns wirklich alleine lassen?"

„Was?" Mama wirkte, als wenn jemand ihr mit der Faust mitten ins Gesicht geschlagen hätte.

„Der Junge braucht seine Mutter!"

„Natürlich braucht er seine Mutter. Aber `er´ ist erstens alt genug, um seine eigenen Entscheidungen zu treffen und zweitens ist er hier", sie zeigte auf mich, „falls du das vergessen hast. Du kannst ihn fragen. Und, keine Angst, daß ich ihn beeinflusse: ich gehe jetzt in das Zimmer und ihr könnt das besprechen, bevor du gehst! Jens, ich freue mich, wenn du hier bleibst. Wenn du mit deinem Vater gehen willst, werde ich dich nicht davon abhalten!" Sie drehte sich um und verschwand in dem Zimmer. Die Tür fiel ins Schloß und Papa und ich standen wie vom Donner gerührt auf dem Absatz am oberen Ende der gewundenen Treppe.

Nach einer gefühlten Ewigkeit sagte Papa: „Komm, laß uns gehen!" Er deutete auf die Treppe.

„Wohin?" fragte ich.

„Keine Ahnung. Ins Hotel erstmal, denke ich."

„Papa…" begann ich zögerlich, „ich, ich will nicht ins Hotel."

„Nicht? Wohin dann?" Er sah mich an und in seinem Blick lag eine gewisse Leere.

„Ich will hier bleiben. Hier bei Mama. Sie braucht mich jetzt."

„Sie braucht dich? Warum sollte sie das tun? Sie braucht niemanden, das hast du doch gehört!"

„Papa, du weißt, daß das nicht stimmt!"

„Weiß ich das?" sagte er und war da schon die halbe Treppe runter, „wie du meinst, dann bleib eben hier. Aber nicht, daß du nachher angekrochen kommst!"

„Papa!" rief ich ihm noch hinterher, „was ist denn los mit dir? Mit Euch?" Aber die letzten Worte hörte er schon nicht mehr.

Da stand ich nun allein oben an der Treppe ohne Vater, der das Haus aufgebracht verlassen hatte und von dem ich nicht wußte, ob und wann ich ihn wiedersehen würde und mit einer völlig unbekannten Mutter, von der ich im Moment gar nichts mehr zu wissen glaubte, die sich in einem Raum hinter einer geschlossenen Tür befand. Ich mußte hier raus. Es war Sommer und es war noch eine ganze Weile hell draußen. Ich stieg die Stufen langsam nach unten, öffnete die Haustür und trat vor das Haus. Die frische Luft tat gut. Es war diese typische Seeluft, die so charakteristisch für die Nordsee sein sollte. Es roch nach Meer und die Wärme der Sommersonne umspielte den Körper. Ich hatte nur ein T-Shirt an, aber es war warm, sehr warm. Ich beschloß, das Grundstück zu verlassen und mich ein wenig in der Umgebung umzusehen. So käme ich wahrscheinlich am besten auf andere Gedanken. Ich mußte meinen Kopf frei bekommen. Ich mußte das verstehen, was heute geschehen war und ich mußte mir klar darüber werden, was das für mich bedeutete.

„Wo lang?" sagte ich zu mir selbst. Ich stand jetzt auf der Straße vor dem Haus. Straße war eigentlich zu viel gesagt, es war eher ein breiter Feldweg, der mit großen Pflastersteinen mehr oder weniger bedeckt war. Das Haus

von Mamas Vater lag noch immer am Ortsrand. Die ersten Reihenhäuser waren gut zweihundert Meter entfernt. Das einzige andere Haus war ein riesiger Backsteinbau, der weiß getüncht war, auf etwa halber Strecke zwischen hier und den anderen Häusern. Ich beschloß in diese Richtung zu gehen. In die andere war nichts als Weideland und in der Ferne etwas wie ein Industriegebiet zu sehen. Mir war nach Häusern und Menschen. Nach Menschen, die ich nicht kannte, die einfach da waren.
Menschen mit denen ich nicht zu sprechen brauchte. Ein Widerspruch in sich: ich wollte nicht alleine sein, aber ich wollte auch keine Nähe. Das große weiße Haus lag jetzt genau vor mir auf der anderen Straßenseite. Ich blieb stehen und betrachtete es eine Weile. Die Eingangstür lag etwas zurück gesetzt unter einem großen Vordach, das von zwei Säulen getragen wurde. Eine Auffahrt befand sich davor.

„Wauw!" sagte ich zu mir selber, „das ist schon etwas Anderes" und mein Blick ging zurück, die Straße rauf, wo sich im Hintergrund die Silhouette des Hauses von Opa Schneider, jetzt Opa Olofson, abzeichnete. Es war eine dumme Angewohnheit von mir, mich oft mit mir selber zu unterhalten, wenn ich unterwegs war. Das mag daran liegen, daß ich meistens alleine unterwegs war. Ich hatte nicht viele Freunde. Nicht, weil man mir aus dem Wege ging. Nein, eher weil ich es vorzog für mich zu sein. Vielleicht war es deswegen auch mit Mädchen nicht so bisher. Ich hatte einmal eine Freundin. Für drei Monate. Das war im letzten Sommer. Sie war in der Nachbarklasse. Groß, blond, gute Figur. Wir hatten auf einer dieser Klassenfeten miteinander getanzt. Der Alkohol sorgte dafür, daß ich ungehemmter als sonst war und versuchte, sie zu küssen. Zu meiner Überraschung ließ sie es zu und mehr noch, erwiderte meinen Kuß. Wir tanzten jeden Blues an diesem Abend und saßen den Rest der Zeit knutschend in einer Ecke. Von da an gingen wir zusammen. Das hieß: Nach der Schule brachte ich sie nach Hause und am Nachmittag trafen wir uns. Wir redeten nicht viel. Die meiste Zeit verbrachten wir damit, unseren Speichel auszutauschen. Einmal, das war kurz vor den Sommerferien, da schob sie meine Hand in ihre Bluse und ich sollte ihre Brust massieren. Ich war wahnsinnig erregt und als ihre Hand dann meine Hose berührte und langsam nach unten wanderte, war es passiert. Es war mir ziemlich unangenehm. Ich spürte förmlich, wie mir das Blut ins Gesicht schoß. Sie schien das ganze sehr amüsant aber nicht weiter überraschend zu finden:

„Das passiert!" sagte sie nur. Es klang, als wenn sie mit derlei Situationen durchaus vertraut war. Wir knutschten weiter und ich gab mir alle Mühe beim Massieren ihrer Brüste. Dann kamen die Ferien und sie verreiste mit ihren Eltern und ich verreiste mit meinen Eltern. Wir haben ein paar Mal telefoniert, aber am Telefon kann man schlecht knutschen und knutschen war wie gesagt unsere Hauptbeschäftigung. Wir hatten uns also nicht sehr viel zu sagen. Wir versprachen uns, einander treu zu sein und freuten uns beide auf das Wiedersehen, das wir kaum erwarten konnten. Als ich sie dann am ersten Schultag sah, stand sie knutschend auf dem Schulhof mit einem Typen aus der Klasse über ihr. Damit war unsere Beziehung wohl beendet. Wir haben nicht darüber gesprochen. Es war eben so. So weit zu meinen Beziehungen. Übersichtlich, kurz und nicht besonders des Erinnerns wert.

„Paß doch auf!" hörte ich eine Stimme. Ich sah nach vorne und blickte in das Gesicht eines mittelalten Mannes, der in einem Auto saß und mich wütend anblickte: „Willst du sterben?" sagte er, „dann aber bitte nicht unter meinem Auto!"

„Tschuldigung, tut mir leid!" murmelte ich.

„Ja, ja, lieber die Augen auf machen!" rief er im Davonfahren. Ich schaute mich um: Überall Häuser und vor mir eine große Straße. Wie lange war ich gelaufen? Ich hatte keine Ahnung. Es war noch hell. Ich beschloß, der großen Straße zu folgen. Links und rechts der Straße lagen die typischen Einfamilienhäuser mit ihren roten Klinkersteinen und den kleinen, gepflegten Vorgärten. Je weiter ich der Straße folgte, je weniger von diesen Einfamilienhäusern gab es. Sie wurden zunächst ersetzt durch einzeln stehende Mehrfamilienhäuser, die dann wiederum mehrstöckigen, sehr schmalen alten Häusern wichen, die direkt eins ans andere gebaut waren. Ein untrügliches Zeichen, daß es nicht mehr weit zum Zentrum sein konnte. Auch die Zahl der Menschen nahm zu. Am Anfang waren es nur sehr Wenige, jetzt konnte man schon von einer gewissen Menge sprechen. Gemessen an der Größe des Ortes jedenfalls. Die meisten von ihnen trugen Taschen oder Tüten mit ihrem Einkauf und schienen auf dem Weg von der Arbeit nach Hause zu sein. Andere gingen, nur mit ihren Telefonen oder Handtaschen in dieselbe Richtung, in der ich mich bewegte. Es waren auch viele Jugendliche darunter.

„Na klar, heute ist Freitag!" sagte ich wieder zu mir, „die gehen in die Disco oder so!" Warum sollte es hier keine Disco geben. Gerade hier lohnte sich so ein Ding wahrscheinlich. Aber es war noch ein wenig zu früh für die Disco. Vielleicht traf man sich am Hafen oder in bestimmten Cafés. Bei uns war es so. Natürlich traf man sich bei uns nicht am Hafen, sondern an der U-Bahn oder S-Bahn, aber das ist doch irgendwie dasselbe. Wenn wir einen Hafen gehabt hätten, hätten wir uns bestimmt am Hafen getroffen. Eigentlich war es mir egal. Ich wollte weder in eine Disco noch in ein Café noch zum Hafen. Ich wollte irgendwohin und nirgendwohin. Mein Ziel war die Ziellosigkeit. Ich überquerte die große Straße und rechts von mir lag jetzt eine Art Schulgebäude. Dahinter waren Bäume zu sehen.

„Ein Park!" sagte ich, „das ist gut. Vielleicht gibt es ja auch einen Friedhof hier!" Ich liebte Friedhöfe. Sie strahlten Ruhe und Erhabenheit aus. Auf ihnen war man mit sich und seinen Gedanken allein. Ein Friedhof wäre jetzt genau das Richtige, dachte ich. Ich hatte den Parkeingang erreicht. Es schien ein relativ großer Park zu sein. Langsam schlenderte ich den Weg entlang. Links tauchte ein Wassergraben auf. Auf dem Wasser schwammen Enten und Möwen und am Rand des Grabens standen hier und da Mütter mit Kindern oder alte Damen, die Brot und andere Dinge in Richtung Wasser warfen, was mit lautem Geschnatter und Gekreische von Seiten der Enten und Möwen quittiert wurde. Es war, wie bei uns im Stadtpark. Nur, daß es dort keine Möwen gab. Hinter dem Graben war eine rote Ziegelsteinmauer zu erkennen, die sich an der ganzen Länge des Grabens entlang zog. Nach

guten hundert Metern knickten sowohl Mauer als auch Graben in einem Neunziggradwinkel nach links ab. Im oberen Teil der Mauer, die vielleicht vier Meter hoch war, sah man kleine Fenster. Ich fragte mich, was das war. Jemanden zu fragen, hätte meinen Wissensdurst stillen können. Ich war aber nicht der fragende Typ. Ich war eher der schauende und hörende Typ. Also ging ich weiter an dem Graben entlang und schaute und
hörte. Nach erneuten hundert Metern machten Mauer und Graben einen weiteren Neunziggradknick. Der Weg führte noch ein Stück weiter geradeaus bis zu einer Gabelung:

„Rechts oder links, das ist hier die Frage!" Unschlüssig stand ich da. Erst schaute ich nach links: Da war weiter hinten eine Ziegelmauer, in der eine Öffnung war mit einem offenen eisernen Tor. Rechts sah ich den Weg im Grün des Parks verschwinden.

„Ich weiß es nicht!" sagte ich und hob beide Arme gleichzeitig seitlich vom Körper in die Höhe. Die Streckung war kaum vollendet, als ein brennender Schmerz in meinen rechten Arm fuhr und er zur Seite gedrückt wurde. Gleichzeitig hörte ich ein:

„Spinnst du?" Dann schepperte es kurz und ich suchte nach dem Schmerzauslöser und dem Geräuschverursacher. „Hier unten! Hilf mir hoch!" hörte ich eine Stimme. Ich schaute auf den Boden vor mir und sah ein Fahrrad und daneben eine Art Bubikopf, der zu jemandem gehörte, der wahrscheinlich vorher auf diesem Fahrrad gefahren war. Ich streckte diesem Jemand meine Hand entgegen.

„Hier", sagte ich.

„Vollidiot!"

„Ein einfaches `Danke´ hätte es auch getan."

„Du findest das wohl auch noch lustig? Ich hätte tot sein können!" schnaufte das Wesen, daß dabei war, seine Beine und Arme auf Schürfwunden zu untersuchen.

„Tot?" sagte ich.

„Klar, tot !"

„Du bist vom Rad gefallen und nicht aus dem Flugzeug!"

„Ha! Ha! Wer den Schaden hat! Obwohl, den Schaden hast ja wohl eher du" sagte das Wesen, das sich als weiblich entpuppte und machte dabei kreisende Bewegungen mit der rechten Hand vor seiner Stirn.

„Scheint dir ja nichts weiter passiert zu sein. Tschau!" sagte ich und wollte mich entfernen.

„Nee, alles super, alles, ahhh!" Im selben Moment spürte ich eine Hand an meinem rechten Arm. Es war ein Gefühl, als wenn sich ein nasser Sack daran gehängt hätte.

„Was denn jetzt?" blaffte ich die Radfahrerin an und wollte sie abschütteln. Ein Blick in ihr Gesicht belehrte mich eines Besseren: „Das ist echt, oder?" sagte ich.

„Klar, meinst du, das ist meine übliche Anmache? Ich bin ja nicht blind!" sie funkelte mich an.

„Da wäre ich mir nicht so sicher!" sagte ich und dachte an den Zusammenstoß.

„Was?" sie klang aufgebracht.

„Nicht nur blind, auch taub!"

„Was hast du gesagt?" ihre Stimme wurde lauter.

„Nichts, gar nichts. Hier, halt dich fest!" Ich hielt ihr meinen Arm hin und hakte sie unter.

„Da, zu der Bank!" befahl sie. Ich schleppte sie bis zu der Bank, die ein Stück weiter am Weg stand.

„Kannst du dich setzen?"

„Bin ja nicht aus Zucker, aua!"

„Nicht aus Zucker, verstehe", sagte ich und mußte das erste Mal grinsen. „Bleib´ hier, ich hole dein Rad!"

„Du meinst das, was davon noch übrig ist!"

„Oder so." Ich ging zu der Unfallstelle zurück und hob das Rad an. Sie hatte recht: es sah nicht sehr gut aus. Das Vorderrad hatte seine runde Form verloren und der Lenker war total verbogen. „Aber das hintere dreht sich noch!" sagte ich, als ich zu der Bank zurückkehrte.

„Das, das ist nicht lustig!" stöhnte sie.

„Nee, rund", sagte ich und wußte nicht, warum ich das sagte. Es war einfach nur blöd. Die erwartete Reaktion blieb aus und sie fing an, zu lachen. Es war ein helles und klares Lachen, das von tief innen kam. Es war ein ehrliches Lachen. Es war das erste Mal, daß ich sie direkt anschaute. Sie lachte und sah mich dabei an. Ich sah ihre Augen. Sie waren grün und es war etwas darin, daß mich magisch anzuziehen schien. Es war so, als wenn ihre Augen mich aufsaugen wollten.

„Das ist hin!" sagte sie schließlich und deutete auf das Rad, daß ich noch immer in meinen Händen hielt. „Gib her!" Sie griff nach dem Rad, „und setz dich."

„Setzen? Ich?" ich schaute um mich herum, ob da noch jemand anders war, aber es war niemand da. Sie meinte wirklich mich.

„Ja, du. Ich glaube, das bist du mir schuldig."

„Ich glaube nicht", fing ich an, brach aber ab und setzte mich.

„Was wolltest du sagen?" Sie sah mich kurz an. Dann fuhr sie fort mit ihren Händen an ihrem linken Knie herumzudrücken. „Es blutet und tut höllisch weh!" beantwortete sie meine nicht gestellte Frage.

„Zeig mal", ich streckte meine linke Hand nach ihrem Knie aus. Auf halbem Weg erreichte mich ihre rechte Hand, die sich auf meine linke legte:

„Vorsicht!" sagte sie und zog meine Hand langsam zu ihrem Knie.

„Warum tut sie das?" fragte ich mich.

„Warum tut wer was?" sagte sie und sah mich fragend an. Ich wollte meine Hand zurück ziehen von ihrem Knie, aber ein sanfter Druck von ihrer Seite führte zum Abbruch der Bewegung.

„Was meinst du?" stellte ich mich dumm. Ich mußte wieder laut geredet haben, wie es eben so meine Art war.

„Du bist schon ein bißchen merkwürdig, oder?"

„Ich?"

„Ja, du. Hat dir das noch niemand gesagt?"

„Nein, bisher noch nicht. Das heißt, bis eben: Du bist die Erste."

„Wundert mich. Aber vielleicht sind ja da, wo du herkommst alle so und deswegen fällst du nicht auf. Wohnst du hier?"

„Ich?"

„Ja, du. Oder siehst du noch jemanden hier? Langsam frage ich mich, wer von uns beiden vom Rad gefallen ist!"

„Nein, eigentlich nicht."

„Aha, klare Antwort!" Sie schüttelte den Kopf. „Du bist merkwürdig!"

„Also, eigentlich heißt, daß ich nicht von hier komme. Ich bin mit meinen Eltern, meiner Mutter hier. Zu Besuch. Sie kommt von hier. In Ordnung?"

„Ich weiß nicht, ob das in Ordnung ist. Aber wenn du es sagst. Hat man da, wo du herkommst auch einen Namen?"

„Klar! Was denkst du!"

„Und?"

„Und was?"

„Ist der geheim oder verrätst du ihn mir. Ich sage ihn auch nicht weiter, versprochen!" flüsterte sie und schob dabei ihren Kopf ganz dicht an meinen. „Jetzt kann es niemand anderes hören!" hauchte sie. Ich spürte ihren Atem und einen kurzen Moment lang hatte ich das Bedürfnis, den Geschmack ihrer Lippen zu kosten. „Also?"

„Müller" kam es aus meinem Mund.

„Müller?" rief sie und zog ihren Kopf ruckartig zurück. „Was ist das denn für ein merkwürdiger Name! Niemand heißt Müller!"

„Tausende heißen Müller! Dein Name ist bestimmt genauso merkwürdig!"

„Meike, ich heiße Meike und das ist nicht merkwürdig!"

„Oh, nee!" Wieder war einer dieser vielen Momente in meinem Leben, um mir die flache Hand an die Stirn zu schlagen: „Du hast vielleicht doch recht damit!"

„Womit?"

„Das ich merkwürdig bin."

„Einsicht ist der erste Weg zur Besserung!"

„Müller ist mein Familienname natürlich!"

„Hätte ich auch drauf kommen können!" sagte sie und lächelte. Ein bezauberndes Lächeln, ein märchenhaftes Lächeln.

„Vielleicht bist du ja auch ein bißchen merkwürdig?"

„Vielleicht. Und?"

„Und was?"

„Wie heißt du denn nun?"

„Jens, ich heiße Jens!"

„Hmm." Sie bewegte ihren Kopf von rechts nach links und

wieder zurück.

„Was ist?"

„Ich bin mir nicht sicher, ob Müller nicht besser ist!"

„Du spielst mit deiner Restgesundheit!" sagte ich und führte meine rechte Hand in ihre Richtung.

„Ich spiele gerne, zuweilen und du?", sagte sie, ergriff meine Hand und zog mich zu sich heran. Ich war so überrascht, darüber, daß ich die Bewegung mitmachte. Ihre Lippen waren weich und angenehm. Ihre Zunge schien mehrere Meter lang zu sein und frei in ihrem Mund zu schweben. Ich wußte nicht, was mit mir geschah. Es mußte einer meiner Tagträume sein, aus dem ich jeden Augenblick erwachen würde. Langsam löste sich ihre Zunge von meiner und ihre Lippen wichen zurück. Sie sah mich an und es waren noch immer diese wundervollen grünen Augen voll unendlicher Tiefe. Wir saßen schweigend da und sahen uns an. Ich habe keine Ahnung, wie lange wir so gesessen hatten, bis sie ihren Blick von mir löste und nach oben richtete:

„Ich weiß nicht, warum ich das getan habe", sagte sie, „das ist nicht meine Art." Ihr Blick wanderte umher, ohne an einem bestimmten Punkt zu verweilen. Sie schien sich unwohl zu fühlen, Ja, ihr Verhalten schien ihr unangenehm zu sein.

„Was ist denn deine Art?"

„Ich weiß nicht."

„Tut es dir leid?" fragte ich.

„Nein!" sagte sie und sah mich dabei wieder an.

„Dann ist es gut."

„Dir?"

„Niemals!"

„Das ist schön. Und", sie zögerte.

„Was?"

„Es war sehr schön. Zu schön!"

„Wie kann es zu schön sein?"

„Ich vermisse es jetzt schon – das ist nicht gut. Ich kenne dich doch gar nicht. Ich weiß noch nicht mal, ob ich dich wiedersehe!" Ihre Augen wurden feucht.

„Hey! Du weinst doch jetzt nicht! Ich hab dich umgehauen, hast du das schon vergessen?"

„Nein! Stimmt. Umgehauen! Im doppelten Sinn, ja!" Jetzt kullerten doch die ersten Tränen an ihren Wangen hinunter.

„Ist gut, alles ist gut!" sagte ich und versuchte, sie durch meine Worte zu trösten. Ich hatte keine Ahnung, wie man so etwas machte. Meine Hand ging an ihre Wange und streichelte ganz leicht über sie. Mit den Fingern fing ich eine Träne auf, um sie dann mit meiner Zunge aufzunehmen. „Salzig!" sagte ich, „salzig, wie das Meer!" Sie nahm meine Hand und legte ihren Kopf an meine Schulter. So saßen wir schweigend, bis die Sonne langsam am Horizont verschwand. Natürlich sahen wir die Sonne nicht verschwinden, weil wir im Park waren und Bäume und Häuser um uns herum standen, aber die Helligkeit nahm ab und für uns war es ein Sonnenuntergang. Für mich stand die Sonne genau vor mir und beleuchtete das Mädchen neben mir, das ich vor ein paar Stunden noch nicht gekannt hatte. Von dessen Existenz ich bis dahin nichts gewußt hatte und das mir im Moment näher war als jeder andere Mensch.

Schließlich kam der unvermeidliche Augenblick. Sie hob den Kopf, sah mich an und sagte:

„Es wird Zeit, ich muß!"

„Ja, ich weiß." Ich stand auf und reichte ihr meine Hände: „Komm, wird es gehen?"

„Ich glaube schon", sagte sie und versuchte, aufzustehen. Ein „Auaah!" beendete den Versuch. Sie ließ sich wieder auf die Bank fallen.

„Und wenn ich dich stütze? Ich nehm auch das Rad."

„Versuchen wir es!"

„Na also! Einmal ist keinmal!" sagte ich, als ihr das Aufstehen gelungen war.

„Das mit dem Rad geht nicht so, wie ich mir das gedacht habe!" Ich ließ es wieder an die Bank zurückfallen.

„Stell es da hinten ins Gebüsch! Ich hole es morgen. Das klaut bestimmt keiner mehr!"

„Wahrscheinlich nicht!" Ich brachte das Rad zu dem Gebüsch und dann gingen wir los. Es war faszinierend, welche Kraft ich in der Lage war, aufzubringen. Meike war zwar kein Schwergewicht, aber von ihrer Seite gab es am Anfang kaum Unterstützung. Sie hing förmlich an meiner rechten Seite. Das linke Bein vermied den Bodenkontakt und das rechte zog sie mehr nach, als das sie lief.

„**N**och eins, ja!" Joachim Müller hielt das leere Bierglas in die Höhe und schwenkte es in Richtung Tresen. Der Wirt gab ihm mit einer Handbewegung zu verstehen, daß er ihn verstanden hatte. Keine zwei Minuten später stand er vor ihm und tauschte das leere gegen ein volles Glas aus. „Danke!" sagte Joachim Müller und nahm einen kräftigen Schluck. „Ah, das tut gut!" brubbelte er vor sich hin. Er saß alleine an einem kleinen Zweiertisch in einer Ecke des Lokals, das ihn sehr an seine Stammkneipe erinnerte. Alles war sehr dunkel gehalten und es gab viele Nischen und Ecken und natürlich den langen Tresen, hinter dem der Wirt stand und an dem die Stammgäste auf ihren Barhockern saßen. Er zählte hier nicht zu den Stammgästen. Er war das erste Mal in diesem Lokal. Nachdem er das Elternhaus seiner Frau verlassen hatte, war er zunächst ziellos durch die Gegend gelaufen. Er konnte keinen klaren Gedanken fassen. Dann tat er, was er immer tat, wenn etwas nicht so lief, wie er es wollte oder, wie er es geplant hatte: er ertränkte seinen Kummer. Zu Hause hatte er seine Kneipe und da waren seine Kumpels und denen konnte er alles erzählen, was ihn bedrückte. Sie verstanden ihn, denn sie hatten dieselben Probleme wie er. Deswegen waren sie alle da. Hier war er fremd. Er versuchte, das Hotel zu finden, denn er erinnerte sich, auf dem Weg dorthin ein Lokal gesehen zu haben. Und, richtig: da war es! Gleich am Hafen. Es war in einem alten Haus und es war geöffnet. Schon, als er auf der Türschwelle stand, wußte er, daß er sich hier wohl fühlen würde. So hatte er sich einen Platz etwas abseits gesucht und bei einem kühlen Bier angefangen, über seine Lage nachzudenken. Er wußte nicht, wie lange er schon dort saß; auf seinem Deckel war längst mehr als ein Strich. Seine geistige Aufnahmefähigkeit hatte stark nachgelassen und die Worte kamen nicht mehr klar aus seinem Mund. Aber, das spielte keine Rolle: Niemand hörte ihm zu und niemand wartete auf ihn.

„Ja, niemand wartet auf dich!" lallte er, „Niemand! Das ist nicht richtig, nicht richtig!" Das Lokal war inzwischen gut gefüllt und der Lärmpegel hatte das Maß erreicht, bei dem man seinen Gegenüber nur noch schwer verstand. Joachim Müller verstand niemand, weil niemand von ihm Notiz nahm. Die anderen Gäste hatten genug mit sich zu tun. „Hallo!" Er hielt wieder sein Glas in die Höhe, „noch eins!" Wie die Male davor brachte der Wirt ein frisches Bier, machte seinen Strich auf den Deckel und überließ Joachim Müller dann wieder seinen Selbstgesprächen. „Ja, ich bin im Recht! Du wirst schon sehen, Katie, du wirst schon sehen! Alles, alles habe ich für dich getan. Und du? Du undankbare, blöde Kuh! Du läßt mich einfach fallen, wie eine heiße Kartoffel! Das ist nicht richtig!" Mit jedem Bier verschlechterte sich sein psychischer und physischer Zustand und mit jeder Verschlechterung wurde er wütender: „Das habe ich nicht verdient! Nein, nicht ich! Ich habe mich aufgeopfert, aufgeopfert. Alles habe ich nur für dich gemacht, nur für dich! Du bist der Egoist, nicht ich. Du hast mich gar nicht verdient, ja so ist das nämlich. Genau. Ha! Ich werde dich schmoren lassen. Du wirst schon sehen: angekrochen wirst du kommen! Ja, auf allen Vieren. Und anflehen, anflehen wirst du mich, daß du wieder zu mir zurück kommen darfst! Genau. Hallo? Noch eins, ja?"

„Das geht so nicht!" Meike stützte sich an einem Baum ab „so kommen wir nie bis zu mir."

„Und, was machen wir?" fragte ich ein wenig ratlos.

„Hol mal so einen Ast da!" sie zeigte auf einen Haufen Strauchschnitt ein Stück weiter hinten.

„So einen?" rief ich und hielt einen Ast in die Höhe.

„Dicker!"

„Dicker, hmm", ich stocherte in dem Haufen herum und zog hier und zog da, bis ich schließlich einen passenden Ast gefunden zu haben glaubte. Ich hielt ihn hoch: „Besser?"

„Sieht gut aus", rief Meike und winkte mir, zu ihr zu kommen.

„Da, bitte" sagte ich und reichte ihr den Ast. Sie nahm ihn

in die linke Hand und stützte sich mit ihrem ganzen Gewicht darauf:

„Scheint zu halten, gut!"

„Meinst du, das ist besser?" Ich war nicht wirklich von ihrer Idee überzeugt.

„Nö, nicht besser, aber erstmal gut. Ich muß dich ein bißchen schonen, glaube ich!" Sie grinste mich an.

„Mich? Ich habe die Kräfte von Herkules."

„Herkules? Das ist doch der, der Berge versetzen kann und nicht der..."

„Ja, gut, eine kleine Pause ist vielleicht nicht die schlechteste Idee. Ist es denn weit?"

„Wenn wir aus dem Park raus sind, noch ein ganzes Stück. Wenn es dir zu spät wird, ich schaff' das auch alleine!"

„Nee, auf mich wartet keiner", beeilte ich mich zu sagen, „und außerdem ist dein jetziger Zustand ja wohl nicht unerheblich auf mich zurück zu führen!"

„Nicht unerheblich ist wohl leicht untertrieben. Eigentlich müßtest du mich nach Hause tragen!"

„Nun ja", ich ließ meinen Blick von oben nach unten an ihrem Körper entlang wandern, „tragen..." Mein Kopf bewegte sich hin und her und ich machte mit den Händen eine Bewegung, als wenn ich das Gewicht zu schätzen versuchte, das ich bewegen müßte.

„Nun sag bloß, ich bin zu fett!"

„Du? Wie, nein, quatsch!" Mir wurde heiß und kalt im gleichen Moment. Was hatte ich da nur wieder für einen Blödsinn verzapft. Warum konnte ich nicht einfach mal meinen Mund halten und nichts sagen! „Du hast eine super Figur!" beeilte ich mich zu sagen, „echt!" fügte ich hinzu, als ich ihren zweifelnden Blick sah und wußte, daß ich den nächsten Fehler gemacht hatte.

„Findest du?" Sie sah mich fordernd an. Jetzt konnte ich nicht mehr zurück, sie hatte mich:

„Ja, ganz ehrlich!"

„Wieso?"

„Wieso?" Ich hatte befürchtet, daß diese Frage kommen würde. Viel Erfahrung mit Mädchen hatte ich nicht, aber so viel hatte ich schon verstanden: Sie sind in solchen Dingen

wie kleine Kinder:
„Warum gehen wir einkaufen, Mama?"
„Weil wir was zu Essen und zu Trinken brauchen."
„Warum?"
„Weil der Mensch was Essen und Trinken muß."
„Warum?"
„Weil er sonst verhungert und verdurstet."
„Warum?"
„Weil die Organe dann nicht mehr arbeiten."
„Warum?
„Weil sie Nahrung brauchen?"
„Warum?"
„Weil sie sonst nicht arbeiten können?"
„Warum?"
„Darum!" In dieser Spirale befand ich mich und ich wußte nicht, wie ich aus ihr entkommen konnte.
„Wieso findest du meine Figur super?"
„Das ist eine dumme Frage!" ich mußte Zeit gewinnen, bis mir etwas einfiel, das glaubhaft war. Jedes Zögern bei einer Antwort bedeutete das Ende. Das Ende des Gesprächs und vielleicht das Ende jedes weiteren Gespräches.
„Es gibt keine dummen Fragen!" sagte sie „also, was gefällt dir an meiner Figur?"
„Alles!" Kam es wie aus der Pistole geschossen.
„Alles?"
„Ja, alles eben."
„Hast du denn schon alles gesehen?"
„Hä? Nein, nein. Na, was ich gesehen habe bisher, meine ich, das, das ist super!" Schweißperlen traten auf meine Stirn. Hätte sie mich nach der Farbe ihrer Hose oder ihrer Bluse – trug sie überhaupt eine Bluse? - gefragt, ich hätte ihr das nicht sagen können. Über ihre Figur konnte ich noch weniger sagen. Ich sah ihr Gesicht vor mir und ihre wunderschönen Augen. Alles andere hatte ich wohl ausgeblendet.
„Ich glaub dir kein Wort, aber du bist süß!" Sie streckte mir die rechte Hand entgegen und löste sich von dem Baum.
„Laß uns weiter gehen, willst du?"
„Weiter gehen?" Sie verwirrte mich. Keine weiteren Fragen, kein Schmollmund. Nichts.

„Ja, wird langsam richtig dunkel! Mein Vater macht sich bestimmt schon Sorgen!"

„Dein Vater? Und deine Mutter nicht?" fragte ich und stützte sie, bis sie den Stock so platziert hatte, daß sie damit ohne meine Hilfe weiter humpeln konnte.

„Geht doch!" sagte sie stolz und versuchte, ihr Gesicht nicht allzu sehr zu verziehen.

„Ja, besser als erwartet, aber wenn du willst, kann ich auch wieder…" Ich streckte die Arme in ihre Richtung.

„Später vielleicht!" sagte sie und humpelte weiter. „Meine Mutter ist tot, ich wohne bei meinem Vater."

„Entschuldige, das wußte ich nicht!"

„Woher auch?"

„Fehlt sie dir?"

„Nein, eigentlich nicht!"

„Meine Mutter würde mir fehlen, bestimmt!"

„Du bist mit ihr aufgewachsen. Ich kann mich nicht an sie erinnern. Sie ist bei meiner Geburt gestorben. Deshalb fehlt sie mir auch nicht so, denke ich. Außer manchmal natürlich, wenn ich andere sehe mit ihrer Mutter, dann…"

„Verstehe. Du mußt nicht davon reden. Geht mich nichts an. Wie läuft es sich?" Versuchte ich, das Thema zu wechseln.

„Auf Dauer ist das nichts." Ihre Stimme drückte die Anstrengung aus, die ihr das Laufen verursachte.

„Du mußt zum Arzt morgen, wenn das nicht besser wird!"

„Du klingst ja wie mein Vater! Das wird das Erste sein, was er sagt, wenn ich nach Hause komme. Nein, das Erste wird sein: O Gott, mein Kind, was hast du denn gemacht?"

„Wie meine Mutter!" sagte ich und mußte lachen. Meike lachte auch.

„Eltern!" sagte sie.

„Ja, Eltern!" wiederholte ich. So gingen wir nebeneinander, bis der Parkweg auf die große Straße mündete und dann weiter und weiter, bis sie auf einmal stehen blieb:

„So, da sind wir. Hier wohne ich." Sie zeigte auf das Gebäude rechts von uns an der Straße.

„Hier?" Mein Mund blieb offen stehen.

„Ja, hier, wieso? Ist was nicht in Ordnung?"

„Doch, doch schon, alles gut. Ich hab nur nicht so einen - Palast erwartet!" Wir standen vor dem großen Haus mit den Säulen vor dem Portal, das zwischen dem Elternhaus meiner Mutter und den ersten Einfamilienhäusern lag. Sollte ich ihr sagen, daß ich keine zweihundert Meter von hier in dem kleinen roten Haus die Straße runter wohnte? Ich war mir nicht sicher. Gleichzeitig fragte ich mich, warum ich mir nicht sicher war: Was war dabei, ihr zu sagen, daß ich da hinten wohnte.

„Das ist kein Palast!" Ihre Stimme drang wie durch einen Nebel an mein Ohr, „es ist nicht gerade klein, das stimmt schon. Man gewöhnt sich dran. Also, dann..." Sie stand da, vor dem Gartentor, auf ihren Stock gestützt und sah mich an. Ich spürte, daß ich jetzt etwas sagen mußte, irgendetwas:

„Was ist mit dem Rad?" Was Besseres war mir nicht eingefallen.

„Was ist mit dem Rad?"

„Ja, das muß doch her, oder?"

„Hole ich morgen, nach dem Arzt!"

„Kannst du doch morgen noch gar nicht tragen, viel zu schwer."

„Meinst du?"

„Ja, auf jeden Fall!"

„Und, was schlägst du vor?"

„Ich, ich könnte es für dich holen und dir dann vorbei bringen?"

„Das würdest du tun? Hast du nichts anderes zu tun?"

„Nein, was?"

„Da fallen mir viele Dinge ein: Ans Meer fahren, die Stadt ansehen, ins Schwimmbad, mit deiner Freundin telefonieren..."

„Hab ich nicht. Telefon, meine ich. Badesachen. Telefon schon. Keine Badesachen." Und wieder schoß das Blut in meinen Kopf. „Ich kann es für dich holen, wirklich!" sagte ich, beinahe schon flehend.

„Treffen wir uns im Park?"

„Treffen? Wir?" Mein Herz hämmerte förmlich in meiner Brust. „Wann? Wo?"

„Wann? Wo?" Sie sah mich an und schüttelte leicht ihren

hübschen Kopf: „Na, morgen. Morgen nach dem Arzt im Park. Um drei?"

„Drei ist super."

„Oder doch zwei?" sie überlegte.

„Zwei ist auch super", sagte ich und dachte: Jede Zeit ist super, jede!

„Zwischen zwei und drei, ja? Ich weiß nicht genau, wann der Arzt auf hat und wie schnell ich rankomme!"

„Kein Problem, ich bin da."

„Ich muß jetzt rein!" sagte sie, ohne sich auch nur einen Millimeter zu bewegen.

„Ja, ich weiß", sagte ich.

„Jetzt!" sagte sie und machte noch immer keine Anstalten, zu gehen.

„Jetzt!"

„Ich gehe jetzt ins Haus, jetzt."

„Jetzt", wiederholte ich erneut und sah sie an. Ich hätte alles getan, um diesen Augenblick hinauszuzögern, aber irgendwann kam der Moment: sie drehte sich um und verschwand im Haus. Ich sah ihr nach und tiefe Betrübnis umschloß mein Herz.

„Jens!" hörte ich ihre Stimme.

„Ja?"

„Komm mal her, bitte!"

„Ja?" sagte ich und machte einen Schritt auf sie zu.

„Du bist schon…"

„Ich bin schon was?"

„Na…" Sie zögerte: „Tust du mir einen Gefallen?"

„Dir? Klar, jeden!"

„Dann Augen zu!"

„Was?"

„Bitte!"

Ich schloß die Augen und einen Moment später spürte ich für einen kurzen endlosen Moment ihre Lippen auf meinen. Als ich die Augen öffnete, war sie verschwunden. Ich drehte mich langsam um und taumelte die Straße entlang. Als ich das Haus meiner Mutter fast erreicht hatte, stieß ich ein langes, lautes „Jaaaaa!" in die Nacht und sprang dabei so hoch ich konnte.

Kapitel 2

„**N**och ein Brötchen?" Mama sah mich nachdenklich an und hielt mir den Brotkorb entgegen.

„Nein, danke!"

„Du mußt doch was essen. In deinem Alter ist das wichtig!" Sie schüttelte den Kopf.

„Ja, Mama, ich weiß", sagte ich und schlürfte meinen Tee.

„Jens!" Sie sah mich strafend an.

„Entschuldige, Mama!" Ich setzte mich gerade hin, nahm die Tasse in die Hand und trank so, wie man trinken sollte.

„Schon besser", meinte Mama „nur, weil dein Vater nicht da ist, müssen wir ja nicht unsere guten Tischmanieren vergessen, oder?"

„Nein."

„Na, das will ich doch meinen." Sie lächelte: „Komm, nimm noch eins, ganz frisch, von Bäcker Jensen!"

„Hmm", brummte ich und nahm noch ein Brötchen. Nicht, weil es von Bäcker Jensen war – ich hatte keine Ahnung, wer Bäcker Jensen war – sondern, weil sie sonst keine Ruhe gegeben hätte.

„Na, siehst du, wußte ich es doch: Du mußt ja Hunger haben, du hast ja gestern kaum was gegessen." Ihre Stimme klang sehr mitfühlend.

„Doch, ich hab…" begann ich und dann fiel mir ein, daß sie Recht hatte: außer dem einfachen Frühstück vor unserer Abreise, hatte ich gestern weder etwas gegessen noch getrunken. Es war einfach keine Zeit dazu. „Ich hab´ es einfach vergessen!"

„Was hast du vergessen?" Mama sah mich an.

„Vergessen? Ja, vergessen…" Ich hatte wieder laut gedacht. Also: was konnte ich vergessen haben? „Mein Telefon, ich hatte mein Telefon vergessen, deshalb konnte ich dich nicht anrufen."

„Du sprichst in Rätseln, mein Sohn."

„Wegen Geld. Ich hatte nicht genug Geld und keinen Schlüssel für das Haus hier. Deshalb konnte ich mir nichts holen unterwegs. Genau. Das war es!" ich war erleichtert, das war eine gute Erklärung. Ich grinste.

„Warum grinst du wie ein Honigkuchenpferd?"

„Das Brötchen ist so lecker, deshalb!"

„Ich habe es dir doch gesagt: die Brötchen von Bäcker Jensen sind die besten!"

„Du hast ja so Recht, Mama", sagte ich und biß ein weiteres Mal in das trockene Brötchen.

„Hier", sagte Mama und reichte mir einen Schlüssel, „für dich, damit du auch alleine in das Haus kommst. Ich kann nicht immer die Tür offen lassen. Früher ging das, aber auch hier ist die Zeit nicht spurlos vorbei gegangen."

„Danke, Mama." Ich steckte den Schlüssel in eine meiner Hosentaschen.

„Was machst du heute?" fragte Mama.

„Ich? Weiß nicht…" sagte ich und merkte zu spät, daß ich das besser nicht gesagt hätte.

„Ich wollte auf den Markt, willst du mit?"

„Markt, ja, klar. Wann denn?"

„Wenn wir hier fertig sind, dachte ich!"

„Das ist gut."

„Danach habe ich noch einen Termin bei Knut, äh, bei Herrn Christensen, wegen der ganzen Sache hier." Ihr Blick wanderte durch die Küche und schien sich von da aus durch das Haus zu bewegen. „Er hat gestern noch angerufen. Es hat ihm keine Ruhe gelassen. Er wollte wissen, wie es mir geht. Er war richtig besorgt." Mamas Blick ging träumend ins Nichts.

„Verstehe. Kein Problem", sagte ich erleichtert, „ich wollte mir den Ort sowieso nochmal in Ruhe ansehen. Gestern habe ich nicht alles geschafft."

„Ja, wo warst du denn gestern die ganze Zeit? Es war ziemlich spät, als du zurück warst, oder?"

„So hier und da, ich weiß ja nicht, wie das alles heißt." Ich biß erneut in das trockene Brötchen und sah dabei Mama an, deren Blick mir sagte, daß die Antwort nicht ihren Erwartungen entsprach.

„Warst du bei Papa?" sie sah mich durchdringend an.

„Bei Papa?" Mein Mund blieb offen stehen. Daran hatte ich überhaupt nicht gedacht.

„Du kannst es mir ruhig sagen. Nur, weil wir eine Auseinandersetzung hatten, heißt das nicht, daß du deinen Vater nicht sehen darfst. Er bleibt ja dein Vater."

„Nein, war ich nicht. Ich weiß ja nicht, wo er hin ist. Da war so ein großer Park, mit einem Graben und vielen Bäumen. Da war ich ganz lange. Auf einer Bank. Es war so schön, in der Sonne da. Und so ruhig. Das war schön!" Ich dachte an Meike und meine Gedanken begannen zu wandern, weit, weit weg von dem kleinen roten Haus, in dem ich gerade mit meiner Mutter saß.

„Der Schloßpark", sagte meine Mutter und holte mich in die Wirklichkeit zurück, noch ehe ich sie vollständig verlassen hatte, „du warst im Schloßpark."

„Schloßpark?" sagte ich ungläubig, „gehört zu einem Schloßpark nicht auch ein Schloß? Wo ist denn da ein Schloß?" Ich konnte mich nicht erinnern, ein Gebäude gesehen zu haben, daß meiner Vorstellung eines Schlosses in etwa entsprochen hätte. „Da war so ein moderner Bau neben dem Park, wie eine Schule, aber kein Schloß", bekräftigte ich meine Zweifel, obwohl ich wußte, daß Mama wohl recht hatte. Sie war schließlich hier aufgewachsen.

„Das ist wirklich eine Schule. Das Schloß ist hinter dem Graben."

„Das hinter dem Graben ist ein Schloß?"

„Ja, aber nicht so eins, wie du es aus Berlin kennst. Hier sind die Schlösser kleiner und sehen auch nicht immer so aus."

„Ach so", sagte ich und kaute auf dem letzten Stück des trockenen Brötchens. „Ich gehe da heute nochmal hin, später!" ich strahlte, „dann werde ich das Schloß suchen und mir genau ansehen!" Na also, jetzt wußte Mama, wo ich hinging und alles hatte seine Richtigkeit und es gäbe keine weiteren Fragen.

„Das ist eine gute Idee! Wenn ich bei Kn… Herrn Christensen fertig bin, komme ich da vorbei, dann kann ich dir alles zeigen!"

„Eine tolle Idee!" sagte ich und überlegte fieberhaft, wie ich diesem Schicksal entgehen konnte. Mir fiel nichts ein im Moment.

„Komm, laß uns aufbrechen, sonst ist alles vorbei, bis wir da sind! Der Markt ist nur vormittags." Sie stand auf und räumte ihr Geschirr in die Spüle. „Der Abwasch kann warten. Außerdem hat Opa einen Geschirrspüler. Hätte ich ihm gar nicht zugetraut."

„Warum nicht? Fast jeder hat heute einen Geschirrspüler!"

„Aber nicht Opa. Der war, wie soll ich sagen, allem Modernen nicht sehr aufgeschlossen. Er hatte damals nicht einmal einen Fernseher, kannst du dir das vorstellen?"

„Keinen Fernseher?" Nein, das konnte ich mir nicht vorstellen.

„Immer, wenn ich was sehen wollte, mußte ich zu Brit oder Frauke oder..." Sie hielt einen Moment inne und ihr Blick verklärte sich leicht, „die hatten einen. Aber ich mußte abends früh zurück sein immer. Da hat Opa drauf geachtet. Ich war sein kleines Mädchen!"

„Ich dachte, du mochtest Opa nicht und er dich auch nicht?"

„Nein, das war anders."

„Aber es klang so", bekräftigte ich. „Du hast Opa immer als bösen alten Mann dargestellt."

„Habe ich?" Mama klang überrascht. „Ja, vielleicht war er das auch. Vielleicht war er das auch nicht immer. Ich war jung. Und", sie machte erneut eine Pause, „nach gestern frage ich mich, ob ich meinen Vater überhaupt je gekannt habe!" Sie schaute auf die Tischplatte vor sich, die jetzt leer war. „Aber, komm, wir müssen los! Nimm die Tasche da im Flur, ja?"

„Das blaue Ding?" sagte ich und griff nach einem großen, netzartigen Teil.

„Genau das!" sagte Mama und öffnete die Haustür.

Es lag ein Geruch von kaltem Rauch, Schweiß und Alkohol in der Luft, in den sich etwas mischte, das nach frischem Kaffee roch. Joachim Müller öffnete die Augen.

„Wo, wo bin ich?" brachte er hervor. Er sah sich um: Er befand sich in einem mittelgroßen Raum, der wie ein Wohnzimmer eingerichtet war. Da war eine dunkle Schrankwand, wie man sie in den achtziger Jahren in jedem Möbelladen oder Katalog bestellen konnte. Er selber hatte fast die gleiche gehabt, bevor er Katja getroffen hatte. Dann gab es einen Couchtisch und die dazugehörige Couch, auf der er lag und die Nacht verbracht haben mußte. Zwei Sessel und ein Fernsehtisch mit einem modernen Flachbildschirm darauf komplettierten die Einrichtung. Er rieb sich die Augen und fuhr mit den Händen durch seine Haare. „Wie bin ich hierher gekommen?" fragte er sich erneut. Er hörte ein Klappern aus einem der anderen Räume und beschloß dem Ursprung des Geräusches zu folgen. Langsam erhob er sich. „Au! Mein Kopf!" sagte er und drückte die rechte Hand gegen seine Stirn. „Was ist passiert?" Er versuchte, sich zu erinnern: Da war die Sache mit Katja und ihrem Vater. Er hatte das Haus verlassen und war schließlich in diesem Lokal gelandet. Daran konnte er sich noch erinnern. Er hatte einige Biere zu sich genommen und dann setzte seine Erinnerung aus.

„Na, Joachim, zurück aus dem Reich der Träume?" hörte er eine tiefe männliche Stimme aus dem Raum, in dem er den Ursprung des Geklappers vermutete.

„Ja, ja, glaube schon!" bemühte sich Joachim Müller weiter, einen klaren Gedanken zu fassen.

„Komm in die Küche, Joachim!"

„Ich bin schon auf dem Weg!" sagte Joachim und stand einen kurzen Augenblick später in der Tür zur Küche. Es war eine große Küche, eine Wohnküche. An der Wand gegenüber, in der sich auch das Fenster befand stand ein kleiner, dicker Mann mit wenigen langen, strähnigen Haaren. Er hatte eine Zigarette im Mund, trug ein altes, viel zu enges und kurzes T-Shirt und eine graue Jogginghose, die seine Figur stark betonte.

„Setz dich!" sagte der Mann und deutete auf einen der beiden Stühle.

„Ja, danke", sagte Joachim und versuchte krampfhaft, sich

zu erinnern. Er sah den fremden dicken Mann an.

„Du erinnerst dich nicht, oder?" sagte der, „das sehe ich an deinem Blick!"

„Ich, doch, nur..." stotterte Joachim.

„Mach dir nichts draus, ist mir auch schon passiert", er lachte, „mehr als einmal!"

„Irgendwie ist alles weg!" Joachim hatte sich gesetzt und das Gesicht in die Hände gestützt.

„Hier", der fremde Mann stellte einen Pott mit dampfendem Kaffee vor Joachim auf den Tisch, „trink erstmal, dann wird das besser."

„Was?" sagte Joachim und roch an dem aus dem Becher aufsteigendem Dampf.

„Ist nur Kaffee! Pur. Keine Sorge. Du mußt erst mal einen klaren Kopf bekommen wieder. Die guten Sachen gibt es dann später!" sagte er und zwinkerte Joachim zu, während er sich auf dem Stuhl gegenüber niederließ.

„Ist der stark, man o man!" sagte Joachim, nachdem er den ersten Schluck genommen hatte.

„Ja, bin ich bekannt für. Mein Kaffee ist der beste hier! Das sagen alle!" Der fremde Mann hob stolz die Brust. „Ich bin übrigens Heinz. Na, kommt es langsam?"

„Heinz?" Es arbeitete wie wild in Joachim. Er konnte sich an keinen Heinz erinnern. „Heinz?" wiederholte er.

„Ich sehe schon, schwerer Fall. Man, du warst aber auch hacke gestern!"

„Scheint so, alles weg. Nichts mehr!" sagte Joachim, dem wirklich jede Erinnerung fehlte.

„Dann werde ich dir mal ein bißchen auf die Sprünge helfen!" Heinz lachte wieder. „Also, du hast im Anker allein an einem Tisch gesessen..."

„Ja, daran kann ich mich noch erinnern. Ich habe Bier getrunken, genau!"

„Nicht nur Bier!"

„Nicht?"

„Nein, lütt un lütt!"

„Lütt un lütt?" Joachim schaute Heinz fragend an.

„Das ist was von hier: Bier und Kurzer! Sagt man wohl bei uns."

„Bei uns?" sagte Joachim erstaunt.

„Ja, ich bin auch nicht von hier. Bin mal her wegen einer Frau. Ja, war nicht so das Richtige mit uns, sie ist dann weg und ich bin geblieben. Das Leben ist schon sonderbar manchmal. Ja, jetzt sitz´ ich hier in ihrer Küche und ihrem Haus. Komisch, oder?"

„Ja, schon", sagte Joachim und versuchte weiter, sich zu erinnern.

„Ist anders als da, wo ich herkomme, aber man gewöhnt sich dran!" Heinz lachte wieder: „Und die Arbeit ist überall gleich, oder?"

„Ja, denke schon", sagte Joachim und fragte sich noch immer, wie er zu seinem neuen Freund gekommen war.

„Ist nicht immer toll, aber man verdient sein Geld und das zählt, oder?"

„Ja, verstehe", sagte Joachim und dachte an seine Arbeit, die ihm auch nicht immer Freude bereitete, aber so viel einbrachte, daß er seine Familie immerhin gut über die Runden bringen konnte. Seine Familie! Hatte er überhaupt noch eine Familie? Was war aus seiner Ehe geworden?

„Aber genug von mir. Zurück zu gestern!" Heinz lachte wieder. „Du hast dann eine Runde nach der andern geschmissen und immer was von deiner Frau und deinem Sohn und irgendeinem Haus und Notar gefaselt. War alles ein bißchen durcheinander, aber du warst nicht zu stoppen!"

„Ich?"

„Am Ende ist dein Kopf auf den Tisch gefallen und das war es dann." Heinz machte eine kurze Pause und nahm einen tiefen Schluck aus seinem Pott. „Irgendwann wollte Harm, das ist der Wirt, dann schließen – Sperrstunde, du verstehst?"

„Klar, ja", sagte Joachim. Sperrstunde gab es in Berlin nicht.

„Du konntest alleine gar nicht mehr aufstehen und liegen lassen konnte man dich ja auch nicht so einfach. Wir haben geschaut, ob du einen Schlüssel oder irgendwas dabei hast, war aber nichts. Na, Kuddel und ich haben dich dann hergeschleppt. Ist ja nur ein paar Meter, dich auf die Couch gelegt und da hast du dann gelegen wie ein Toter. Das ist die ganze Geschichte."

„Danke, daß du mich mitgenommen hast!"

„Ehrensache!"

„Ich mach´s wieder gut, versprochen!"

„Ich komm´ drauf zurück, kannst du wohl glauben!"

Heinz lachte wieder, „aber jetzt muß ich los, ist schon spät. Kannst so lange bleiben, wie du willst! Schlüssel liegt unter der Vase im Flur. Schließ ab, wenn du gehst. Bin so um fünf wieder da, dann können wir reden. Bin mächtig gespannt auf deine Geschichte. Meine, die Version, die man auch versteht!" Er zwinkerte wieder. „Bis dann!" Heinz war aufgestanden, hatte seine Kippe im Ascher, der auf dem Tisch stand ausgedrückt und nach einer großen alten braunen Ledertasche gegriffen, die er sich um die Schulter hängte: „Zieh´ mich auf Arbeit um!" Heinz verschwand durch die Küchentür und einen Moment später hörte Joachim die Haustür ins Schloß fallen.

„Was war das?" sagte Joachim. „Träume ich noch?" Er zwickte sich in den linken Arm. „Nee, bin wach. Das ist kein Traum. Ich glaube, ich brauch noch eine Mütze Schlaf!" Joachim trottete ins Wohnzimmer zurück und ließ sich einfach der Länge nach auf die Couch fallen. Er dachte darüber nach, wer dieser Heinz war und was er machte. Sicher hatte er ihm das alles erzählt. Aber er konnte sich nicht daran erinnern. Er konnte sich an nichts erinnern und fiel über den Versuch es zu tun in einen langen und unruhigen Schlaf.

„**S**o, das war´s. Ich glaube, wir haben alles!" Mama strahlte, als sie die Porreestangen in die blaue Tasche legte. „Das gibt ein tolles Essen heute Abend!"

„Ja, bestimmt", sagte ich und war zufrieden, daß der Einkauf beendet war. Wir waren jetzt unglaubliche zwei Stunden kreuz und quer über den Markt gewandert, auf dem es vielleicht vierzig Stände gab. Davon waren aber nur etwa ein Drittel Bauern aus der Umgebung, die ihr Gemüse und ihr Obst anboten. Das, was ich in der Tasche trug, hätte man auch in fünf Minuten an einem der Stände erwerben können. Hätte!

„Hier ist der Kohl besonders gut, den Porree kaufen wir bei Bauer Hansen, die Kartoffeln bei Bauer Sörensen, der hat besseren Boden dafür..." So ging es die ganze Zeit. Für mich sahen die Kartoffeln bei Bauer Sörensen genauso aus, wie die bei Bauer Hansen. Und auch der Porree war in meinen Augen bei beiden gleich grün.

„Obst brauchen wir nicht!" hatte Mama gesagt. „Im Garten stehen noch die Birnen- und Apfelbäume und die Johannisbeeren gibt es auch noch. Hast du sie schon gesehen?"

„Nein, ich war noch nicht im Garten."

„Wie, du warst noch nicht im Garten?"

„Es war zu dunkel gestern!"

„Ja, hatte ich vergessen!" Mama schüttelte wieder ihren Kopf, wie sie das vergessen konnte: „Ja, natürlich, war ja spät. Aber heute holen wir das nach, ja?"

„Wolltest du mir nicht den Schloßpark zeigen noch, nachher?" sagte ich und legte leichte Enttäuschung in die Stimme.

„Natürlich!" Wieder schüttelte Mama den Kopf. „Das mit deinem Vater und der Erbschaft, das hat mich doch mehr mitgenommen, als ich dachte!"

„Das verstehe ich, Mama. Vielleicht solltest du dich heute lieber ausruhen nach dem Anwalt! Das mit der Stadt können wir auch morgen noch machen, das mit dem Garten auch. Das läuft doch nicht weg!"

„Du bist ein guter Junge, Jens!" sagte sie und legte ihre Arme um meinen Kopf, zog diesen zu sich heran und drückte mir einen dicken Kuß auf die Stirn, noch ehe ich reagieren konnte. Ich haßte das, ich hatte das immer gehaßt, sie wußte das. „Danke!" hauchte sie und ich konnte ihr dieses Mal nicht einmal böse sein.

„Schon gut", sagte ich und beeilte mich, mich aus der Umklammerung zu lösen. „Ich bringe die Sachen nach Hause."

„Willst du mich nicht zu Kn... Herrn Christensen begleiten?"

„Eigentlich…"

„Er hat bestimmt nichts dagegen. Und irgendwie geht es ja auch dich an. Du erbst das alles ja später mal, vielleicht."

„Ja, schon, aber…"

„Du bist noch müde von gestern, oder? Das hat dich alles wahrscheinlich sehr getroffen, das mit Papa vor allem!"

„Ja, genau, ich glaube, ich gehe nach Hause und lege mich ein bißchen hin erstmal, bevor ich dann in den Ort gehe nochmal."

„Das ist eine gute Idee. Wenn ich dann komme, machen wir uns einen gemütlichen Nachmittag!"

„Das ist eine tolle Idee!" beeilte ich mich zu sagen.

„Ich denke", sie schaute auf ihre Uhr, „es ist jetzt gleich eins, zwei, na, gegen drei müßte ich zurück sein etwa. Ist das in Ordnung?"

„Drei", sagte ich mit einem leichten Schaudern „drei ist eine gute Zeit, aber du mußt dich nicht abhetzen, Mama, laß dir Zeit, vier wäre auch in Ordnung oder fünf. Es ist ja lange hell."

„Du hast recht, man weiß ja auch nie, wie lange so was dauert mit den Papieren und allem. Gut, sagen wir gegen fünf dann. Ich kann dich ja anrufen, wenn es doch früher wird."

„Ja, eine gute Idee. Anrufen ist eine sehr gute Idee. Ich habe das Telefon heute auch bei, hier!" sagte ich und zog es demonstrativ aus der Tasche.

„Dann ist ja alles gut. So, jetzt haben wir noch fast eine Stunde, bis ich da sein muß." Sie schaute sich um, als wenn sie etwas suchte und sagte dann, auf ein Gebäude im Hintergrund am anderen Ende des Marktplatzes zeigend: „Wie wäre es mit einem Kaffee und einem großen Stück Kuchen?"

„Mama", sagte ich und wollte dankend ablehnen, aber das Strahlen in ihren Augen ließ mich „super, genau das Richtige jetzt!" sagen.

„Dann los!" Mama bewegte sich in Richtung des Hauses, auf das sie gezeigt hatte und das sich als „Kaffee Nordsee" entpuppte. Natürlich kannte Mama auch dieses Kaffee und natürlich gab es hier nicht die besten Brötchen, aber den besten Kuchen!

„Was so ein bißchen Gemüse wiegen kann!" sagte ich zu mir, als ich in Richtung Schloßpark los hastete. Mama hatte sich in Erinnerungen verloren und erst der Anruf von Herrn Christensen hatte sie in die Wirklichkeit zurück geholt:

„Was, schon gleich zwei!" Hatte sie gesagt. „Entschuldige, Knut, entschuldige! Wo bin ich mit meinen Gedanken! Wir – Jens und ich – ja, mach ich – Jens und ich sitzen hier im Kaffee Nordsee – ja, ich erinner mich, natürlich – gut, ich komme, sofort – ich weiß, deine Zeit ist kostbar – das ist nett von dir! Also, bis gleich – geht mir auch so!" Sie steckte das Telefon in ihre Handtasche: „Ich soll dich ganz lieb von Kn… Herrn Christensen grüßen, du kannst mich ruhig begleiten hat er gesagt. Kein Problem. Ich dachte schon, daß er gar keine Zeit mehr hat heute. Er hat ja so viele Termine!"

„Keine Zeit mehr heute?" In meiner Stimme schwang Panik mit. Was, wenn er den Termin abgesagt hätte! Aber, er hatte nicht:

„Nein, er hat sich ausreichend Zeit genommen für die Sache. Es kann auch eine Weile dauern, meinte er. Willst du nun mit?"

„Wenn ich ehrlich bin…"

„Verstehe, würde mir umgekehrt bestimmt genauso gehen. Also, ich melde mich dann bei dir, wenn ich absehen kann, wann ich zu Hause bin, ja?"

„Natürlich, Mama, natürlich!" sagte ich und hoffte, daß sie nicht noch länger im Kaffee verharrte. Mir lief die Zeit davon. Ich mußte zum Schloßpark.

Völlig außer Atem erreichte ich kurz nach Viertel drei die Bank, an der ich mit Meike verabredet war. Die Bank war leer und weit und breit keine Meike zu sehen.

„Sie wird ja nicht gerade Punkt zwei hier gewesen sein! Außerdem hat sie ja gesagt: zwischen zwei und drei!" versuchte ich, mich zu beruhigen. „Und wenn doch, dann hätte sie bestimmt ein paar Minuten gewartet! Bestimmt!" Ich setzte mich auf die Bank und stellte die Tasche neben mir ab. Ich wartete. Es war wieder ein sonniger und warmer Tag. Als wir nach dem Frühstück das Haus verlassen hatten, lag noch eine gewisse Morgenfeuchte in der Luft und ich hatte mir einen Pulli übergezogen. Jetzt schwitzte ich unter dem Stoff. Ich zog den Pulli aus und roch links und rechts unter den Achseln: „In Ordnung", sagte ich und fügte hinzu: „man kann nicht vorsichtig genug sein!" So saß ich und wartete. Die Strahlen der Sonne suchten sich ihren Weg durch das Laub der Bäume und trafen dann immer wieder auf meinen Körper. Ich schloß die Augen und träumte vor mich hin. In mir hielten sich Vorfreude und Unsicherheit die Waage. Klar, ich sehnte den Augenblick herbei, in dem Meike vor mir stand. Aber, ich hatte auch Angst davor. Gestern, das war eine Sache, aber heute sah die Welt ganz anders aus. Ich wußte ja nicht einmal, wie man das, was da zwischen uns passiert war nennen sollte. Waren wir jetzt befreundet oder sogar zusammen oder war das nur eine kurze Episode, eine Laune des Augenblicks, die heute schon wieder vergessen war und vorbei, noch ehe sie richtig begonnen hatte? Meine Nervosität wuchs. Ich dachte an das erste Mädchen, daß man annähernd als meine Freundin hatte bezeichnen können. Ich war nicht der Supertyp, das hatte sie mir deutlich zu verstehen gegeben. Warum also sollte jemand wie Meike ausgerechnet der Meinung sein, mit mir zusammen sein zu wollen? Meine Nervosität wurde größer und größer, je länger ich darüber nachdachte und je länger ich auf dieser Bank saß und die Zeiger auf der Uhr voranschritten. Das war natürlich bildlich gemeint, denn auf den modernen Telefonen schritten bekanntlich keine Zeiger voran. Ich öffnete die Augen und zog mein Telefon aus der Tasche: 15.30 stand dort. Mir wurde heiß und kalt zugleich:

„Halb vier!" sagte ich und war entsetzt. Es war halb vier und von Meike war noch immer weit und breit nichts zu sehen. Was sollte ich tun, wenn Mama jetzt anrief, weil alles viel schneller gegangen war oder Herr Christensen doch noch andere Termine hatte? Vielleicht aber wollte Meike mich ja gar nicht noch einmal sehen. Es war eindeutig: sie kam nicht. Damit wollte sie mir zeigen, daß das gestern für sie alles nur eine einmalige kurze Sache ohne Bedeutung gewesen war. Andererseits hatte sie sich nicht so verhalten. Vielleicht war ihr ja auch etwas passiert. Das war nicht unmöglich: gestern war es genauso! Ich hatte sie vom Rad gefegt und dadurch hatte sich in ihrem Tagesablauf auch alles verändert. Es war schrecklich und nicht mehr auszuhalten. Ich stand auf und begann, vor der Bank auf und ab zu wandern:

„Sie kommt – kommt nicht – kommt..." sagte ich dabei immer wieder. Glücklicherweise war der Park nicht überlaufen und die paar Spaziergänger, die an meiner Bank vorübergingen kannten mich nicht. Inmitten meiner Wanderungen, die ich inzwischen auf einen wesentlich größeren Radius erweitert hatte, hörte ich das Geräusch, das ich nicht zu hören gehofft hatte: mein Telefon meldete sich und es meldete sich mit dem Ton für „Mama". „So ein Mist!" sagte ich und ging ran:

„Ja?" hauchte ich mit unschuldiger Stimme „ach, du bist es, Mama; du bist schon auf dem Weg? – Wie? Noch nicht? – Gar nicht? – Er mußte zwischendurch weg – Ach so – ja – es hat länger gedauert - Er hat dich eingeladen? – Ach so, zum Essen - als kleine Entschuldigung, verstehe – Dann wird das mit dem gemütlichen Nachmittag heute ja nichts mehr, schade - Nein, nein, nicht meinetwegen – nein Mama, nein – wirklich - nicht schlimm, wirklich nicht - ich freue mich für dich - ich bin nicht enttäuscht – ja, holen wir morgen nach – Essen? – klar, mach ich, ich habe ja alles da, hoffentlich!" Mir fiel die blaue Tasche ein, die ich während meiner Wanderungen völlig vergessen hatte. Ich warf einen Blick in Richtung Bank und da war die Tasche. „Gut, ich komm zu Recht – ja Mama, ich bin kein Baby mehr – wann? – ja, nach sechs? – du rufst mich an, gut – gut, Mama – ich dich auch, bis dann!" Ich hielt mein Telefon vor mein Gesicht: „Jaaa!" sagte ich und gab ihm einen dicken Kuß. Dann drehte ich mich ein paar Mal im Kreis und wiederholte die Prozedur des Küssens.

„Hi, laß dich nicht stören!" hörte ich eine mir vertraute Stimme von hinter mir „das mit dem Drehen ist so dein Ding, oder? Fängst du jedesmal was damit?"

„Meike?" sagte ich erschreckt und stoppte die Drehungen. „Nein, das ist nur, das war nur..."

„Das mit dem Küssen ist neu. Manche lieben ihren Hund,

andere ihr Telefon!" sagte sie und grinste, „jeder hat so seine Macken. Ich hatte mal eine Katze – aber das ist vielleicht doch noch etwas anderes. Aber keine Sorge, dein Geheimnis ist gut bei mir aufgehoben. Soll ich wieder gehen und euch beide alleine lassen?"

„Witzig! Echt!" sagte ich, ehe ich darüber nachdachte.

„Schlechte Laune?"

„Nee, entschuldige, sehr gute…!"

„Na, dann will ich nicht wissen, wie das ist, wenn du wirklich nicht gut drauf bist!" sagte sie und drehte mir demonstrativ den Rücken zu.

„Ich bin ein Idiot!"

„Das weiß ich schon", sagte Meike und zeigte weiterhin ihre Rückseite.

„Meinst du, du kannst dem Idioten noch einmal verzeihen?"

„Kommt drauf an…"

„Kommt worauf an?"

„Na, wenn du das nicht weißt, dann kann ich dir auch nicht helfen!"

„Ich, ich…" stotterte ich vor mich hin.

„Gut, ehe es dunkel wird!" sagte Meike und drehte sich um. Ich steckte mein Telefon ein und sie trat ganz nah an mich heran. Ich spürte ihren Atem und da waren sie auch wieder, diese wunderbaren grünen Augen. Ich drückte ihr einen Kuß auf die Lippen.

„Besser?"

„Viel besser!" ihre Stimme klang jetzt wieder wie immer, und ihre Augen lachten. „Schau: Wie seh ich aus? Was sagst du?" Sie trat einen Schritt zurück und drehte sich vor mir einmal um sich selbst.

„Toll!" sagte ich.

„Toll?"

„Du siehst toll aus!"

„Danke, aber das meine ich nicht", sagte sie „mach die Augen auf, hier!" Sie winkte erst mit ihrer Gehhilfe, die mir völlig entgangen war und zeigte dann mit ihr auf ihr linkes Bein, das rund um das Knie von einem dicken Verband bedeckt wurde.

„Oh!" brachte ich hervor, „das habe ich noch gar nicht... Komm, wir setzen uns!" Wo hatte ich meine Augen! Ich griff nach ihrem Arm und führte sie zur Bank. „Da, setz´ dich, geht es?"

„Ja, es ist nur eine Bandage! Ich bin nicht tot! Oder was meinst du, wie ich vom Arzt hierher gekommen bin?" Sie ließ sich auf die Bank fallen. „Das sieht schlimmer aus, als es ist."

„Klar", sagte ich und setzte mich neben sie.

„Es hat aber etwas länger gedauert, auch deswegen!" sie zeigte erneut auf die Bandage. Ich schaute auf ihr Bein, das sie jetzt mit Hilfe ihrer Hände über meine Oberschenkel legte. Sie trug eine Shorts, die etwa auf halbem Weg zwischen ihrem Beinansatz und ihrem Knie endete. „Schön!" sagte ich und starrte auf ihr Bein.

„Na, schön ist was anderes!"

„Äh, schön gemacht, das Ding da!" ich zeigte auf den Verband.

„Bandage. Ist nichts gebrochen zum Glück, aber ziemlich starker Bluterguß. Muß das Bein eine Weile schonen, deshalb auch das hier!" Sie hob das silberne Teil mit den blauen Griffen hoch und schwenkte es durch die Luft. Nennt sich Gehhilfe! Komme mir vor wie eine alte Frau!"

„Du bist aber keine alte Frau!"

„Wenn du das sagst. Willst du mal fühlen?" Ohne eine Antwort abzuwarten, nahm sie meine Hand und führte sie zu ihrem linken Knie, „ganz hart, nicht?"

„Ja, ziemlich und warm!" Weich und warm, dachte ich.

„Das ist die Entzündung."

„Ja." Meine Hand lag auf ihrem Knie und meine Finger bewegten sich über das umliegende Gewebe, das von der Bandage bedeckt war. Es war ein sehr angenehmes Gefühl.

„Das ist schön!" sagte sie. „Nein, laß!" Ihre Hand griff nach meiner, die ich zurückziehen wollte und drückte sie auf das Knie. Unsere Blicke trafen sich.

„Tut das nicht weh?"

„Ganz schrecklich!"

„Ich nehm sie weg!"

„Nein!"

„Aber es tut weh!"

„Aber es ist mehr schön, als das es weh tut!"

„Na, wen haben wir denn da, ist das nicht meine beste Freundin, die Meike?" Unsere Köpfe gingen ruckartig in die Richtung, aus der die Worte gekommen waren.

„Hallo Svenja!" sagte Meike kalt.

„Ja, die Meike, meine liebe, gute Freundin Meike und wer ist wohl der gutaussehende junge Mann da neben ihr?" sie zeigte auf mich.

„Ich wüßte nicht, was das meine liebe, gute und vor allem alte Freundin Svenja angeht!" Meike drehte ihren Kopf in meine Richtung: „Ignorier sie einfach!"

„Na, so was! Willst du mir deinen neuen Freund nicht vorstellen?" Svenja beugte sich leicht in meine Richtung, so daß man ohne Probleme einen tiefen Einblick in ihre inneren Werte bekommen konnte.

Svenja hatte lange, blonde Haare und trug eine Art rosafarbenes Kleid mit den entsprechenden Accessoires. Ihre Fingernägel waren künstlich verlängert und ebenfalls rosafarben lackiert. Alles an ihr erinnerte an Barbie. Alles, bis auf die Rundungen, die sich unaufhaltsam in meine Richtung schoben. „Na, also, ich bin Svenja!"

„Jens, hallo!" sagte ich kurz und hoffte, damit das Gespräch beenden zu können, ehe es richtig begonnen hatte.

„Jens, so, so. Ein schöner Name für einen schönen Menschen! Da wird sich Hanno aber ärgern, der Ärmste!" Svenja hatte sich wieder aufgerichtet und ihre Arme in die Hüften gestemmt. Sie warf Meike einen fordernden Blick zu.

„Du solltest jetzt besser gehen, Svenja. War nett, mit dir zu plaudern, bis bald!" Meikes Augen funkelten, aber sie wollte sich nicht provozieren lassen.

„Ja, denn, man sieht sich, Jens!" sagte Svenja, zwinkerte und stolzierte davon.

„Was war das denn?" Ich sah Meike fragend an.

„Das war Svenja. Eine unserer Dorfschönheiten. Findet sich unwiderstehlich und ist nicht gerade eine meiner besten Freundinnen, wie du gemerkt haben wirst."

„Ja, dachte ich mir beinahe! Und wer ist Hanno?" Ich sah

Meike jetzt wieder direkt in die Augen.

„Niemand", sagte sie kurz und senkte ihren Blick. „Willst du wissen, was der Arzt gesagt hat?" wechselte sie das Thema.

„Natürlich will ich das."

„Ich dachte, es interessiert dich nicht!" sagte sie schmollend.

„Wie kommst du denn darauf?" Ich sah sie entgeistert an.

„Du hast nicht gefragt!" sagte sie enttäuscht.

Das ist, weil, weil du so spät warst. Ich dachte schon, du kommst nicht mehr!"

„Und ich hatte Angst, daß du schon weg bist, weil ich so spät bin!"

„Wäre auch beinahe passiert", sagte ich und fügte hinzu, als ich die Enttäuschung in ihrem Blick sah, „meine Mutter! Sie wollte sich mit mir treffen, da, wo wir jetzt wohnen. Aber zum Glück ist ihr was dazwischen gekommen. Das war sie am Telefon vorhin. Sie hat abgesagt und deshalb habe ich das Ding vorhin, na, du weißt schon!"

„Verstehe, schöne Geschichte. Aber wird sich zeigen, ob die auch stimmt oder ob du nur geflunkert hast!"

„Ehrlich, so war das! Und überhaupt, warum warst du denn so spät? Ist nach fünf und du wolltest bis drei hier sein, oder?" Ich bemühte mich, Empörung in meine Stimme zu legen. Meikes Reaktion zeigte mir, daß Schauspieler kein geeigneter Beruf für mich sein würde.

„Es lag an meinem Vater!"

„Ja, ja. Meine Mutter – dein Vater. Alles klar..."

„Nein, echt!"

„Sag ich doch!" Wir mußten lachen.

„Gut, ich glaub dir deins und du mir meins!"

„In Ordnung."

„Kuß drauf!" Sie spitzte ihre Lippen und schloß die Augen.

„Kuß drauf", sagte ich und schloß ebenfalls die Augen. Es war ein einfacher kleiner Kuß und es fühlte sich an, als wenn ein Stromstoß durch meinen ganzen Körper ging. „Ja..." hauchte ich.

„Ja, was?"

„Dein Vater!"

„Ach ja, mein Vater. Der wollte unbedingt mit zum Arzt und

ich durfte auch nicht laufen, von wegen der Anstrengung und so! Seine arme kleine Tochter. Dann hatte er aber noch einen Termin, der sich verzögert hat und mußte nochmal weg, bevor er mich fahren konnte. Da waren wir dann erst nach drei beim Arzt. Zum Glück hatte er später noch einen Termin, sonst wäre ich jetzt noch da. Der Arzt wollte mir einfach ein paar Tabletten geben und Bandage und fertig. Aber nein, Papachen hat darauf bestanden, daß das ganze Programm durchgezogen wird: Röntgen, MRT und, und... Kam mir vor, wie in einem Versuchslabor. Und das hat natürlich gedauert. Eigentlich wollte er mich dann auch wieder abholen – das hat aber zum Glück nicht geklappt. Ich weiß nicht, wie ich dir sonst Bescheid gesagt hätte! Ich weiß ja nicht mal, wo du wohnst!"

„Stimmt!" Mich überkam ein merkwürdiges Gefühl in der Magengegend: Mir wurde erst jetzt bewußt, was für ein Idiot ich gewesen war. „Telefonnummern!" kam es aus meinem Mund, „Telefonnummern. Laß uns die Telefonnummern austauschen!"

„Ja, gute Idee!" sagte Meike, „machen wir nachher."

„Nein, nicht nachher. Jetzt, gleich!" sagte ich drängend.

„Warum so eilig? Mußt du schon weg?"

„Nein, ich hab´ Zeit, aber..." Ich wußte nicht, wie ich es sagen sollte und versuchte es dann einfach mit der Wahrheit: „Ich wäre gestorben, wenn du nicht gekommen wärst und ich nicht gewußt hätte, ob ich dich wiedersehe!" Ich holte tief Luft. „Ja, deshalb!"

„Gib mir dein Telefon!" sagte sie und hielt mir ihre rechte Hand entgegen.

„Da, bitte", ich ließ es in ihre Hand gleiten und berührte dabei mit meinen Fingerspitzen ihre. Wieder durchzogen Ströme von Elektrizität meinen Körper.

„Du zitterst, ist dir kalt?"

„Nein, im Gegenteil!"

„Muß ich das jetzt verstehen?" sagte sie und wandte sich dann der Eingabe ihrer Nummer in mein Telefon zu. „So, fertig. Jetzt kannst du mich jeder Zeit erreichen", sie machte eine Pause, „wenn du willst", fügte sie dann hinzu.

„Klar will ich!" sagte ich und nahm mein Telefon zurück,

„das heißt..." Ich zögerte und ließ meinen Kopf von links nach rechts auf die Schulter fallen.

„Was?" Ihre Stimme klang ein wenig ängstlich und ihre Augäpfel bewegten sich schnell hin und her.

„Es ist mir lieber, wenn ich dich nicht anrufen muß!"

„Weil? Magst du telefonieren nicht?"

„Nee..."

„Magst du nur mit mir nicht telefonieren?"

„Nein, weil, wenn du da bist, ist es besser! Ich mag es, wenn du da bist. Darf ich das sagen?" Ich sah sie an. Die Bewegung in ihren Augen war verschwunden, es waren jetzt wieder diese grünen Augen mit ihrer unendlichen Tiefe, die mich magisch anzogen. Unsere Gesichter näherten sich und diesmal war es, als wenn in mir eine Detonation größeren Ausmaßes stattfinden würde.

„Du darfst alles sagen!" sagte sie und ihre rechte Hand glitt über meine linke Wange. Es war wie ein zarter Windhauch, unmerklich und doch da. Ich schloß die Augen.

„Warum?" sagte ich. „Warum ist das so?"

„Ich weiß es nicht. Es ist eben so. Reicht das nicht?"

„Ja, ich denke, das sollte es!"

„Wollen wir ein Stück gehen? Der Arzt hat gesagt, das ist gut! Mein Vater wird zwar das Gegenteil sagen, aber..."

„Wie meine Mutter, die ist genauso! Wenn die wüßte, daß ich jetzt hier!" Ich schüttelte meinen Kopf.

„Wenn sie wüßte, daß du was hier?"

„Ach, nichts, komm!" ich erhob mich von der Bank und streckte ihr meine Hände entgegen. Sie griff sofort nach ihnen:

„Danke!" sagte sie und zog sich an mir von der Bank nach oben. Dabei kam sie mir so nah, daß ich das erste Mal bewußt die Wärme ihres Körpers zu spüren vermochte. Mein Herz begann, wie wild zu schlagen. Sie legte ihre Hand auf meine Brust:

„Ganz ruhig, das bin nur ich. Nicht, das du mir hier noch umfällst!"

„Das sagst du so einfach! Mein Geist ist willig, doch..."

„Wir werden es deinem Fleisch schon noch erklären!" unterbrach sie mich und lächelte, „komm, ich weiß, wo wir hingehen!"

„Und das Rad?" Ich zeigte auf das Gebüsch.

„Das läuft nicht weg, aber die Zeit schon und du weißt, daß ich im Moment nicht die Schnellste bin!"

„Wo gehen wir hin?"

„Zum Hafen!"

„Ans Meer?" sagte ich mit Vorfreude in der Stimme. Jetzt war ich an der Nordsee und hatte die noch überhaupt nicht zu Gesicht bekommen.

„Zum Hafen, nicht zum Meer!"

„Ist am Hafen kein Meer?"

„Nicht in Husum."

„Wozu dann ein Hafen?" sagte ich enttäuscht.

„Du weißt nicht viel von hier, nicht?"

„Nicht wirklich, wenn ich ehrlich bin. Eigentlich nur, daß meine Mutter von hier kommt und, daß die Stadt hier auch die `Graue Stadt am Meer´ heißt. Das mit dem Grau habe ich schon verstanden, aber wieso dann Meer, wenn es gar keins gibt hier?"

„Also, das ist so", begann Meike und wechselte auf meine linke Seite, damit sie sich bei mir unterhaken konnte. Sie war etwa einen Kopf kleiner als ich und so spürte ich ihre Haare und ihr Gesicht an meiner Schulter. Sie erzählte mir davon, daß Husum früher einmal direkt am Meer gelegen hatte, daß dann irgendwann das Land davor eingedeicht wurde, und daß deshalb eben kein Meer hier zu finden war. „Das Meer ist jetzt ein Stück weg. Wir können mal hin, wenn du willst?" Sie hob ihren Kopf und da waren sie wieder, diese Augen.

„Ja, natürlich, wenn das geht."

„Klar, ist nicht so weit. Wenn du Zeit hast. Ich meine, bist du lange hier?" Sie blieb stehen und löste ihren Kopf von meiner Schulter.

„Ich weiß nicht", sagte ich und meine Stimme klang niedergeschlagen, „eigentlich wollten wir nur für ein paar Tage. Aber jetzt ist alles anders. Keine Ahnung: Eine Woche oder zwei! Das hängt wohl von dem ab, wie das mit der Erbschaft von Mama weiter geht. Kann sein, daß es ein bißchen dauert, sie hat sowas gesagt.

„Erbschaft?"

„Das ist ein anderes Thema und kompliziert. Jedenfalls könnte das dauern."

„Das wäre toll!" Meikes Augen strahlten wieder, „ich meine, dann könnten wir zum Meer." Sie ging langsam weiter. „Ist nicht mehr weit, da vorne ist schon die Fußgängerzone!"

„Genau. Da ist der Marktplatz, oder?" Ich zeigte in die Richtung, in die wir gingen.

„Wie?" sagte sie erstaunt, „du kennst dich ja doch aus!"

„Quatsch, ich war heute früh mit meiner Mutter da. Hier!" Ich hob die blaue Tasche in die Höhe „frisches Gemüse vom Bauern nebenan – alles öko und bio!"

Wir durchquerten einen alten Torbogen und standen dann direkt auf dem großen Platz, an dessen gegenüberliegender linken Seite sich eine große Kirche erhob. Rechts gab es zwei Straßen, die von dem Platz weg führten. Die Häuser waren alt, rot und mehrstöckig. Husum mußte bessere Zeiten gesehen haben. Jetzt lebte die Stadt augenscheinlich vor allem vom Tourismus. Das war deutlich an den Auslagen der Geschäfte und an der Zusammensetzung der Menschen zu erkennen. Die meisten waren Touristen, die mit Bussen auf Tagesfahrten hier weilten oder in der Nähe eine Ferienwohnung oder ein Ferienhaus hatten. In Husum selber wohnten wenige von ihnen, da besagtes Meer eben nicht mehr vor den Toren lag.

„Da drüben lang!" sagte Meike und zeigte auf die linke der beiden Straßen auf der rechten Seite. Wir überquerten den Platz und schlenderten durch die Gasse, die gleichzeitig die Fußgängerzone des Ortes war. In jedem Haus befand sich ein Laden. Es gab Andenkengeschäfte, aber auch Blumenläden und Drogerien und sogar ein kleines Kaufhaus. „Und?"

„Ja, nett", sagte ich, um sie nicht zu verletzen. Ich dachte an die Geschäftsstraße bei mir zu Hause und fand, daß sich das nicht vergleichen ließ. „Doch", fügte ich schnell hinzu, „ist mehr als ich erwartet hatte!"

„Was hattest du denn erwartet?"

„Weiß nicht, keine Ahnung. Bist du oft hier?"

„Wenn ich einkaufen muß schon. Ansonsten bin ich lieber da, wo es ruhiger ist."

„Und warum gehen wir nicht dahin?"

„Ich wollte dir das einfach mal zeigen. Das hier und den Hafen, weißt du."

„Ja, danke." Es tat mir leid, was ich gesagt hatte. „Ich wollte dich nicht verletzen, aber mir geht im Moment so viel durch den Kopf, entschuldige." Ich wagte es nicht, in ihre Richtung zu sehen, aber ich spürte ihren Blick. Statt einer Antwort drückte sie mir einen Kuß auf die Wange und drückte dann wieder ihren Kopf gegen meine Schulter. Ich fühlte mich wie im siebten Himmel. Ich ging nicht durch die Fußgängerzone, ich schwebte. Leider wurde dieses Schweben sehr abrupt beendet:

„Jehenns! Hallo!" Es war Svenjas Stimme, die sich hinter uns erhob und durch die ganze Straße schallte. Sie winkte, als ich mich umdrehte. „Siehst du Hanno, ich hab keine Geschichten erzählt!" rief sie und klopfte einem großen, kräftigen Jungen auf die Schulter, der neben ihr stand und ebenfalls in unsere Richtung schaute. „Da ist sie und da ist er! Hallo Jens!" wiederholte sie, „hallo, ich bin´s Svenja!"

„Hör einfach nicht hin", sagte Meike, die ihren Kopf noch fester an meine Schulter drückte.

„Wahrscheinlich hast du recht, die wird sich schon wieder einkriegen!" Ich hob kurz den rechten Arm grüßend in die Höhe, lächelte gezwungen und wir versuchten, weiter zu schweben.

„Ja, tschau Jeeens! Man sieht sich!" rief ihnen Svenja hinterher.

„Wird sich nicht vermeiden lassen, hier!" dachte ich und dachte an die gewaltige Größe dieses Ortes.

„Die ist nur neidisch!" sagte Meike plötzlich.

„Neidisch?"

„Ja, ist sie schon immer gewesen. Wir waren mal beste Freundinnen."

„Ihr beide?" Ich unterbrach das Schweben erneut und schaute Meike an: „Wirklich?"

„Kaum zu glauben, was?"

„Unvorstellbar!" Ich schüttelte mich leicht. „Hast du, hast du auch mal so, ich meine, das getragen, dieses…"

„Hab´ ich!"

„Nein, das glaub ich nicht!"

„Doch, aber da war ich sechs!" sagte sie und mußte lachen.

„Sechs?" ich lachte auch, „dann sahst du bestimmt ganz bezaubernd aus!"

„Wie eine Prinzessin!"

„Wie eine Prinzessin!" wiederholte ich und dachte, daß sie für mich heute noch genauso aussah. Ich versuchte, sie mir in einem kurzen rosafarbenen Kleid vorzustellen und mußte zugeben, daß mir diese Vorstellung besser gefiel, als ich zugeben wollte.

„Irgendwann war aber Ende mit Prinzessin bei mir und dann noch das mit Hanno…"

„Der Niemand-Hanno?"

„Genau der! Jedenfalls war sie immer neidisch auf mich und das zeigt sie mir auch ganz deutlich. Besonders, wenn ich mich nicht wehren kann, so wie jetzt!" Sie blickte auf ihr linkes Knie.

„Und der Niemand-Hanno?" versuchte ich es noch einmal.

„Ist der Niemand-Hanno!" sagte sie kurz und tonlos. Ich verstand, daß sie darüber im Moment nicht mehr reden wollte. „Schau, da ist der Hafen!" Wir gingen auf das Hafenbecken zu. „Da hinten sind Bänke, da sitze ich manchmal. Wollen wir?" Es war eine rhetorische Frage.

Da saßen wir nun. Vor uns das Hafenbecken, in dem sich ein paar Möwen tummelten und zwei Enten. Am gegenüberliegenden Ufer lagen einige kleinere Ausflugsschiffe und ein Restaurantschiff. Fischerboote waren nicht im Hafen. Wahrscheinlich waren sie auf See oder eher längst verkauft und abgewrackt. Auf der anderen Hafenseite waren viele Menschen zu sehen, die sich in beide Richtungen am Hafenbecken entlang bewegten. Die Häuserzeile hinter dem Becken bestand aus alten Speicherhäusern, die man umgebaut hatte: In ihnen waren jetzt Galerien, Geschäfte und Restaurants. Die Luft roch nach Meer und schmeckte salzig. Ein leichter Wind kam vom Meer herüber und ab und an schrie eine Möwe. Meike saß links neben mir und hatte die Beine auf die Bank gelegt. Dabei hielt sie das linke leicht angezogen gegen die Rückenlehne der Bank gedrückt. Das rechte lag ausgestreckt daneben. Ihr Rücken drückte sich gegen meine linke Seite. Mein linker Arm lag auf der Rückenlehne der Bank. Sie hatte ihren darauf gelegt und ihre Hand lag auf meiner. Ihr rechter Arm hatte meinen rechten zu sich herangezogen und ihre und meine Hand bildeten eine gemeinsame Faust, die sie in ihren Schoß gelegt hatte. Vor der Bank standen ihre Schuhe. Die Zehen am Fuß ihres gesunden Beines bewegten sich fortwährend hoch und runter. Alles andere an ihr war reglos. Sie sprach kein Wort. Ihre Nähe machte mich nervös und ruhig zugleich. Ich wollte diesen Moment festhalten, ihn endlos machen und gleichzeitig beenden, um seine Endlosigkeit zu erhalten.

„Was ist das?" Meike hob ruckartig ihren Kopf.

„Mist! Meine Mutter, die hatte ich ganz vergessen!"

„Geh ran!" sagte sie und lehnte sich wieder an mich.

„Ja, Mama – ja, - ja, du bist schon fertig - ist alles schneller gegangen, ja - du bist schon zu Hause?" Mein Herz blieb kurz stehen. „Ach, du gehst gleich nach Hause – ja, in einer halben Stunde etwa, gut – ja, ist alles da." Meine Augen suchten die blaue Tasche und dachten an den Porree, der bestimmt seine knackige Frische im Laufe dieses warmen Sommertages eingebüßt hatte. „Du hast schon gegessen - ja, hattest du erwähnt – nein, nicht schlimm – ja, natürlich, grüß zurück – wir sehen uns gleich, ja – ich dich auch, bis gleich." Ich ließ die Luft hörbar aus meinen Lungen entweichen und starrte auf das Telefon.

„Schlimm?"

„Ja, eigentlich nein, aber…" ich druckste ein wenig herum, „…ich muß los!"

„Jetzt?" Meike hatte sich aufgesetzt und mit einer nicht erwarteten Schnelligkeit so gedreht, daß sie nun in meine Richtung schaute. Sie legte mir ihre Arme um den Hals: „Hast du noch einen Moment?"

„Einen kleinen schon!"

„Schön!" Und wieder schloß sie ihre Augen und ich wußte, was jetzt geschehen würde. Ich schloß meine Augen und einen Augenblick später spürte ich ihre warmen Lippen. Ihre

Hände zogen meinen Kopf noch näher an ihren und meine Hände legten sich oberhalb der Hüften um Meikes Körper. Ich drückte sie so fest an mich, wie es in dieser Position nur ging.

Langsam lösten sich unsere Lippen und unsere Augen öffneten sich gleichzeitig.

„Hast du morgen Zeit?" fragte sie, ohne den Blick von mir zu nehmen.

„Ja, wann?"

„Ruf mich an, du hast ja meine Nummer!"

„Ja", sagte ich und strahlte „hab´ ich!"

„Dann geh´, sonst bekommst du Ärger!"

„Und du?" Ich sah sie fragend an. „Ich kann dich doch hier nicht so einfach zurücklassen!"

„Kannst du. Ich bin schon groß und kann hier auf der Bank übernachten."

„Hier?"

„Ja, mache ich oft. Wenn mein Vater mich nicht ins Haus läßt."

„Ehrlich?"

„Quatsch! Du glaubst auch alles! Ich rufe meinen Vater an und der holt mich dann ab."

„Wirklich?"

„Klar, der freut sich. Ehrlich. Jetzt geh´, bevor ich es mir anders überlege!" Sie bedeutete mir, aufzustehen.

„Ja, bis morgen!" rief ich im Aufstehen und eilte der Fußgängerzone entgegen.

„Jens?" Die Stimme, die meinen Namen gerufen hatte, kam mir irgendwie bekannt vor. Es war eine männliche Stimme. Aber, wer kannte mich hier? „Was machst du denn hier?" Jetzt sah ich den Urheber der Stimme. Er stand ein paar Meter rechts von mir auf dem Bürgersteig: Es war mein Vater.

„Hallo, Papa!" sagte ich und mußte erstmal wieder zu Puste kommen, „Ich, ich war am Hafen, ein bißchen schauen."

„Das ist Heinz!" sagte mein Vater und zeigte auf den kleinen dicken Mann, der neben ihm stand, „Heinz, das ist

Jens, mein Sohn!"

„Hallo Jens!" sagte Heinz

„Hallo Heinz!" sagte ich.

„Wir wollen in den Anker, ist ein Lokal, da hinten", sagte Papa und zeigte die Straße runter, „was Essen. Hast du Hunger?"

„Nee, Papa, ist nett, danke, aber ich bin schon spät dran. Mama wartet!"

„Die kann warten!" sagte er kühl. „Komm schon, gibt auch ein kühles Bier!"

„Sonst gerne, immer, aber heute ist ganz schlecht. Ehrlich."

„Ich seh schon, deine Mutter hat dich fest im Griff! Versucht sie, dich auf ihre Seite zu ziehen?"

„Papa! Ich bin auf keiner Seite. Ich muß nur zurück. Sie wartet. Du weißt, wie sie dann ist!" Ich versuchte ihn, auf diese Weise zu überzeugen. Wenn ich mich als Opfer von Mamas Übermacht darstellte, dann wäre er der gute Vater, wenn er verhindert, daß ich seinetwegen Ärger mit ihr bekomme. Er würde denken, daß er dadurch Pluspunkte bei mir sammelt. Ich mußte nur noch etwas dicker auftragen: „Papa, ich würde ja gerne. Du weißt, daß Mama mir kein Bier erlaubt – aber, ich will jetzt keinen Ärger mit ihr. Ich bin die ganze Zeit mit ihr zusammen!" Das verfehlte seine Wirkung nicht.

„Das verstehe ich natürlich, mein Sohn", sagte mein Vater und wurde gleich einen Kopf größer. „Siehst du, Heinz, so ist meine Katie. Sie will immer alles bestimmen. Ich habe es dir gesagt!"

„Ja, das hast du!" pflichtete ihm der kleine dicke Heinz bei.

„Papa, ich muß wirklich!" sagte ich und trat von einem Fuß auf den anderen.

„Ja, geh schon!" sagte er und machte eine entsprechende Geste mit seiner rechten Hand.

„Danke, Tschüß!" rief ich und startete durch.

„Sag ihr, daß ich morgen meine Sachen holen komme, ja?" rief mir mein Vater hinterher. Da war ich schon durch den alten Torbogen und eilte dem Schloßpark entgegen.

„Ganz gut geraten, dein Jung!" sagte Heinz bewundernd.

„Findest du?" Joachim sah Heinz an, „und das trotz des Einflusses meiner Frau!"
„Du bist eben der geborene Vater!"
„Ja, du sagst es. Darauf trinken wir einen. Ich lad dich ein!"
„Mußt du nicht!"
„Ehrensache. Das Essen zahl ich auch heute!"
„Joachim!"
„Kein Aber! Du hast mich vor der Gosse gerettet, das ist das Mindeste, was ich tun kann." Sie hatten den „Anker" erreicht und verschwanden hinter der schweren Tür im Innern.

„Das, das…", sagte ich und blieb stehen. „Das ist nicht gut. Den Marathon werde ich damit nicht gewinnen!" Ich stemmte mir die Hände links und rechts gegen die Hüften und beugte den Oberkörper nach vorne. Beide Seiten stachen fürchterlich. Dabei hatte ich das Ende des Schloßparkes noch nicht einmal erreicht, geschweige denn die Straße, die zu Opas Haus führte. Ich war nie ein großer Langstreckenläufer. Ich war eigentlich auch kein Kurzstreckenläufer. Genau genommen war ich gar kein Läufer. Ich war eher der Typ Spaziergänger. Ich brauchte eine Pause und war keine zweihundert Meter gelaufen. „Gut, daß Meike das nicht sieht!" röchelte ich und bewegte mich im Schneckentempo weiter. Der Park war zu dieser Tageszeit gut besucht. Da waren die Mütter mit und ohne Kinderwagen, die mit ihren Kindern das Grün genossen und die Vögel fütterten, zusammen mir den alten Damen, denen keine größere Freude mehr geblieben war nach dem Tod ihrer Männer. Dann die Hundebesitzer, die ihre Vierbeiner zum Nachmittag eine Runde Gassi führten und natürlich die vielen Touristen, die nach dem Mittagessen nun ihre Freizeit hatten zur Ortsbesichtigung und auf die Abfahrt der Busse zum Abendessen warteten. Alle diese Leute bewegten sich durch den Park. Es war ein Wenig wie ein kleiner Ameisenhaufen. „Du hast keine Zeit, du mußt weiter!" sagte ich mir und versuchte, mein Tempo wieder etwas zu erhöhen, denn ein Blick auf mein Telefon hatte mir gezeigt, daß ich Opas Haus nur vor Mama erreichen konnte, wenn sie sich ebenfalls verspätete.

Als ich die Haustür erreichte und den Schlüssel in das Schloß steckte und er sich zweimal drehen ließ, bevor die Haustür aufsprang, wußte ich, daß ich es geschafft hatte: Mama hatte sich verspätet! Einige Steine fielen mir vom Herzen, aber nachdem sich die erste Erleichterung gelegt hatte, begann ich, mir ein Wenig Sorgen zu machen: Mama verspätete sich normalerweise nie. Wenn sie das tat, dann mußte es einen guten Grund dafür geben. „Es gibt einen guten Grund dafür!" redete ich mir ein und bewegte mich in Richtung Wohnzimmer. Ich beschloß, die Tür zur Terrasse zu öffnen. Einmal, um ein bißchen frische Luft in das Haus zu lassen – es roch doch alles ziemlich alt und ein wenig muffig. Es war ein Geruch, den ich nicht mochte. Und außerdem wollte ich wenigstens mal einen Blick in den Garten werfen. Das war mir bisher noch immer nicht gelungen und in ein paar Stunden war es schon wieder dunkel.

„So, einmal ziehen!" Ich zog an dem Metallteil, das ich für den Riegel der Terrassentür hielt. Es tat sich nichts. Ich rüttelte daran, aber auch das änderte nichts. „Mist! Irgendwie muß sich das Ding doch öffnen lassen! Aber wie?" Ich suchte nach anderen Teilen, die ein Verschluß oder etwas Derartiges hätten sein können. Ich konnte nichts finden, d. h. alles was ich finden konnte, änderte nichts an der geschlossenen Tür. „Das Fenster!" schoß es mir durch den Kopf, „natürlich, das ist groß genug!" Ich nahm das Fenster in Augenschein, das sich auf der linken Seite der Tür befand, die ich für die Terrassentür hielt: es war ein Doppelfenster mit mehreren kleinen Scheiben, die durch Holzstege voneinander getrennt waren. Es sah so aus, wie die Fenster in den alten Häusern hier aussahen. Zu meiner großen Freude besaß es ein Metallteil, das man auf der einen Seite anheben konnte und dann ließ sich das erste Fensterteil nach innen öffnen. Das äußere der beiden Fensterteile besaß genau den gleichen Riegel. Nur, daß diesmal die Flügel nach außen schwangen. „Ja! Geschafft! Kein Problem!" sagte ich und kletterte durch das offene Fenster nach draußen.

Vor mir lag nicht etwa eine kleine Terrasse, die in eine

grüne Wiese mit Blumen überging, hinter der sich eine Streuobstwiese befand, nein, vor mir lag etwas ganz anderes: Ich blickte auf eine Mauer aus roten Ziegelsteinen, die sich in einer Entfernung von etwa 10 Metern gut drei Meter in die Höhe reckte. In der Mitte befand sich ein großes, schweres eisernes Tor, das aus zwei Flügeln bestand. Die Mauer endete auf beiden Seiten an Gebäuden, die ebenfalls aus roten Ziegelsteinen bestanden und sich in Mauerhöhe bis an das Wohnhaus heranzogen. In den beiden Gebäuden befanden sich jeweils mehrere Türen in unterschiedlichen Größen und einige Fenster, die ebenfalls keine Einheitsgröße hatten. Das ganze sah aus, als wenn sich dort einmal Stallungen befunden hatten. Auf der Fläche zwischen Haus, Mauer und Stallungen stand ein alter, roter Traktor. Die Fläche war mit kleinen Steinen gemauert, zwischen denen jede Menge grünes Zeug aus den Ritzen wuchs. Auch hier wurde längere Zeit nichts mehr gemacht.

„Keine Terrasse", sagte ich und stand ein wenig ratlos in dem Hof. Mein Blick wanderte an der linken Stallungsseite entlang und ich beschloß, mir die Sache näher anzusehen. Ich hatte gerade die erste Tür erreicht, als ich von der Stimme meiner Mutter daran gehindert wurde, in das Innere vorzudringen:

„Ach da bist du, Jens!" Meine Mutter war zurückgekehrt. „Ich hab´ dich schon im ganzen Haus gesucht!"

„Ich wollte auf die Terrasse, Mama."

„Es gibt da keine Terrasse!"

„Das habe ich auch gemerkt. War das mal ein Bauernhof?"

„Ja, aber komm´ doch erstmal wieder rein!" Sie winkte mir. „Wie bist du überhaupt rausgekommen?" fragte sie verwundert in Ermangelung des Vorhandenseins einer geöffneten Tür.

„Durch das Fenster da!" Ich zeigte auf das Loch in der Wand, durch das sie in meine Richtung blickte. „Ich habe die Tür nicht aufbekommen; da muß es einen Trick geben!"

„Nein, gibt es nicht!" sagte sie, „das klemmt nur etwas. Ist halt ziemlich alt die Tür. Wie fast alles hier", fügte sie resignierend hinzu. „Komm´ jetzt rein, wir wollen es uns gemütlich machen!" Sie winkte wieder.

„Ja, ich komme!" sagte ich und trottete widerwillig in Richtung Fenster.

„Hier, schau einmal!" sagte Mama, nachdem ich durch das Fenster zurück in das Haus geklettert war. Sie hatte die Tür auch nicht öffnen können.

„Was ist das?"

„Ein Schlüssel!" Sie zeigte auf einen großen, verrosteten Schlüssel, den sie auf den Küchentisch gelegt hatte.

„Das sehe ich, Mama. Aber, wozu ist der gut?"

„Das weiß ich auch nicht. Aber er ist von Opa!" sagte sie triumphierend.

„Ach ja, wirklich?" Ich konnte ihre Begeisterung nicht teilen. Es war ein alter, verrosteter Schlüssel und ich fragte mich, zu welcher der vielen Türen er wohl passen würde!

„Der Schlüssel ist von Opa, Jens!"

„Ja, Mama, ich habe dich verstanden: Der Schlüssel ist von Opa. Und?"

„Von deinem Opa, meinem Vater!"

„Ja, meinem Opa, deinem Vater, ich verstehe." Ich zuckte mit den Schultern und starrte auf den Schlüssel: Er blieb alt und verrostet. Ich begann mich zu fragen, ob Mama die ganze Sache nicht doch mehr mitgenommen hatte, als sie zuzugeben bereit war.

„Kn... Herr Christensen..." begann sie.

„Du kannst ruhig Knut sagen, Mama, ich weiß, wer das ist!" unterbrach ich sie.

„Ja? Gut." Sie schien ein wenig erleichtert zu sein. „Dann also: Knut hat ihn mir heute gegeben. Du erinnerst dich doch..." sie hielt inne: „Nun setz´ dich doch, hier" sie zeigte auf einen der Küchenstühle, „das sieht so ungemütlich aus. So, als wenn du gleich wieder weg willst!"

„Nein, Mama, ich will nicht gleich wieder weg", beruhigte ich sie, „aber, wenn es dir eine Freude macht, in Ordnung." Ich setzte mich, sie nahm sich ebenfalls einen Stuhl und nahm mir gegenüber auf der anderen Tischseite Platz. In der Mitte zwischen uns lag der alte rostige Schlüssel, der Mama so zu faszinieren schien.

„Hast du Hunger?"

„Nein, Mama."

„Hast du denn was gegessen?" Mama klang besorgt.

„Ich habe Papa getroffen!" Was Besseres fiel mir nicht ein, „der hat mich eingeladen."

„Was? Papa, du hast Papa getroffen? Wo? Was hat er gesagt?" Sie schien den Schlüssel vergessen zu haben für den Augenblick.

„Im Ort, in der großen Straße. Da, wo der Markt ist, weißt du."

„Ja, ach so. Und?"

„Er ist auf dem Weg zu so einem Lokal gewesen, Anker oder so." Ich tat, als wenn ich mir die ganze Sache erst wieder in Erinnerung rufen müßte.

„Zum Anker, kenne ich. Und?" Mama hatte die Hände vor sich gekreuzt auf den Tisch gelegt und schob sich langsam immer näher in meine Richtung. Sie hatte fast den Schlüssel erreicht.

„Da wollte er hin eben und hat mich gefragt, ob ich was Essen will. Das war alles."

„Was hat er erzählt?"

„Papa?"

„Ja, wer denn sonst!"

„Nichts. Was soll er erzählt haben?"

„Wo wohnt er?"

„Weiß nicht."

„Hast du ihn nicht gefragt?" Sie schüttelte vorwurfsvoll ihren Kopf.

„Nein, Mama, habe ich nicht. Irgendwo wird er schon wohnen. Wenn es dich interessiert, frag ihn doch selbst. Er kommt morgen vorbei, hat er gesagt!" Ich war erleichtert, daß mir das eingefallen war, das würde sie ablenken vom Essen.

„Papa? Morgen?"

„Ja, er will seine Sachen holen", kam ich Mamas Frage zuvor.

„Ja, seine Sachen", sagte sie nachdenklich, „stimmt, die stehen ja noch hier. Wann will er denn kommen?"

„Hat er nicht gesagt!" sagte ich und zuckte mit den Schultern.

„Hat er nicht gesagt, hmm." Mama schaute vor sich auf den Schlüssel. „Das ist schlecht, schlecht." Sie klackerte mit den Fingern ihrer rechten Hand auf der Tischplatte. „Tja, vielleicht rufe ich ihn an,…"

„Tu das, Mama, das ist das Beste!" sagte ich, ohne das Ende ihres Satzes abzuwarten.

„Wenn ich es mir genau überlege: Er will seine Sachen! Soll er doch anrufen. Entweder, wir sind da, oder wir sind nicht da. Genau."

„Wir?"

„Wir?"

„Ja, du hast gesagt, wir sind da oder nicht da!"

„Ach ja, das habe ich dir ja auch noch nicht erzählt!" Mama schüttelte wieder ihren Kopf. „Die Zeit, die Zeit, sie läuft davon!" Sie schüttelte weiter. „Es gibt da noch so viel! Wenn du wüßtest, was heute alles…" Ein permanentes Schütteln ihrerseits und ein verständnisloser Blick meinerseits füllten den Raum.

„Mama?" sagte ich und bedeutete ihr, daß ich ihr nicht ganz folgen konnte im Augenblick.

„Der Reihe nach, der Reihe nach!" sagte sie und schob sich an den Rand der Tischplatte zurück. Ihr Blick fiel auf den Küchenschrank:

„Willst du ein Glas Wein?" sagte sie und deutete auf die Flasche, die dort stand.

„Ich…" begann ich.

„Natürlich willst du. Meinst du, ich weiß nicht, daß Papa dir immer ein Bier anbietet wenn er glaubt, daß ich das nicht sehe!"

„Du weißt?" Ich sah sie erstaunt und bewundernd zugleich an. „Ich dachte,…"

„…daß das euer Geheimnis ist. Ja, ich weiß. Ich wollte euch in dem Glauben lassen." Sie zuckte mit den Schultern und ging zu der Weinflasche. „Also?" sagte sie und hob die Flasche in die Höhe.

„Von mir aus!" sagte ich.

„Wußte ich es doch!" Sie stellte die Flasche auf den Küchentisch und öffnete den oberen Teil des einen Küchenschrankes: „Wo waren denn noch…" murmelte sie, „ach ja! Natürlich!" Sie bewegte sich in Richtung Wohnzimmer und verschwand durch die Tür. Eine halbe

Minute später kam sie zurück und hielt triumphierend zwei Weingläser in die Höhe, die in etwa das Alter meines Großvaters zu haben schienen. Eins stellte sie vor mich auf den Tisch. Sie füllte es mit rotem Wein. Nachdem sie das auch bei ihrem Glas getan hatte, hielt sie es in die Höhe und sagte: „Auf meinen Vater!"

„Auf Opa!" sagte ich und wir ließen die Gläser klingen.

„Ja, Jens, das alles ist ziemlich verworren. Ich meine, das mit dem Testament alleine schon und dann noch die Sache mit deinem Vater jetzt. Aber, es ist nun einmal geschehen und, wer weiß wozu das gut ist." Sie blickte nachdenklich in ihr halbvolles Glas. „Es ist schwer, ich weiß nicht, wie ich anfangen soll..."

„Versuch es einfach, Mama", sagte ich. „Was ist mit dem Schlüssel?"

Mama stützte ihre Hände auf und straffte ihren Oberkörper:

„Also, der Schlüssel. Fangen wir mit dem Schlüssel an."

„Warum ist er so wichtig?" sagte ich und legte meine linke Hand auf den alten rostigen Schlüssel.

„Keine Ahnung."

„Wozu ist er?"

„Keine Ahnung."

„Aber warum soll er dann so wichtig sein? Verstehe ich nicht."

„Knut hat ihn mir heute gegeben. Opa hat ihn bei ihm hinterlegt!"

„Hinterlegt?" sagte ich ungläubig, „dieses rostige Teil?"

„Ja, ist doch merkwürdig, oder?" Mamas Gesicht begann wieder, zu glühen. „Knut hatte ihn gestern ganz vergessen."

„Ja." Ich nahm den Schlüssel in beide Hände und hielt ihn hoch. Ich drehte ihn zwischen den Fingern hin und her: „Ein ganz normaler Schlüssel, oder?" sagte ich und legte ihn zurück auf den Küchentisch.

„Ja, ich habe ihn auch hundertmal angesehen. Ich habe sogar den Rost abgekratzt an einer Stelle, da!" Sie nahm den Schlüssel und zeigte mir die Stelle. „Siehst du, blankes Metall!" sagte sie enttäuscht.

„Warum hast du das gemacht?"

„Ich dachte", sagte sie und schien sich ein wenig zu schämen, „das der vielleicht aus Gold wäre oder so."

„Mama!"

„Wenn er ihn so besonders behandelt!"

„Wir müssen rausbekommen, zu welcher Tür er paßt!" rief ich plötzlich und jetzt leuchteten meine Augen.

„Ja, richtig!" Sie klackerte wieder mit den Fingern auf der Tischplatte. „Das müssen wir." Sie war sichtlich nervös. Das konnte nicht nur am Auftauchen dieses alten rostigen Schlüssels liegen. Nach einer kurzen Pause fuhr sie fort: „Da war dann noch ein Brief, hier", sie griff in die Tasche, die neben dem Tisch stand und die ich bisher noch gar nicht bemerkt hatte und hielt einen Briefumschlag in der rechten Hand. Sie öffnete ihn und zog ein Din-A-4-Blatt hervor. „Er ist von Opa selber", sagte sie und faltete das Blatt auseinander. Danach wischte sie sich mit der linken Hand über die Augen, bevor sie zu lesen begann: „Meine liebe Katinka – er hat mich immer so genannt", fügte sie erklärend hinzu, „meine liebe Katinka! Wenn du das hier liest, dann bin ich bei deiner Mutter. Ich weiß, daß ich dir nicht immer wie ein guter Vater war und, daß nicht alles, was ich getan habe, gut war – für dich. Aber es läßt sich nicht mehr rückgängig machen. Ich hätte dich gern noch einmal gesehen, aber ich weiß, daß du das nicht gewollt hättest und ich weiß, daß es meine Schuld war, daß es so gekommen ist. Du wirst es mir vielleicht nicht glauben, aber ich wußte nicht, warum du gegangen bist, bis ich gehört habe, daß du geheiratet hast und ein Kind hast, einen Sohn. Ich freue mich, daß du ihn nach meinem Vater genannt hast." Sie sah mich an: „Ja, dein Uropa hieß Jens, das stimmt und ich habe dich nach ihm benannt. Weiter: Ich kann nichts ungeschehen machen und nichts mehr ändern. Der Schlüssel wird dir die Antworten geben, die du suchst. In Liebe." Mama ließ den Brief sinken und stützte den Kopf in die geöffnete linke Hand, die sie auf die Tischplatte aufstützte. Man sah ihr an, daß sie mit ihren Gefühlen kämpfte. Die Augen waren mehr als feucht, aber es flossen keine Tränen. Es dauerte eine ganze Weile, bis sie wieder aufsah. Sie ließ das beschriebene Blatt Papier aus ihrer Hand gleiten und nahm den Schlüssel. Sie hielt ihn in meine

Richtung und sagte: „Dieser Schlüssel! Die Antwort liegt in diesem Schlüssel!" Ich schaute meine Mutter an: Tausend Fragen gingen mir durch den Kopf. Das war ein in meinen Augen wirrer Brief voller Rätsel, deren Sinn sich mir in keinster Weise offenbarte. Für mich war es der Brief eines sehr alten Mannes, der sich schuldig fühlte und dessen geistiger Zustand keine klaren Gedanken mehr zugelassen hatte.

„Ich verstehe das alles nicht, Mama", sagte ich.

„Ich auch nicht", beruhigte mich meine Mutter, „noch nicht. Knut wird mir helfen. Er kennt hier alle. Er wird sich umhören. Bis dahin soll ich mich ausruhen und mir alles andere in Ruhe ansehen: Die Papiere, das Haus. Vielleicht finden sich Hinweise. Es gibt viel zu ordnen. Opa war sehr alt und konnte am Ende nicht mehr..." Sie blickte sich in dem Raum um: „Es blieb halt vieles liegen, wie man sieht!"

„Ja, Mama", pflichtete ich ihr bei. Ich hatte noch nicht das ganze Haus gesehen, mein Zusammentreffen mit Meike hatte das verhindert. Das, was ich gesehen hatte, bestätigte aber alles, was Mama gesagt hatte. Die Räume waren verwohnt, die Schränke vollgestopft mit allen möglichen und unmöglichen Dingen, die sich in den langen Jahren angesammelt hatten. Es war keine leichte Aufgabe, das alles zu durchforsten. Und das hier war nur das Haus! Wenn ich an die Stallungen dachte und das, was vielleicht noch außerhalb der Mauern zu finden war auf dem Gelände, lag sehr viel Arbeit vor meiner Mutter. „Ich werde dir helfen!" sagte ich.

„Das ist lieb von dir!" Mama sah mich gerührt an und griff nach meinen Händen. Ich mochte das nicht, aber ich ließ es zu. Ich spürte das leichte Zittern, als sie meine Hände umschlossen hielt. „Ich weiß, daß du das tun wirst. Du und Knut!"

„Ja, Knut" sagte ich und dachte an meinen Vater. Er hatte nicht sehr glücklich gewirkt, als ich ihn getroffen hatte. Ein Versuch konnte nichts schaden: „Was ist mit Papa! Er würde dir bestimmt helfen, wenn du ihn fragst!"

„Du hast gesehen, wie er sich aufgeführt hat!"

„Er wird sich beruhigen, bestimmt!"

„Das glaube ich nicht, Jens, du kennst ihn - und es ist auch egal: Für mich ist die Sache abgeschlossen."

„Einfach so, so plötzlich?"

„Du hast alles gehört – das war nicht plötzlich. Ich weiß, daß es schwer für dich sein wird, jetzt, aber ich kann es nicht ändern."

„Wo, wo willst du wohnen?"

„Das ist doch keine Frage: Hier natürlich!" Ich sah meine Mutter mit großen Fragezeichen in den Augen an. „Auf jeden Fall so lange, bis alles geklärt ist."

„Heißt das, du willst hier bleiben?"

„Ja, ich denke schon."

„Dann nimmst du das Erbe an und erfüllst Opas Wünsche?"

„Ich denke, ich werde es versuchen. Jens, ich will es versuchen. Ich glaube, das bin ich ihm schuldig irgendwie. Ich glaube, ich muß es tun. Für ihn und für mich."

„Du bleibst also hier und Papa geht zurück nach Berlin!" Ich nahm einen tiefen Schluck aus meinem Glas: „Und ich? Was mache ich?"

„Du? Du gehst erstmal mit deinem Vater, denke ich."

„Was?" Ich sah meine Mutter entgeistert an. „Einfach so?"

„Nicht einfach so! Du mußt an deine Schule denken! Wenn die fertig ist, dann kannst du gerne hierher ziehen. Du kannst mich auch vorher in den Ferien besuchen, immer. Aber ich denke, daß ein Schulwechsel zum jetzigen Zeitpunkt – ich weiß nicht, ob das gut wäre!" sie wirkte nachdenklich und ehrlich besorgt. „Und", fuhr sie fort, „du kennst ja hier niemanden sonst!"

„Ja, niemanden..." begann ich um mit „die Schule" fortzufahren. Einmal mehr lief mir ein kalter Schauer über den Rücken. Die Schule hatte ich ganz vergessen! Ich hatte mich vom Unterricht befreien lassen, aber nur für ein paar Tage. Mitte der Woche mußte ich zurück. Ich dachte an Meike und daran, was dann aus uns würde. „Es sind bald Ferien. Ich kann erstmal hier bleiben und dir helfen. Ehrlich, das hole ich alles nach, dann! Bitte, Mama, sag ja!" Ich sah sie flehend an.

„Laß uns das nicht heute entscheiden, ja? Es sind ja noch ein paar Tage. Bis dahin sieht alles vielleicht schon ganz anders aus!"

„Danke, Mama! Wollen wir uns nicht das Grundstück hinter dem Haus ansehen?" Ich stand auf und schaute in Richtung Fenster.

„Ja, natürlich. Aber, es wird bald dunkel und es war ein langer Tag."

„Stimmt, und morgen haben wir ja sehr viel Zeit!" sagte ich.

„Morgen!" meine Mutter schien sich an etwas zu erinnern, „Jens, das habe ich dir ja auch noch nicht gesagt: Knut kommt morgen früh."

„Knut?" fragte ich verwundert.

„Ja, ich wollte ihn noch etwas fragen in Bezug auf das Haus und dann nimmt er uns gleich mit."

„Er nimmt uns mit? Wohin nimmt er uns mit?"

„Zu sich. Wir sind eingeladen, zum Mittagessen."

„Zum Mittagessen, bei Knut?" Ich hatte mich ruckartig in eine gerade Sitzhaltung gebracht und starrte sie mit weit aufgerissenen Augen an.

„Ja, zum Mittagessen. Das ist doch nett vom ihm. Er hat gesagt, daß es nicht gut ist, wenn ich zu lange alleine bin. Das lenkt mich ab. Seine Familie ist da und zum Abendessen…"

„Zum Abendessen?" Ich schüttelte ungläubig den Kopf. „hast du nicht eben etwas von Mittagessen gesagt?"

„Ja, erst Mittagessen und dann Abendessen. Zum Abendessen kommen dann ein paar alte Freunde. Das wird bestimmt schön, die alle mal wieder zu sehen. Ich freue mich schon richtig darauf!" Ihre Augen glänzten jetzt wirklich.

„Das verstehe ich", sagte ich und stand auf: „ Aber, was habe ich damit zu tun?"

„Ich dachte, du würdest dich freuen! Ist doch besser, als hier den ganzen Tag alleine rumzuhängen, oder? Außerdem wollen meine Freunde dich bestimmt kennen lernen!"

„Ja, aber morgen…" Ich ließ mich wieder auf den Stuhl fallen.

„Das wird bestimmt nett. Er hat ein schönes Haus, du wirst sehen, es gefällt dir. Er ist auch sehr nett."

„Ich weiß nicht so recht", sagte ich und dachte an meine erste Begegnung mit ihm.

„Er wirkt ziemlich unnahbar auf den ersten Blick, ich weiß. Aber, wenn man ihn näher kennt, dann ist er ein herzensguter Mensch, das kannst du mir glauben."

„Das glaube ich dir ja, Mama." Ich stützte mein Kinn in die rechte Hand und starrte an die Wand gegenüber. „Aber gerade morgen – ich wollte eigentlich – Papa, Papa wollte doch vorbeikommen und seine Sachen holen!" Ich strahlte Mama an: „da muß doch jemand hier sein, nicht? Wir wissen ja nicht, wann er kommt!"

„Wenn es nur darum geht: Ich ruf ihn an und sage ihm, daß er früh kommen muß."

„Und wenn er morgen früh nicht kann?"

„Dann übermorgen eben."

„Mama, er braucht doch seine Sachen!" beharrte ich.

„Das hat er ja bisher auch nicht getan." sagte sie trocken.

„Aber,…"

„Ich kann sie ihm ja in den Schuppen neben das Haus stellen, wenn dich das beruhigt!"

„Und wenn sie jemand klaut?" warf ich ein.

„Die klaut hier keiner, Jens. Wir sind nicht in Berlin!"

„Und wenn doch?"

„Wenn dir die Sachen deines Vaters so wichtig sind, kannst du sie ihm ja früh vorbeibringen!"

„Ja, aber – ich weiß ja nicht, wo er jetzt ist!"

„Jens?" sie sah mich völlig verständnislos an.

„Was?"

„Dir scheint die Seeluft nicht zu bekommen!"

„Warum?"

„Weil du dich verhältst wie ein Idiot!"

„Ich?"

„Ja, du!"

„Verstehe ich nicht!"

„Einundzwanzigstes Jahrhundert!" Sie hielt ihr Smartphone in die Höhe: „Jens zu Papa telefonieren", sagte sie im Tonfall von E. T. Ich kam mir wirklich vor, wie der letzte Dorfdepp. Natürlich konnte ich meinen Vater genauso anrufen, wie es meine Mutter konnte. Natürlich konnte ich ihn fragen, wann ich ihm die Sachen wohin bringen konnte. Ich mußte eine andere Ausrede finden, um Mama nicht zu Knut Christensen zu begleiten. Um keinen Preis wollte ich auch nur eine Sekunde Zeit dafür hergeben, die ich mit Meike verbringen konnte. „Das wäre also geklärt." Der Tonfall meiner Mutter ließ keinen Widerspruch mehr zu. Das enthob mich der Mühe des weiteren Nachdenkens über einen Grund für mein Fernbleiben von den morgigen familiären Verpflichtungen. „Du begleitest mich und hinterher wirst du mir dankbar sein, daß ich darauf bestanden habe. Ich kenne dich!"

„Bestimmt", dachte ich, „ganz bestimmt werde ich dir dankbar sein – und ja, du kennst mich!" Innerlich kochte die Verzweiflung in mir hoch: „Wie lange dauert das denn dann morgen?" versuchte ich, nach dem letzten Strohhalm zu greifen.

„Ich weiß nicht, Jens. Das kann man nie so genau sagen. Das weißt du doch. Das kommt ganz darauf an, wer alles da ist. Bei einigen freue ich mich richtig auf das Wiedersehen!"

„Des einen Freud…" rutschte es mir raus.

„Was?" sagte Mama, die mit ihren Gedanken zum Glück gerade in der Vergangenheit bei all denen verweilte, die ich morgen das Vergnügen haben sollte kennen zu lernen.

„Ich bin auch schon gespannt auf deine Freunde, vor allem auf die Familie von Herrn Christensen!"

„Ja, das bin ich auch. Ich kenne sie noch nicht. Ich bin gar nicht mehr müde. Wie weggeblasen. Ich glaube, ich nehme mir noch ein schönes Glas Rotwein und setze mich nach draußen. Es ist ein schöner Abend heute. Willst du mir Gesellschaft leisten dabei?"

„Das ist merkwürdig, das muß an der vielen frischen Luft liegen, ich bin auf einmal ganz müde", sagte ich, obwohl ich nichts gegen ein weiteres Glas Rotwein einzuwenden gehabt hätte. Ich wollte allein sein und darüber nachdenken, wie ich Meike erklären sollte, warum ich morgen keine Zeit für sie haben würde. „Ich muß ja noch mein Zimmer etwas herrichten. Das wird bestimmt einen Moment dauern, so wie das aussieht. Und ich muß morgen ja ausgeschlafen sein bei dem Tagesprogramm!"

„Du kannst doch heute nochmal im Wohnzimmer schlafen. Das mit dem Umräumen hat doch Zeit bis morgen!"

„Nein, Mama, morgen ist Mittagessen und Abendessen, du

erinnerst dich?" sagte ich und grinste sie an.

„Na, hau schon ab!" sagte sie und wischte mit ihrer Hand durch die Luft. Ich drückte ihr im Vorbeigehen einen kleinen Kuß auf die Wange und bewegte mich in Richtung Treppe.

„Gute Nacht, Jens", hörte ich ihre Stimme auf dem Weg nach oben.

„**M**ensch Heinz! Du bist ein echter Kumpel! Echt!" Joachim saß an dem Zweiertisch, an dem er auch schon den Abend zuvor gesessen hatte. Der Abend war vorangeschritten und nach einem opulenten Mal hatte man sich ausgiebig der Tradition des „Lütt un Lütt" gewidmet. Weder Heinz noch Joachim saßen aufrecht. Sie hingen eher zwischen Stuhllehne und Tischplatte.

„Jo…" begann Heinz, dem das Sprechen sichtlich genauso schwer fiel wie seinem gegenüber, „…achim!" preßte er heraus. „Das, das is doch alles, is das, so is das! Du bis ein Freund, ein echter Freund! Da is das so! Jawoll!" Sein Kinn sackte auf seine Brust.

„Nee, nee! Wenn ich dich nich getroffen! Wo währ ich jetz! Na, wo?" Joachims Oberkörper fiel nach vorne in Heinz Richtung.

„Du? Ja, wo wärs du? Keine Ahnung!" Heinz kicherte.

„Das will ich dir sagen: In ner Gosse! In ner Gosse!"

„Genau! In der Gosse. Bis du aber nich!" Heinz kicherte wieder. Immer, wenn er sprach, hob er den Kopf und sein glasiger Blick ging Richtung Joachim.

„Bin ich aba nich! Genau! Und warum bin ich aba nich? Weil du mich gerettet hast!"

„Ja, du sags es, ich habe dich gerettet!"

„Dafür bin ich dir ewich dankba! Ewich!"

„Kanns du auch sein! Pros!" Heinz griff nach seinem Glas: „Is nix drin, is leer!" Er drehte es auf den Kopf und sah den letzten Tropfen zu, wie sie auf die Tischplatte fielen.

„Wills du noch eins? Natürlich wills du noch eins!" Joachim hob seinen rechten Arm, so gut es ging und rief: „Noch eins, Harm! Noch eins für uns! Komplett!"

„Komplett!" kam das Echo von Heinz.
„So, is aba schnell. Dann Pros!"
„Pros Joachim!"
„Auf unsere Freunschaft!"
„Auf unsere Freunschaft!"
„Wir brauchen die Frauen nich dazu!"
„Nee, brauch wir nich. Is viel besser ohne sie!"
„Genau! Viel besser!"
„Den zeigen wir´s!"
„Genau. Wir zeigen´s denen!" Joachim versuchte, Heinz zu fixieren, was ihm aber nicht wirklich gelang: „Un wie zeigen wir´s denen?"
„Is doch was einfach!"
„Isses?"
„Issis!"
„Dann azähl mal, wie das so einfach is. Wie is das bei dir gewesen so einfach?"
„Ganz einfach! Hab´ ihr einfach gesagt, was Sache is. So einfach!" Heinz Augen glänzten und sein Kopf wackelte von oben nach unten.
„So einfach is das also!" Jetzt wackelte auch Joachims Kopf. Plötzlich stoppte das Wackeln und er sah wieder in Heinz Richtung: „Un das Geld? Was is mit dem Geld?"
„Was´n für´n Geld? Da wa kein Geld!"
„Kein Geld? Kein Geld. Aba bei mir. Bei mir is Erbe!" Sein Kopf fiel nach vorne und wurde erst von der Tischplatte gestoppt.
„Ja, du has Erbe! Das is was anderes!"
„Genau, was anderes!" kam es aus Joachims Mund. Sein Kopf lag noch immer auf der Tischplatte. Er hatte ihn zur Seite gedreht, so daß der eine Mundwinkel den Tisch berührte und sein Speichel ungehindert dorthin abfließen konnte. „Un das bekommt alles die Katie jetzt! Alles!"
„Aba", es machte den Eindruck, als versuchte Heinz, sich an etwas zu erinnern, „aba has du nich gesagt, da is nix?"
„Hab ich?"
„Doch has du! Du has gesagt, da is nix! Dass is sicher! Ganz sicher. Ich hab´ ein super Gedächtnis da oben!" Er versuchte, sich mit einem seiner Finger gegen die Stirn zu

tippen, was ihm aber nicht gelang.

„Ja, hat der Anwalt auch gesagt! Ich glaub ihm aba nich! Tu ich nich! Die stecken doch alle unter eina Decke, die alle!"

„Unta eina Decke!"

„Wie der die Katie angeglotzt hat! Hätts du mal sehn solln! Die Katie, meine Katie! Als wenn der sich gleich auf die stürzen will! So hat der die angesehn!"

„Deine Katie! Das is nich fein von dem! Das macht man nich!"

„Ich will dir mal was sagen!" Joachim hatte sein Gesicht mit Hilfe seiner Arme und Hände wieder in eine aufrechte Position gebracht. „Komm näha! Muß keina hörn!" flüsterte er und schob seinen Körper ein Stück weiter über den Tisch. Heinz tat das Gleiche und in der Mitte berührten sich ihre Köpfe: „Die wolln das Geld für sich behalten! Die wolln mich betrügen um mein Erbe! Das ham die sich ausgedacht vorher!"

„Das is eine Schweinerei! Das ganze Geld?"

„Alles!"

„Alles. Aba das is doch auch deins!"

„Meins! Genau!"

„Dann mußt du das holen!" Heinz zog seinen Kopf wieder zurück und seine Augen leuchteten ob seiner phantastischen Idee: „ Wir müssen das holen für dich!"

„Holen!" wiederholte Joachim.

„Genau! Wir holn dir das!"

„Das is eine tolle Idee! Das muß in dem Haus sein! Bestimmt. Der Alte is doch da nich mehr rausgekommen die letzten Jahre. Der hat das da versteckt!"

„Vasteckt! Im Haus!"

„Wir holen das!"

„Wir holen das! Ich helf dir!"

„Du hilfs mir! Du bis ein echter Kumpel! Pros!"

„Pros! Is schon wieda leer. Muß ein Loch haben! Noch zwei!" rief Heinz diesmal. „Aba, wir brauchen einen Plan!"

„Plan is gut!"

„Ich glaub´ ich muß kotzen!"

„Du muß kotzen, jetz?"

„Ja, jetz! Bin gleich wieder…" Heinz war von seinem Stuhl

aufgestanden, so schnell es ihm sein Zustand noch erlaubte und wankte in Richtung Toilette.
„Ich fang schon mal an, mit den Plan!" sagte Joachim bevor
sein Kopf endgültig auf die Tischplatte sank.

„**W**ohnzimmer wäre doch besser gewesen!" sagte ich und versuchte, mich an meine neue Umgebung zu gewöhnen. Meine neue Umgebung war ein Zimmer in der oberen Etage. Es lag ganz rechts und zog sich über die ganze Hausbreite. Dadurch war es trotz der Dachschräge größer als das Zimmer, das ich zu Hause in Berlin bewohnen durfte. Es war aber auch voller als das, das ich zu Hause hatte. Im Grunde genommen war es vollgestopft bis unter das Dach. Ich hatte keine Ahnung, wozu die ganzen Stühle, Bretter und anderen Dinge einmal da gewesen sein konnten. Sie waren durcheinander in dem Raum eingelagert worden und man hatte sie seitdem nie wieder angerührt. Ich bedauerte es in dem Moment, als ich die Tür geöffnet hatte, daß ich das Angebot meiner Mutter auf ein Glas Wein vor der Haustür abgelehnt hatte. Aber jetzt konnte ich keinen Rückzieher mehr machen. Also machte ich mich daran, die sperrigen Dinge aus dem Zimmer in den Nachbarraum zu räumen, was mit einigen Schwierigkeiten verbunden war, da auch dieser Raum nicht gerade Leere ausstrahlte. Schließlich war es mir gelungen, den Raum so weit zu räumen, daß ich mir eine der alten Matratzen aus einer der unteren Kammern holen und diese auf dem Boden meines neuen Heimes platzieren konnte. Nun lag ich auf dieser Matratze und starrte nach oben durch die Dachluke über mir. Zum Glück war es eine laue Sommernacht, denn eine Heizung hatte ich noch nicht entdecken können. Es gab zwar einen Lichtschalter, aber keine Lampe. Wenn ich die Zimmertür offen ließ, reichte das Licht vom Gang, um wenigstens einen Teil des Raumes so weit zu erhellen, daß man etwas erkennen konnte. „Morgen!" sagte ich mir, „morgen werde ich das in Angriff nehmen!" Einen kurzen Moment besann ich mich eines Besseren:

„Übermorgen! Morgen ist Essen!" Ich schloß die Augen und überlegte, ob ich mein Telefon nehmen und Meike anrufen sollte oder, ob ich das lieber auf morgen verschieben sollte oder, ob ich mich gar nicht melden sollte, falls es mir doch noch gelingen sollte, mich davon zu stehlen. „Oder eine Kurznachricht?" sagte ich und mein Gesichtsausdruck hellte sich auf: „Genau! Wenn sie schon schläft, dann störe ich sie nicht. Dann hat sie meine Nummer und dann kann sie sich zurück melden – heute oder morgen!" Ich begann, zu schreiben: *Meine liebe Meike!* - Nein, wie klingt das denn? Also: *Liebe Meike*. Nee, ist genauso blöd. *Meike*. Ja, das ist es! *Meike!* Und was weiter?" Ich verzweifelte. „Das kann doch nicht so schwer sein, oder?" Als die Zeiger der Uhr den Sonntag schon eine geraume Zeit erreicht hatten, legte ich mein Telefon neben die Matratze und schlief mit einem zufriedenen Lächeln auf dem Gesicht ein: „*Ich freue mich auf morgen. Jens*", stand auf dem Display, als ich die Nachricht abgeschickt hatte.

Kapitel 3

„**J**ens! Jeeens!" Die Stimme drang wie durch einen dichten Nebel zu mir. Langsam öffnete ich die Augen und noch langsamer realisierte ich, wo ich mich befand. „Jens? Kommst du? Es ist Zeit!" Es war die Stimme meiner Mutter.

„Ja, gleich!" rief ich zurück, „ich komme gleich. Fünf Minuten." Ich schaute auf mein Telefon: „Acht Uhr?" Ich traute meinen Augen nicht. Es war Sonntag. Wußte meine Mutter, wie spät es war? Sie hatte etwas von „Es ist Zeit" gesagt. „Wozu?" sagte ich und schlüpfte in meine Sachen.

„Da bist du ja endlich!" Meine Mutter erwartete mich in der Küche. Der Tisch war schon gedeckt. „Nicht!" sagte meine Mutter, als ich mich setzen wollte.

„Nicht?" sagte ich und wunderte mich. Erst jetzt sah ich, daß sich vier Gedecke auf dem Tisch befanden. „Für wen sind die anderen?"

„Ich habe dir doch gesagt, daß Knut kommt. Er bringt noch jemanden mit."

„Aha!" sagte ich teilnahmslos und wollte mich wieder setzen.

„Jens!" Die Stimme meiner Mutter klang sehr streng: „Du willst dich doch nicht so", sie deutete auf mich „an den Tisch setzen?"

„Nicht?" sagte ich und sah an mir hinunter. Ich sah aus, wie immer. „Ich seh aus wie immer!" sagte ich.

„Eben, mein Sohn, eben! Ab ins Bad und zieh dir mal ein paar neue Sachen an!" Sie rümpfte die Nase.

„Wenn du meinst." Ich schlurfte in Richtung Wohnzimmer, griff nach einem frischen T-Shirt und meiner Zweithose und verschwand anschließend im Bad.

„Na also!" sagte meine Mutter zufrieden, als ich wieder in der Küche auftauchte, „geht doch!"

„Wann kommen sie denn?"

„So um zehn!"

„Um zehn?" Ich sah seine Mutter verständnislos an. „Es ist nicht mal halb neun!"

„Vielleicht kommen sie ja ein paar Minuten eher!" sagte meine Mutter und setzte den Kaffee auf.

„Ich bin nochmal draußen!" sagte ich und bewegte mich Richtung Haustür.

„Geh aber nicht zu weit weg! Zehn Uhr, ja?"

„Ja!"

Es war zwar Sommer, aber um diese Zeit lag noch leichter Nebel über den Feldern und die Luft hatte die Kühle der Nacht noch nicht abgegeben. Ich griff nach meinem Telefon und wollte eine kurze Nachricht an Meike schreiben, daß es mit unserem Treffen wohl noch ein wenig warten mußte.

„Eine Nachricht!" entfuhr es mir und meine Hände begannen zu zittern. Es war weniger die Kühle der vergangenen Nacht, als die Nummer, die das Zittern hervorrief – es war eine unbekannte Nummer: „Meike! Die ist von Meike!" dachte ich und tippte wild auf dem Display rum, um die Kurznachricht aufzurufen. Dabei hätte ich sie beinahe gelöscht, bevor ich sie gelesen hatte. „Da, da ist sie": *Ich freue mich auch* stand da.

„Sie freut sich auch! Jah!" Ich reckte den Arm mit geballter Faust nach oben. „Geht noch weiter: *kann aber erst spät, melde mich, Meike*" las ich. Eine erste Enttäuschung machte einer großen Erleichterung Platz: Daß sie erst spät konnte bedeutete für mich, daß ich am Mittagessen teilnehmen konnte. Am Mittagessen mit Knut und seiner Familie. Ich mußte mich dann nur zum Abendessen absetzen, was mir aber einfacher erschien, als das Mittagessen zu schwänzen. Meine Mutter wäre mit ihren alten Freunden beschäftigt und meine Abwesenheit würde wahrscheinlich niemandem auffallen. Meine Laune hatte sich mit einem Schlag verbessert und ich lächelte über das ganze Gesicht, als ich in die Küche zurück kehrte.

Um halb zehn läutete es. Es war das erste Mal, daß ich die Türglocke hörte – es war wirklich eine Türglocke! Die Türglocke war die kleine Glocke aus Metall, die ich rechts neben der Tür hatte hängen sehen, eine andere gab es nicht. Sie glich den Glocken, die man in Kneipen am Tresen hatte und die immer dann geläutet wurden, wenn jemand eine Lokalrunde gab. Diesmal gab es keine Lokalrunde. Nun, Opas Haus war auch kein Lokal. Diesmal gab es Besuch: Knut und seine Begleitung. Ich wollte zur Tür, um sie zu öffnen.

„Nein, ich mach schon, Jens!" meine Mutter wirkte auf sehr seltsame Weise nervös. Langsam fragte ich mich wirklich, was es mit ihr und diesem Knut auf sich hatte.

„Ist vielleicht doch ganz gut, hier zu sein!" sagte ich und dachte daran, daß ich auf diese Weise Einiges über ihre Beziehung erfahren konnte.

„Was ist gut, Jens?"

„Gut? Es ist gut, daß schon alles fertig ist, Mama!"

„Ja, das ist gut", sagte sie und öffnete die Tür. „Knut, wie schön!" Man hörte förmlich, wie sie sich umarmten. „Du kommst allein?"

„Sie wollte nicht! Sie ist schon die ganze Zeit gnatschig."

„Das ist schade, ich hätte sie gerne kennen gelernt!"

„Wirst du, zum Mittag wird sie da sein!"

„Wie schön, Knut. Leg doch ab – äh, komm doch rein", verbesserte sie sich, als sie sah, daß Knut nichts abzulegen hatte. „Jens!"

„Ja, Mama."

„Herr Christensen; ihr kennt euch ja schon!" sagte sie und deutete mit dem einen Arm auf mich, mit dem anderen auf Herrn Christensen.

„Knut", sagte Herr Christensen, „du kannst mich Knut nennen, wenn du willst!"

„Jens", sagte ich und reichte ihm die Hand.

„Komm rein, setz dich, Knut!" Mama zeigte auf einen der Stühle am Küchentisch. „Kaffee?"

„Gerne, Katja", sagte Knut und setzte sich. „Es hat sich nichts verändert!" sagte er und ließ seinen Blick durch die Küche wandern.

„Das ganze Haus, Knut. Es sieht fast alles aus wie damals, als ich gegangen bin!"

„Ja, dein Vater war kein Freund von Veränderungen!"

„Nein, das war er nicht."

„Meiner auch nicht!" sagte Knut und sah meine Mutter intensiv an.

„Dein Tee, Jens!"

„Danke, Mama."

„Brötchen, Knut?"

„Nein, danke, Kaffee ist gut. Ich frühstücke nie. Außer am Wochenende."

„Heute ist Wochenende", rutschte es mir heraus.

„Jens!"

„Oder ist das hier anders?" Ich sah erst Mama und dann Knut an.

„Nein, mein Jung, das ist hier genauso wie bei euch. Aber heute liegt noch ein opulentes Mittagsmahl vor uns. Anna, das ist unsere Köchin, hat sich was ganz Besonderes einfallen lassen dafür." Er zwinkerte mir zu.

„Ach Knut, du machst dir viel zu viele Umstände meinetwegen!" sagte meine Mutter.

„Das sind keine Umstände, das mache ich gerne. Außerdem ist es schön, mal wieder Gäste zu haben. Würmchen wird sich auch freuen."

„Würmchen?" sagte ich und hielt mir sofort die Hand vor den Mund, als ich Mamas strafenden Blickes gewahr wurde.

„Meine Tochter, ich nenne sie Würmchen", sagte Herr Christensen erklärend.

„Ich dachte, sie ist gnatschig?" sagte meine Mutter.

„Ja, Frauen sind eben so", er sah mich an: „das wirst du auch noch lernen! Sie sind gnatschig und dabei freuen sie sich in Wirklichkeit und wollen es nur nicht zugeben." Er zwinkerte mir erneut zu.

„Nicht alle Frauen sind so" warf meine Mutter ein.

„Nein, nicht alle", sagte Knut und zwinkerte abermals.

„Ja, wahrscheinlich", sagte ich und überlegte, ob ich das Gesagte durch ein Zwinkern meinerseits unterstützen sollte.

„Wer kommt denn alles, heute Abend?" Mamas Stimme und Körperhaltung drückten Hochspannung aus.

„Katja! Das ist eine Überraschung. Das wird nicht verraten."

„Bitte, Knut!"

„Katja, nein. Erzähl lieber, wie es dir gefällt in dem Haus. Hast du schon Fortschritte gemacht beim Durchforsten?"

„Ehrlich, Knut. Nein. Ich bin kaum dazu gekommen. Ich weiß auch nicht, wo ich anfangen soll! Es ist alles überall voll."

„Das stimmt!" pflichtete ich ihr bei, „überall steht oder liegt was rum und die Schränke sind auch alle voll. Die Ställe haben wir noch nicht mal gesehen!"

„Die Ställe?" sagte Knut überrascht, „die gibt es noch!"

„Ja, Knut, sogar den alten Traktor."

„Das ist nicht wahr? Das alte rote Ding?"

„Genau das!"

„Der muß älter als wir beide zusammen sein!" Knut lachte und Mamas Gesicht lächelte.

„Weißt du noch, Knut?"

„Wie könnte ich das vergessen! Du auf dem Traktor auf meinem Schoß und dann durch die Äcker – volles Tempo und nach dem Regen! Wir haben ausgesehen wie die Neger!"

„Ja, mein Vater war stocksauer!"

„Aber doch eher, weil der Traktor stecken geblieben ist und

er meinen Opa fragen und der ihn rausziehen mußte!"
„Ja, die beiden alten Kampfhähne!"

Mama und Knut unterhielten sich so prächtig, daß sie gar nicht bemerkt hatten, daß ich mich ins Wohnzimmer zurück gezogen hatte mit meinem Tee. Ihr Lachen hallte durch das ganze Haus und was sie sagten, war auch im Wohnzimmer zu verstehen. Zu meiner großen Enttäuschung gab es nichts, was sich auf Opa und sein Erbe, d. h. den Schlüssel oder den Bruder oder etwas Derartiges bezog. Mama und Knut schwelgten in ihren Kindheitserinnerungen. Sie mußten sich täglich gesehen haben. Erst, als es an der Zeit war, zum Mittagessen aufzubrechen, erinnerte sich meine Mutter an ihren Sohn:

„Jens? Jens!" hörte ich sie rufen und ein paar Sekunden später tauchte sie in der Tür des Wohnzimmers auf: „Ach, hier hast du dich versteckt!"

„Ich habe mich nicht versteckt!" sagte ich, „ich wollte euch nur nicht stören."

„Du störst doch nicht, oder Knut?" Meine Mutter sah Knut an, der jetzt hinter ihr im Türrahmen aufgetaucht war, was ihm bei seiner Größe sichtlich Schwierigkeiten bereitete.

„Nein, natürlich nicht!" sagte er und zwinkerte mir wieder zu. Das mit dem Zwinkern mußte so eine Marotte von ihm sein.

„Das ist schön", sagte ich und zwinkerte diesmal zurück, um ihm damit vielleicht eine Freude zu machen.

„Wir müssen los, Jens!"

„Ja, Anna wartet nicht gerne – und Würmchen auch nicht."

„Von mir aus!" sagte ich und erhob mich von der Couch. Ich war gespannt auf dieses Würmchen und auf diese Anna und überhaupt auf das Haus, in dem dieser Knut Christensen wohnte.

„Hier?" rief ich und mein Mund blieb weiter als weit offen stehen, „hier wohnt Knut?"

„Ja, Jens, was ist?" meine Mutter sah mich fragend an.

„In dem Haus, da!" ich zeigte auf das Haus, das sich hinter einem Zaun in mächtiger Höhe und Größe vor mir in den

Himmel erhob.

„Ja, das ist sein Haus. Da hat schon sein Vater und sein Großvater und dessen Großvater gewohnt und wahrscheinlich noch mehr Großväter von den Großvätern."

„Und, wohnen da noch andere Leute?" fragte ich.

„Nein, nur Knut und seine Familie. Und die Angestellten natürlich."

„Haben die Kinder? Ich meine die Angestellten."

„Davon hat er nichts gesagt. Seine Tochter ist das einzige Kind da, glaube ich. Warum?" Mama sah mich mit ihrem „Warum-willst-du-das-wissen-was-steckt-dahinter-Blick" an.

„Weil, weil – es ist ziemlich groß für so wenige Leute, oder?"

„Ja, es ist schon etwas größer als das von deinem Opa", sagte Knut, der noch etwas aus seinem Wagen geholt hatte und jetzt hinter uns stand.

„Ja, schon größer", sagte ich und schloß meinen Mund. Es war das Haus, in dem Meike verschwunden war.

„Jens?"

„Ja, Mama?"

„Komm, wir wollen rein!"

„Ja, klar", sagte ich und folgte den beiden, die die Haustür schon fast erreicht hatten. Die Tür schwang auf und Herr Christensen bat uns in das Innere des Hauses. Wir standen in einer Halle ähnlich der des Hauses, in dem sich die Kanzlei von Christensen und Christensen befand. Sie schien mir nur etwas Kleiner zu sein, was ihr nichts von der imposanten Wirkung nahm. Links und rechts führte jeweils eine Treppe an der Wand nach oben. An den Enden gab es je einen Durchlaß in der Seitenwand. Die beiden Durchlässe waren durch einen auf Marmorsäulen ruhenden Gang miteinander verbunden. Die gesamte Rückfront war vom Boden bis zur Decke verglast. Ich konnte weder oben noch unten eine Tür entdecken. Die Decke der Halle war mit Stuck verziert, aber nicht bemalt. Der große Leuchter, der sich von ihr herabsenkte hätte der kleinere Zwillingsbruder von dem in der Kanzlei sein können. Meine Augen wanderten von einer Ecke des Raumes zur anderen und wieder zurück.

„Na, habe ich dir zu viel versprochen?" Meine Mutter legte

ihren linken Arm auf meine rechte Schulter.

„Nein!" sagte ich knapp und ließ meine Augen weiter wandern.

„Herr Christensen, wenn sie wollen!"

„Gerne, Anna, danke!" sagte Herr Christensen zu einer älteren Dame, die eine Schwester der Sekretärin aus der Kanzlei hätte sein können. „Anna, das sind meine alte Freundin Katja und ihr Sohn Jens." Er zeigte auf uns beide. „Das ist Anna, die gute Seele hier im Haus!" Anna verbeugte sich leicht und drehte sich dann in Richtung Glasfront.

„Wo ist Würmchen?" sagte Herr Christensen.

„Die junge Dame hat geruht, nicht auf mein Klopfen zu reagieren!" sagte Anna trocken.

„Meike!" rief Herr Christensen in einer Lautstärke, daß die Scheiben in der Glasfront zu wackeln schienen, „kommst du, unser Besuch ist da!"

„Knut, laß sie doch!" sagte Mama.

„Nein, Katja, sie weiß, was sich gehört. Sie wird kommen." Wie, um das eben Gesagte zu bestätigen, hörte man im oberen Bereich auf der linken Seite das Geräusch einer sich öffnenden Tür. Kurz danach tauchte eine mir sehr bekannte junge Dame am oberen Ende der linken Treppe auf und zog sich mit Hilfe des Geländers und einer Gehhilfe langsam Richtung Hallenboden. Als sie die letzte Stufe erreicht hatte, ging ihr Herr Christensen entgegen und hielt ihr seinen Arm hin: „Schön, daß du kommst", sagte er, „aber ein Kleid..."

„Vater!" hörte ich sie sagen und wußte genau, wie ihre Augen in dem Moment funkelten.

„Ja, ist schon gut, Würmchen, schon gut." Er führte sie in unsere Richtung. Meike gab sich alle Mühe, möglichst langsam voran zu kommen. Ihr Blick war permanent nach unten gerichtet. „Das ist meine Tochter, Würmchen, ich nenne sie Würmchen, schon immer. Eigentlich heißt sie Meike!"

„Meike, das ist meine alte Jugendfreundin Katja!" er zeigte auf meine Mutter, die inzwischen direkt vor Katja stand.

„Hallo, Meike, ich freue mich, dich kennen zu lernen!" sagte meine Mutter und reichte Meike die Hand.

„Danke, ich mich auch", sagte sie und ließ ihren Vater los,

um meiner Mutter ebenfalls die Hand zu geben.

„Und das ist ihr Sohn Jens!"

„Hallo M…" begann ich, mit einem Lächeln auf dem Gesicht.

„Jens?" Meikes Kopf ging ruckartig nach oben und unsere Blicke trafen sich. Noch schneller als ihr Kopf ging ihr linker Arm hoch und ihre Gehhilfe traf mich unsanft am Knie.

„Oh, tut mir leid", sagte sie und zuckte mit den Schultern, „ist neu, das Ding, muß mich erst dran gewöhnen!"

„Ja, und jetzt denkst du, daß jeder so eins haben sollte!" sagte ich und deutete auf mein getroffenes Knie.

„Wäre bei dir vielleicht ganz angebracht, Jens!" sagte sie, den Namen sonderbar betonend, nachdem sie mich langsam von oben bis unten gemustert hatte.

„Meike!" sagte ihr Vater tadelnd und sah in ihre Richtung: „Jens ist unser Gast!"

„Schon gut, Paps. Der Name kann ja nichts dafür, daß er ihn", sie zeigte auf mich, „tragen muß!"

„Besser er mich, als ich dich!" konterte ich und machte die kreisende Bewegung mit den Armen, die ich auch im Park gemacht hatte.

„Jens!" Meine Mutter sah mich völlig entgeistert an: „Was ist denn los mit dir? Hilf ihr lieber. Siehst du nicht, daß ihr was fehlt!" Sie deutete auf die Gehhilfe.

„Ja, sehe ich: Das Hirn. Aber das Hirn braucht man ja nicht zum Laufen, oder?"

„Jens!" Mama war entsetzt. „Knut, ich…" Sie sah hilflos zu Herrn Christensen, „Meike, er meint das bestimmt nicht…"

„Schon gut!" sagte Meike kühl, „er ist ja das beste Beispiel dafür, daß es ohne Hirn geht!"

„Knut?" Mamas Stimme hatte sie fast verlassen.

„Komm, Katja, wir gehen!" sagte Knut kopfschüttelnd, „und überlassen die Jugend sich selbst!" Er hakte sie unter. „Die beiden werden sich schon wieder einkriegen!"

„Meinst du?" fragte meine Mutter ungläubig und wandte kurz noch einmal den Kopf in unsere Richtung.

„Meike kann ein richtiges Biest sein, wenn sie etwas nicht will. Aber sie beruhigt sich genauso schnell, wie sie sich aufregt. Du wirst sehen." Mama sah ihn fragend an. „Sie wollte nicht mit uns Essen heute. Sie hat sich mit Händen und Füßen dagegen gewehrt. Du hättest sie hören sollen! Das hier ist noch gar nichts! Ja, und dein Sohn bekommt das jetzt alles ab. Aber, er macht den Eindruck, als wenn er damit ganz gut umzugehen weiß!"

„Ja, er ist auch nicht viel besser. Er verhält sich sehr merkwürdig. Vielleicht ist es einfach das Alter!"

„Bitte!" hörten wir eine energische weibliche Stimme, die zu Anna gehörte. Sie stand vor der Glasfront, die im unteren Bereich aus Schiebeelementen bestand und nun dort geöffnet war. Dahinter lag der Salon oder Speisesaal oder wie auch immer man es nennen wollte.

„Es gibt Gänsekeulen!" sagte Knut um Mama auf andere Gedanken zu bringen.

„Knut!" Mama strahlte, als sie mit ihm durch die Tür des Speisesaales schritt. Sie liebte Gänsekeulen.

„So, so, mit Händen und Füßen!" flüsterte ich Meike zu. „Dabei ist das wohl passiert!" fügte ich laut hinzu.

„Ich wußte ja nicht, daß du das bist!" flüsterte sie zurück. „Daß mit dem merkwürdig hätte deine Mutter gar nicht so betonen müssen!" rief sie so laut, daß es durch die ganze Halle schallte. Gleichzeitig spürte ich einen sanften Stoß in meinen Rippen.

„Das hat sie nur gemacht, weil du schlecht zu hören scheinst, Würmchen!" gab ich zurück und meine Hand berührte ihre für einen Augenblick. Dann waren wir im Speisesaal.

Der Speisesaal war in etwa halb so groß, wie der Hof hinter Opas Haus. Der Boden bestand aus Parkett, die Wände waren getäfelt und die Decke wie die in der Halle stuckverziert. Der Leuchter glich dem in der Vorhalle. In der Mitte des Raumes stand ein rechteckiger, schwerer Eichentisch, an dem ohne Weiteres 20 Personen hätten Platz nehmen können. Sie waren zu viert. Entsprechend befanden sich auf dem Tisch auch nur vier Gedecke. Am linken und rechten Ende des Tisches standen silberne Leuchter mit fünf Kerzen, die entzündet waren. Die Wand gegenüber der Glaswand bestand aus bis zum Boden reichenden

Glasfenstern, die die Helligkeit des Tages in vollem Umfang in den Raum ließen. Es war phantastisch.

„Ich bin etwas von der Etikette abgewichen, wenn es dir nichts ausmacht?" sagte Herr Christensen zu meiner Mutter und deutete auf den Tisch und die vier Gedecke. „Ich dachte, du nimmst hier Platz, ich neben dir, du Jens gegenüber und Meike neben Jens!"

„Von mir aus!" brummte Meike ein wenig unwirsch. Der Blick, den sie mir zuwarf, sagte etwas ganz anderes.

„Mir egal", sagte ich gleichgültig und setzte mich in Bewegung, um auf dem mir zugewiesenen Platz das Essen zu erwarten.

„Das ist umwerfend!" sagte meine Mutter, nachdem Knut sie an ihren Platz geleitet hatte. Als letzter nahm er Platz.

„Meinst du, daß das gut geht, Knut?" sie zeigte auf die beiden jungen Leute, die ihr gegenüber saßen.

„Du meinst, wir sollten sie trennen?"

„Nach dem eben, wäre das vielleicht sicherer, oder?"

„Wenn du meinst, Katja…"

„Nein, ist gut so, Paps!" meldete sich Meike zu Wort.

„Ja? Woher dieser plötzliche Sinneswandel?" wollte Knut wissen.

„Das hat was mit dem Essen und dem Appetit zu tun. Wenn er neben mir sitzt, muß ich ihn nicht ansehen!"

„Ein Vorteil, den nicht nur du zu schätzen weißt!" sagte ich.

„Was wollt ihr trinken?" Herr Christensen hatte beschlossen, die letzten Bemerkungen zu überhören. Die Sitzordnung wurde nicht geändert.

„Was gibt es denn?" fragte ich.

„Saft und Wasser für die Kleinen!" sagte Meike und warf mir einen giftigen Blick zu.

„Na, dann weißt du ja schon, was du bekommst!" gab ich zurück.

„Meike! Jens!" sagten meine Mutter und Knut fast gleichzeitig.

„Ein Bier?" Ich sah Mama fragend an, die nickte.

„Proletensaft!" gab Meike von sich. „Für mich einen Rotwein, bitte!" Meike hob ihr Kinn extrem in die Höhe.

„Tussendroge!" sagte ich, weil mir nichts Besseres einfiel.

Dafür bekam ich einen liebevollen Tritt gegen mein rechtes Schienbein.

„Ignorieren, einfach ignorieren", sagte Knut und drückte Mama die Hand. Die beiden hatten sich völlig perplex angeschaut.

„Ja, das wird das Beste sein – wenn sie sich anfangen, zu schlagen, können wir ja eingreifen!"

„Ja, aber erst, wenn einer gewonnen hat!" Mama und Knut mußten lachen. Als alle ihre Getränke hatten, stand Knut auf, erhob seinen Römer und sagte:

„Wir freuen uns", er warf Meike einen kurzen warnenden Blick zu, „daß ihr heute hier seid und, ja, darauf: Prost!"

„Prost!" sagten Mama, Meike und ich gleichzeitig. Wir hatten uns ebenfalls erhoben und stießen nun an. Ich kam mir ein bißchen verloren vor mit meinem Bier zwischen den ganzen Rotweinen.

„Meike hatte gestern einen Unfall", sagte Knut.

„Ich weiß!" rutschte es mir heraus und ein schmerzhafter Tritt gegen besagtes Schienbein zeigte mir deutlich, daß ich das laut gesagt hatte.

„Woher willst du denn das wissen?" wollte meine Mutter wissen.

„Ich? Das habe ich mir so gedacht…"

„Ach, du kannst denken? Das überrascht mich!" sagte Meike und grinste über ihr ganzes, hübsches Gesicht. Jetzt nutzte ich die Gelegenheit, um mein rechtes Bein an ihres zu drücken.

„Ja, gedacht, weil ich das auch mal hatte, mit dem Stock, dem Ding da!" mir fehlten die Worte und ich zeigte auf die Gehhilfe, die an den Stuhl neben Meikes Platz gelehnt war.

„Wann hast du denn mal eine Gehhilfe gehabt?" meine Mutter legte ihre Stirn in Falten.

„Ich? Ich doch nicht. Ich habe das gesehen, bei Michael, meine ich. Der hatte das mal, im Sport. War das bei dir auch im Sport?"

„Nein!"

„Entschuldigung, hätte ich wissen müssen!"

„Warum?"

„Du wirkst nicht sehr sportlich. Wahrscheinlich läßt du dich immer befreien!" Sie wanderte mit den Zehen ihres rechten Fußes mein rechtes Bein in Richtung Knie nach oben. Sie mußte ihren Schuh ausgezogen haben. Ich versuchte, es ihr gleich zu tun.

„Ha ha! Das war so ein Vollidiot."

„Meike!" Knut sah sie wieder strafend an.

„Was? Stimmt doch: So ein Vollidiot, der mir im Schloßpark genau vor das Rad gelaufen ist!"

„Das ist ja schrecklich! Wer macht denn so was?" Mama schlug die Hände vor das Gesicht. „Was da alles hätte passieren können! Das ist ja unverantwortlich. Solche Leute sollte man nicht alleine auf die Straße lassen!"

„Das habe ich auch gesagt, Katja!" pflichtete ihr Knut bei.

„Also ich finde", sagte ich „ihr übertreibt da, das kann schon mal passieren. Vielleicht hatte ja auch der Radfahrer schuld. Man weiß ja, wie Frauen Auto fahren, oder?" Ihre Zehen bohrten sich leicht in meine rechte Wade.

„Hast du was gegen Frauen?"

„Nee, irgendeiner muß ja kochen und waschen, oder?" Jetzt hatten sie fast meinen Oberschenkel erreicht. Ich fragte mich, wie sie das aus ihrer Sitzposition bewerkstelligte ohne ihren Oberkörper zu verdrehen.

„So, wie du ißt, reicht da eine wohl nicht aus!" kam es prompt von ihr zurück. Meine Gelenkigkeit reichte kaum aus, um meinen Fuß bis auf die Höhe ihres Knies wandern zu lassen.

„Da hat sie nicht unrecht!" Mama deutete auf meinen Teller und dessen Umgebung.

„Na, wenn die Dinger sich auch so schlecht schneiden lassen!" sagte ich und blickte auf die Gänsekeule – auf die Teile, die auf dem Teller und auf die Teile, die daneben lagen. Sie hielten sich in etwa die Waage. Das war mir jetzt wirklich peinlich in Gegenwart von Meike. Die gab mir aber durch ein:

„Nimm das Ding doch in die Hand! Das entspricht doch wohl auch eher deiner natürlichen Art, Nahrung zu dir zu nehmen!" zu verstehen, daß alles in Ordnung war. Eine sanfte Bewegung ihres Fußes auf meinem Oberschenkel bestätigte das.

„Gute Idee!" sagte ich und griff zu.

„Recht so: Alles was fliegt!" sagte Knut und tat es mir gleich.

„Na, wenn ihr…" sagte meine Mutter und man sah auch ihr die Erleichterung an. Nur Meike blieb bei Messer und Gabel. Einen Moment später wußte ich auch, warum sie das tat:

„Oh! Ich Dummerchen!" sagte sie und schwupps, bewegte sich die Keule vom Teller hinunter auf den Boden.

„Ja, das mit Messer und Gabel…" begann ich und wurde von Meike unterbrochen:

„Red´ nicht, hilf mir lieber. Du siehst doch, daß ich im Moment etwas behindert bin!" sie deutete wieder auf die Gehhilfe.

„Im Moment?" sagte ich zweifelnd und verschwand dann unter dem Tisch.

„Hast du es?" sagte sie und einen Moment später tauchte ihr Kopf neben meinem auf. Sie spitzte ihre Lippen und hauchte einen Kuß in meine Richtung.

„Du hinterhältiges…" lag mir auf den Lippen, wo es zum Glück auch verweilte. „Ich hab es!" rief ich schließlich und kroch unter der Tischplatte hervor. „Da!" Ich legte meine Beute auf Meikes Teller. Die verzog das Gesicht und meinte:

„Du glaubst doch nicht, daß ich das noch esse?"

„Nein? Auch gut, dann eben nicht", sagte ich griff nach der Keule und biß genüßlich hinein.

Der Rest des Essens verlief etwas gesitteter und Meike und ich warfen uns nur ab und an ein paar Nettigkeiten zu. Beim Dessert sagte Knut dann:

„So, Katja, jetzt mußt du mich für eine kurze Weile entschuldigen, ich muß noch einmal weg, Meikes Fahrrad holen. Das liegt noch im Schloßpark."

„Ich kann dich ja begleiten, wenn du willst?" sagte meine Mutter und man sah ihr an, daß sie die Gegenwart von Knut nicht unangenehm fand.

„Das kann ich doch selber holen!" sagte Meike.

„Das kannst du doch nicht alleine – wie willst du es denn tragen?" Knut sah sie verständnislos an.

„Das kann ich ja machen!" rief ich, mal wieder, ohne nachgedacht zu haben.

„Du?" fragte meine Mutter ungläubig.

„Ich glaube nicht, daß Meike das..." begann Knut.

„Super!" sagte Meike, „das machen wir. Vielleicht steckt ja doch mehr in dem Spargeltarzan, als man auf den ersten Blick sieht." Sie hob beide Arme in die Höhe und zog sie ein paar Mal an ihren Körper, als wenn sie Gewichte stemmte. „Komm!"

„Ja, Jane, Cheetah, sofort da!" Ich stand auf, ging leicht in die Knie und bewegte meine Hände unter den Armansätzen hin und her. Dabei gab ich entsprechende Laute von mir.

„Darf ich ihn behalten, Paps?" sagte sie, „er ist so niedlich!" Dann nahm sie eine Banane aus dem Obstkorb, der sich auf dem Tisch befand und hielt sie mir hin.

„Wenn ihr meint, daß das gut geht..." Er sah uns skeptisch an.

„Bitte, Paps. Schau, es ist ganz folgsam!" Sie hob und senkte die Banane vor mir und ich folgte ihr mit meinem Kopf.

„Ja, von mir aus." Er sah meine Mutter hilflos an und zuckte einmal mehr mit den Schultern. Meine Mutter zuckte zurück und wir verließen den Speisesaal.

„Um 18 Uhr gibt es Abendessen!" rief uns Knut hinterher.

„Ja, Paps, bis nachher!" sagte Meike und wir verschwanden durch die Eingangstür. Katja stand mit Knut in der großen Eingangshalle.

„Ich muß mich entschuldigen, Knut. Ich weiß nicht, was in den Jungen gefahren ist! Ich..." Katja schüttelte den Kopf, „verstehe das nicht! Er ist sonst nicht so – im Gegenteil. Und dann das jetzt: erst giften sie sich an, bis auf´s Messer; und jetzt! Meinst du wirklich, das geht gut?"

„Keine Ahnung. Aber sie werden sich schon nicht gleich umbringen."

„Bist du dir da wirklich ganz sicher?"

„Na ja, Meike kann jeden zur Weißglut bringen mit ihrem Verhalten! Wenn man es nicht besser wüßte, könnte man fast denken, die beiden wären verliebt!"

„Aber doch nicht ineinander?" Katja sah Knut verständnislos an. „Sie kennen sich ja gar nicht, außerdem wäre es nicht möglich..."

„Warum sollte es nicht möglich sein? Sie sind jung, in dem

Alter waren wir nicht anders, oder?"

„Waren wir das?" sagte Katja nachdenklich.

„Jedenfalls haben sie sich so verhalten wie Verliebte das tun, zeitweilig jedenfalls!" beharrte er.

„Findest du? Haben sie sich so verhalten? Haben wir uns so verhalten?" Katja sah Knut mit einem Blick an, der weit, weit in die Vergangenheit gerichtet zu sein schien.

„Natürlich, ich erinnere mich!"

„Es ist lange her, Knut."

„Ja, Katja lange, sehr lange. Aber ich habe es nicht vergessen."

„Ich auch nicht." Sie starrte ins Leere.

„Was ist passiert mit uns?"

„Ich weiß es nicht. Wir waren jung, Knut, sehr jung."

„Zu jung vielleicht. Vielleicht aber auch nur zu feige!" Knuts Mine verfinsterte sich.

„Es war nicht deine Schuld!"

„Ich hätte es verhindern müssen!" sagte er hart.

„Du hättest es nicht verhindern können!"

„Doch, ich hätte." Knut ballte seine linke Hand zur Faust.

„Nein, Knut, nein." Versuchte Katja ihn zu beruhigen. Sie griff nach der geballten Faust und drückte sie langsam nach unten, bis sie sich auflöste.

„Ich hatte die Wahl. Ich hätte es wenigstens versuchen müssen", Knut drückte Katjas Hand „aber ich habe den einfachen Weg gewählt, Katja und dich im Stich gelassen."

„Du hast mich nicht im Stich gelassen, du hattest keine wirkliche Wahl."

„Ich hatte: Du oder das hier!" Er ließ Katjas Hand los, breitete seine Hände aus und sein Blick wanderte in der Halle umher. „Ich stand kurz vor dem Abschluß meiner Ausbildung und sollte in die Firma einsteigen und sie dann bald übernehmen. Mein Vater hätte mich enterbt, wenn ich gegangen wäre. Du weißt, wie ich mich entschieden habe. Es gibt keinen Tag, an dem ich nicht daran denke, wie es heute wäre, wenn ich gegangen wäre!" Er drehte sich zur Wand.

„Knut! Du konntest nicht gehen. Nicht damals. Heute sieht das anders aus. Damals war es keine Wahl, glaube mir." Katja legte die Hände auf Knuts Rücken. „Ich hatte auch diese Wahl."

„Ja, aber du bist gegangen!" Er drehte sich um und sah ihr in die Augen: „Warum ohne ein Wort?"

„Ich wollte es dir nicht unnötig schwer machen." Jetzt drehte sich Katja von Knut weg. „Ich wollte nicht, daß du dir dein Leben verbaust – meinetwegen!"

„Ach Katja, Vieles sieht aus heutiger Sicht so einfach aus: Warum haben wir nicht einfach geredet?"

„Weil es da nichts zu reden gab, damals" sagte Katja und begann in der Halle hin und her zu gehen. „Mein Vater war wie deiner. Er hätte es nicht geduldet."

„Das mit uns?"

„Frag´ nicht, es ist so lange her. Ich bin gegangen und das läßt sich nicht mehr rückgängig machen!"

„Du meinst, es ist zu spät?" Er stellte sich Katja in den Weg und sah sie durchdringend an.

„Ich weiß es nicht. Ich fürchte ja." Sie senkte den Blick: „Du hast dich nie gemeldet und ich dachte…"

„Ich wollte, Katja! Gleich, nachdem ich die Kanzlei übernommen hatte, wollte ich." Katja hob den Kopf:

„Was hat dich gehindert?"

„Dein Vater wußte nicht viel von dir, aber er wußte, daß du ein Kind hattest und verheiratet warst. Ich wollte mich nicht in deine Ehe drängen!"

„Ich war allein, ich war schwanger. Ich wollte kein Kind ohne Vater groß ziehen, also habe ich Joachim genommen. So war das damals. Ich bin gewiß nicht stolz drauf und du siehst ja, was daraus geworden ist!"

„Immerhin ein recht passabler junger Bursche!" Knut lächelte.

„Danke", sagte Katja und lächelte ebenfalls für einen Augenblick. „Du weißt, was ich meine!" fuhr sie in ernstem Tonfall fort, „meine Ehe war doch nur noch Schein, sonst wäre das alles nicht so eskaliert bei der Testamentseröffnung. Vielleicht habe ich mir von Anfang an etwas vorgemacht, Knut!"

„Ich weiß es nicht, Katja. Warum hast du dich nie gemeldet?"

„Aus dem selben Grund wie du!"

„Ich war nie verheiratet!" sagte Knut und sah Katja fragend an.

„Das wußte ich nicht." Wieder senkte Katja für einen kurzen Moment ihren Kopf. „Ich hatte nur gehört, daß du ein kleines Mädchen hast, das du über alles liebst. Mehr wollte ich nicht hören! Was ist mit ihrer Mutter?"

„Das ist eine lange Geschichte, eine sehr lange Geschichte und nicht die richtige für den heutigen Tag."

„Wie du willst, ich will dich nicht drängen, Knut."

„Ich habe ihre Mutter nicht so geliebt, wie…" er zögerte.

„Wie?"

„Wie dich!"

„Knut!"

„Du willst die Geschichte wirklich hören?"

„Nur, wenn du sie erzählen willst!"

„Vielleicht ist das der richtige Zeitpunkt, es zu erzählen. Es dir zu erzählen." Er machte eine Pause und ging zur Tür des Speiseraumes, die er schloß. „Die Wände haben manchmal Ohren!" sagte er entschuldigend.

„Ist es so schlimm?"

„Es ist…"

„Knut!" sie nahm seine Hand, „du mußt es nicht erzählen, nicht jetzt. Wir werden ein anderes Mal…"

„Ein anderes Mal?" unterbrach er sie, „soll das heißen, daß wir uns wiedersehen?"

„Warum denn nicht? Du bist mein Anwalt. Hast du das vergessen?"

„Wie könnte ich!" Er sah sie einen Moment lang an: Meikes Mutter ist bei ihrer Geburt gestorben und als ich dieses kleine Etwas da hab´ liegen sehen, dieses Würmchen", er lächelte, „ da konnte ich nicht anders. Ich hätte es nicht ertragen können, daß dieses Kind in irgendwelche fremden Hände gelangt wäre. So habe ich es zu mir genommen. Mehr mußt du nicht wissen, jetzt." Er schaute sie fragend an.

„Das ist alles, was ich wissen muß. Du hast es für Meike getan, das war sehr großherzig von dir. Du hast dein ganzes Leben ändern müssen!"

„ Ach, Katja, ich weiß nicht einmal, ob ich mehr an Meike

oder an mich gedacht habe. Ich wollte nicht noch einmal einen Fehler machen, nicht noch einmal etwas verlieren, das ich liebte. Ich wollte einmal etwas richtig machen im Leben. Ich wollte alles gut machen an dem Kind, was ich zuvor an dir versäumt hatte. Meike war für mich die Chance, eine Familie zu haben und für jemanden da sein zu können. Für jemanden, der mich brauchte, der niemand anderen hatte. Ich hatte die finanziellen Möglichkeiten und es gab niemanden mehr, der es mir hätte verbieten können. Es klingt hart, aber mein Vater ist ein Jahr zu spät gestorben!"

„Knut! Meinst du, es hätte etwas verändert!"

„Ja, hätte es!"

„Wäre dein Vater früher gestorben, wäre Meike jetzt vielleicht nicht bei dir, Knut. Alles ist für etwas Gut im Leben, wir wissen es manchmal nur noch nicht!"

„Ach, Katja, wie kannst du das alles ertragen und dann noch so positiv denken?" Knuts Stimme drückte eine tiefe Bewunderung aus.

„Nur deshalb kann ich es ertragen, Knut, nur deshalb."

„Man müßte die Uhr zurückdrehen können!"

„Wir müssen sie nicht zurückdrehen!" Katja lächelte ihn an und hielt ihm ihren linken Arm hin.

„Du hast recht", sagte er fröhlich und hakte sie bei sich ein, „laß uns in den Salon eilen und uns erbaulicheren Dingen zuwenden!"

Als wir das Grundstück verlassen hatten und uns vom Haus aus niemand mehr sehen konnte, prusteten wir los:

„Proletensaft! Das war gut!"

„Tussendroge war auch nicht schlecht!"

„So, wie du ißt, reicht da eine wohl nicht aus!"

„Irgendeiner muß ja kochen und waschen!"

„Was die wohl von uns gedacht haben?" Ich sah Meike an, die vor mir mit dem Rücken an einem Zaun lehnte.

„Na, auf keinen Fall, daß wir uns kennen!"

„Nee. Und darum ging es doch, oder?"

„Ja, darum ging es."

„Warum eigentlich?"

„Warum eigentlich, was?"

„Warum sollten sie es nicht merken? Weil ich ein Prolet bin?"

„Das meinst du jetzt nicht ernst?" Meike sah mich durchdringend an.

„Doch, natürlich!" sagte ich und versuchte, ein möglichst ernstes Gesicht zu machen. Wie erwähnt, ist das mit der Schauspielerei eher nicht so meine Sache. Da drin bin ich ebenso gut wie im Laufen!

„Du!" fing sie an und dann zog sie mich an sich heran und drückte ihren Kopf gegen meinen Bauch. „Es ist schön."

„Ja, ist es."

„Sie hätten gefragt. Sie hätten alles genau wissen wollen."

„Was alles?"

„Genau, das ist es! Was alles! Ich weiß es ja selber nicht! Ich habe Angst, daß sie alles zerreden. Deshalb sollen sie es nicht wissen. Noch nicht."

„Noch nicht?"

„Noch nicht." Sie machte eine Pause. Ihr Kopf hob sich und sie schaute mich von unten an: „Warum hast du mir nicht gesagt, daß du da hinten wohnst und deine Mutter die Tochter von dem alten Schneider ist?"

„Weil, weil. Ich wußte nicht, daß Herr Christensen hier wohnt und ich wußte nicht, daß du seine Tochter bist. Ich war total perplex, als wir heute vor dem Haus standen und ich verstanden habe, daß der Herr Christensen da wohnt mit seiner Tochter! Warum hast du mir nicht gesagt, daß der Christensen dein Vater ist?" Meike lächelte jetzt wieder:

„Weil ich nicht wußte, daß du der Sohn von der Tochter von dem alten Schneider bist und – weil es nicht wichtig ist."

„Ich freue mich, daß du einem Proleten und Vollidioten eine zweite Chance gibst!"

„Ja, ich bin auch überrascht!" flunkerte sie, „versaue sie nicht!"

„Ich werde mir alle Mühe geben – und für den Anfang, um meinen guten Willen zu zeigen, habe ich eine tolle Idee, wie wir schneller zum Schloßpark kommen!"

„Da bin ich jetzt aber gespannt. Holst du deinen Besen?"

„Das wäre ja wohl eher dein Part!" sagte ich und nahm ihren Kopf zwischen meine Hände. Langsam zog ich ihn nach oben und sie ließ es ohne Widerstand geschehen. Ich dachte an die Halle, als ich sie gesehen habe und ihr am liebsten entgegen gelaufen und um den Hals gefallen wäre und ich dachte an das Essen, an das Gefühl, als ich ihren Fuß auf meinem Bein gespürt habe. Die Wärme, den sanften Druck. Unsere Lippen spielten miteinander. Diesmal hatte ich die Augen geöffnet. Ich wollte ihr Gesicht sehen, ihre Augen, die Tiefe. Und ich sah sie.

„Ich dachte schon, du tust es nie!" hauchte sie.

„Ich habe es kaum ausgehalten da drin!" hauchte ich zurück und unsere Lippen trafen sich ein zweites Mal.

„Warte!" sagte ich schließlich, „ich bin gleich wieder da!" Ich rannte zu Opas Haus. Die Hundert Meter waren selbst für mich eine zu bewältigende Distanz. Zumindest in eine Richtung. Ich verschwand im Haus, um keine fünf Minuten später wieder bei Meike zu sein.

„Das ist jetzt nicht dein Ernst?" sagte sie und ihr Mund öffnete sich weit.

„Doch, voll und ganz", sagte ich stolz, „er hat Opa gehört" und zeigte auf den Rollstuhl.

„Ich soll mich in das Ding da setzen, ehrlich?"

„Ja, ist doch für Leute, die nicht laufen können." Ich verstand ihre Bedenken nicht.

„Für alte Leute, die nicht laufen können!"

„Auch für junge!"

„Und wenn mich da einer sieht?"

„Was und? Dann sieht er dich."

„Was denkt der dann?"

„Der denkt: Die Arme, so jung und so vom Schicksal gebeutelt. Aber, sie hat ja Glück, so einen tollen Menschen gefunden zu haben, der sich um sie kümmert!" Ich streckte meine Brust heraus, so weit ich konnte und klopfte mit der flachen Hand dagegen.

„Ah, ja!"

„Wie, etwa nicht?" Ich zog einen Schmollmund.

„Kann ich besser, aber der Versuch wird belohnt!" sagte sie und gab mir einen Kuß auf die Wange.

„Na also!"

„Und wie kommt man da rein?"

„Ja, äh. Einfach reinsetzen, dachte ich. Versuch mal!" Ich stellte mich hinter den Rollstuhl und schob ihn ganz nah an Meike heran. Die hielt sich mit der einen Hand an der Lehne fest und ließ sich dann langsam in den Sitz gleiten. „Perfekt!" sagte ich.

„Irgendwas ist falsch!" sie schaute in Richtung ihrer Füße, die jetzt auf dem Boden der Straße standen.

„Ja, die müssen hoch, oder?"

„Genau, aber wie?"

„Wenn wir das öfter machen, dann geht das schneller!"

„Na, hoffentlich – sonst können wir auch laufen!"

„Hier! Das da vielleicht?" Ich zeigte auf ein Stück an der linken Innenseite des Rollstuhles kurz über dem Boden, das wie ein eingeklapptes, großes Fahrradpedal aussah. „Das – muß – doch" ich drückte auf das Teil und nichts rührte sich. „Wie die Terrassentür!" dachte ich.

„Wie welche Tür?"

„Terrassentür. Vergiß es."

„Du redest viel mit dir selbst, oder?"

„Weniger als früher!" sagte ich und schaute kurz hoch zu Meike.

„Und wenn du daran ziehst?"

„Ziehen? Ziehen! Hätte ich auch drauf kommen können!" Ich zog an dem Teil und es bewegte sich: „Ha! Wir sind ein gutes Team!"

„Sind wir!" sagte sie und stellte ihren Fuß auf das Pedalteil.

„Jetzt noch dasselbe auf der anderen Seite, so, Kinderspiel, und fertig! Los geht`s!" Ich wanderte wieder um den Rollstuhl und versuchte, ihn in Bewegung zu setzen.

„Was ist?" hörte ich Meikes Stimme.

„Bewegt sich nicht!"

„Warum nicht?"

„Keine Ahnung! Zu viel Gänsekeule?" sagte ich grinsend und spürte als Antwort eine nach hinten greifende Hand.

„Was ist mit den Bremsen?"

„Stimmt! Jetzt fällt es mir auch wieder ein! Hatte ich angezogen, als du dich gesetzt hast. Wenn ich dich nicht hätte!"

„Ja, das wäre schlecht."

„Sehr schlecht. Für mich jedenfalls", sagte ich und setzte den Rollstuhl mit einem Ruck in Bewegung. „Doch nicht die Gänsekeule!" fügte ich hinzu und ratternd bewegten wir uns über den Rest der Pflastersteinstraße.

„Für mich auch!"

„Was?"

„Fühlt sich gut an. Besser, als ich dachte."

„Na siehst du – aber erst nicht wollen."

„Könnte ich mich dran gewöhnen. Vielleicht stellt dich mein Vater ja ein!"

„Mich? Als was, als Clown oder Gästevertreiber?"

„Nein, als mein persönlicher Chauffeur."

„Keine schlechte Idee, dann wäre ich jedenfalls…"

„Was? Ich verstehe dich so schlecht, das Pflaster hier, das ist so laut!"

„…immer in deiner Nähe!" sagte ich leise, „gleich sind wir auf Asphalt, da wird es besser!" fügte ich lauter hinzu.

„So, wir sind da!" sagte ich und platzierte Meike in ihrem Rollstuhl in der Nähe unserer Bank an einem großen alten Baum. „Ich geh´ dann mal und hole das Rad!"

„Ja, aber bleib´ nicht so lange!"

„Meike!" Ich sah sie kurz an und marschierte dann die paar Schritte über die Wiese zu dem Gebüsch, in das ich das Fahrrad oder besser, daß was von ihm noch übrig war, geworfen hatte. Ich mußte zwar ein Wenig in die Sträucher eindringen, aber es war noch da und es sah genauso kaputt aus, wie vor zwei Tagen. „Na denn!" Ich griff nach den Überresten und zog sie langsam aus dem Gebüsch auf die Wiese und weiter bis zu dem großen alten Baum. Stolz präsentierte ich meine Beute: „Da! Selbst geschossen!" sagte ich und ließ das Rad auf den Boden vor meinen Füßen fallen „Ein echter Zweirädrer!"

„Du bist wirklich ein Idiot!" sagte Meike und lächelte mich an.

„Nein, ein großer Jäger. Der größte Fahrradjäger von ganz Husum!" Ich legte die linke Hand auf meine Brust und stellte mich in Siegerpose.

„Gut, daß du wieder da bist, du großer Jäger!" sagte sie.
„Ich war keine fünf Minuten weg!"
„Ja, aber in der Zeit haben mich schon drei Leute angesprochen, ob sie mir helfen können."
„Sind eben nett, die Husumer. Und du siehst ja auch echt hilfsbedürftig aus!"
„Das ist nicht lustig."
„Habe ich auch nicht gesagt. Es ist eher traurig, oder?"
„Zwei waren alte Damen, aber der Dritte", sie schüttelte sich „das war so ein schmieriger Typ, unheimlich war der. Der ist dann ein paar Mal um mich rum geschlichen und erst verschwunden, als die beiden alten Damen aufgetaucht sind. Ich weiß nicht, was der gedacht hat. Und ich will es auch gar nicht wissen!" Sie schüttelte sich wieder und man sah ihr an, daß das jetzt nicht zu den Wortspielen des heutigen Tages gehörte.
„Gut, ich laß dich nicht mehr so lange allein!"
„Nie mehr?"
„Nie – mehr?" Unsere Blicke trafen sich für einen kurzen ewigen Moment. „Nie mehr!" wiederholte ich. Meine Gedanken schossen wild durch meinen Kopf. Was hieß `nie mehr´? Was bedeutete ein `nie mehr´ in Meikes Alter? Was bedeutete es in meinem Alter? Hatten Andreas, mein bester Freund in der Grundschule, und ich uns nicht auch „ewige Freundschaft" geschworen! Dann sind wir auf verschiedene Oberschulen gegangen und haben uns nicht wiedergesehen. Das war es mit der „Ewigkeit". Hatten nicht auch Mama und Papa das getan vor dem Altar, daß mit der Ewigkeit? Und jetzt waren sie dabei sich zu trennen und nichts schien das noch verhindern zu können. Auch Erwachsene hatten Ewigkeiten, die endeten, nicht nur Kinder und Jugendliche. Was also hieß „nie mehr"?
„Was ist mit dir?" Ich hörte Meikes Stimme und spürte ihre Hand an meinem linken Unterarm. Sie saß noch immer in dem Rollstuhl.
„Nichts, alles gut."
„Du siehst so nachdenklich aus!"
„Ich, ich dachte nur an das da!" Ich zeigte auf das Rad.
„Lohnt es sich denn überhaupt, es mitzunehmen?"

„Genau genommen", sagte sie „ist es Schrott! Weißt du was: Ich kauf mir ein neues, wenn ich wieder richtig laufen kann und das da kommt in den Container!"

„Du meinst: Ich kauf dir ein neues!"

„Wieso du?"

„Hallo, ich bin es! Der Vollidiot, der dich vom Rad geholt hat – schon vergessen?"

„Wie könnte ich das vergessen!" Sie strahlte mich an und ich dachte wieder an das „Nie mehr".

„Also muß ich dir ein neues kaufen!"

„Mußt du nicht!"

„Ich will aber!"

„Mein Vater wird es sowieso bezahlen und mit deinem Geld kannst du was Besseres anfangen!"

„Ja? Was denn zum Beispiel?"

„Mich zu einem Eis einladen, zum Beispiel" sagte sie und sah mich mit ihrem süßen Schmollmund von unten an.

„Du meinst, statt Fahrrad?" Sie nickte. „Das muß dann aber ein Riseneis sein!"

„Du kannst mich ja mehr als einmal einladen."

„Gut. Wollen wir gleich anfangen damit – es wird ja einige Zeit dauern, bei der Summe!"

„Das ist lieb, aber heute besser nicht: Die Gans läuft noch durch meinen Magen! Und nachher gibt es noch Abendessen. Sonst brauchst du mich irgendwann nicht mehr schieben, sondern kannst mich einfach rollen!" Sie formte ihre Arme zu einem großen Kreis und pumpte so viel Luft in ihre Wangen, wie sie nur konnte: „So!"

„Kein schlechter Gedanke, ist weniger anstrengend!" sagte ich und hüpfte hinter den Baum, um ihrer Gehhilfe auszuweichen, die sie nach mir schwang.

„Warte!" rief sie.

„Gut, daß du in dem Ding sitzt!" sagte ich und schaute hinter dem Stamm hervor.

„Ja, gut für dich!" sagte sie und wedelte weiter mit dem silbernen Ding in der Luft herum.

„Belästigt dich der Kerl?" Wir unterbrachen unser Training und schauten in die Richtung des Ursprungs der Worte.

„Das ist er!" flüsterte Meike.

„Wer?" wollte ich wissen. Vor uns stand ein Typ mit langen, glatten Haaren, die entweder gerade gewaschen oder komplett in Gel getaucht worden waren. Er hatte einen doppelten Dreitagebart, trug eine alte Jeans und weiße Turnschuhe. Er war groß und kräftig gebaut. Vom Alter her hatte er uns ein paar Jahre voraus.

„Nein, tut er nicht!" sagte Meike, „alles in Ordnung!"

„Sicher?" Der Typ trat zwei Schritte an Meike heran und stand jetzt auf Armlänge vor ihr. Sein Körper hatte sich vor ihr aufgebaut wie eine Felswand.

„Ja, sicher!" sagte sie und man merkte ihrer Stimme an, daß sie sich in die Enge getrieben fühlte. Ihr Blick ging hilflos zwischen ihm und mir hin und her.

„Das macht mir aber nicht den Eindruck!" Der Typ ließ nicht locker. „Es ist bestimmt besser, wenn ich dich hier wegbringe!" Er wollte nach dem Rollstuhl greifen. Ich mußte irgendetwas tun. Der ganze Park war voll an diesem herrlichen Sonntagnachmittag. Nur im Moment war niemand in unserer Nähe zu sehen. Wie das immer so ist im Leben.

„Du hast doch gehört, was sie gesagt hat!" rief ich und nahm allen Mut zusammen, „verschwinde!"

„Was mischt du dich denn da ein, Freundchen!" sagte er und ließ von Meike ab. Er richtete sich zu voller Größe auf und hatte sich jetzt ganz auf mich konzentriert: „Verschwinde lieber selbst, das ist besser für dich, glaube mir!" sagte er drohend. Ich schluckte. Wie gesagt, er war älter, größer und auf jeden Fall viel kräftiger als ich. Aber, da war Meike:

„Was besser für mich ist, mußt du schon mir überlassen!" Ich staunte über meinen Mut, den man auch ohne Weiteres als Dummheit hätte bezeichnen können.

„Dann werde ich dir das mal zeigen!" sagte er und bewegte sich langsam auf mich zu. Man kann nicht sagen, daß das mein Wohlgefühl steigerte. Es war eher so, daß sich ein leichtes Gefühl von Panik in mir ausbreitete. Einen Moment dachte ich an weglaufen – aber das mit dem Laufen war ja auch nicht so mein Ding.

„Jens!" hörte ich Meike rufen. Ich schaute zu ihr und sah, wie sie die Gehhilfe in die Höhe hielt und dann in meine Richtung warf. Ich machte einen schnellen Schritt zur Seite, fing sie auf und hielt sie der Länge nach in seine Richtung. Er war überrascht und stoppte seine Vorwärtsbewegung.

„So, sagte ich und stieß die Gehhilfe ruckartig in seine Richtung, „hau ab, los, jetzt!"

„Meinst du, das macht mir Angst?" sagte er und lachte laut. „das wird der Kleinen auch nicht helfen!" Er schaute in Meikes Richtung, die zusammengekauert in ihrem Rollstuhl saß.

„Laß meine Freundin in Ruhe!" Ich war erregt und da war es, das Wort, das ich bisher vermieden hatte. Das ich vermieden hatte zu denken und auszusprechen. Ich hatte keine Zeit, jetzt darüber nachzudenken, der Typ machte keinerlei Anstalten, sich von uns zu entfernen: „Laß sie in Ruhe, du Penner!" Ich stieß wieder zu und machte dabei einen Satz in seine Richtung. Damit hatte er nicht gerechnet. Er wich überrascht zurück und blieb dabei in den Speichen des Rades hängen, was ihn zu Fall brachte.

„Scheiße!" rief er, „das werdet ihr bereuen!" Er rappelte sich langsam wieder auf.

„Haben sie sich was getan, junger Mann?" Zwei alte Damen waren stehen geblieben. Ich hatte sie nicht kommen sehen, war aber selten dankbar für ihr Erscheinen.

„Was geht euch das an, ihr alten Vetteln? Kümmert euch um euren eigenen Mist!" fauchte er die beiden alten Damen an, die ihn ungläubig anblickten und ihre Köpfe schüttelten. Dann wischte er sich den Staub von seinen Sachen und rief in unsere Richtung: „Dann macht doch, was ihr wollt! Ist das Flittchen sowieso nicht wert!" Er hob kurz seine rechte Hand und zeigte uns den Mittelfinger. Dann trottete er davon. Meike und ich sahen uns an und die Erleichterung war uns beiden anzusehen.

„Ein unhöflicher junger Mann war das, findest du nicht Erna?" sagte die eine der älteren Damen zu der anderen.

„Ein sehr unhöflicher junger Mann, Else!" pflichtete die andere ältere Dame der ersten bei.

„Ach, da ist ja das arme junge Mädchen!" sagte Else und zeigte auf Meike, die noch immer zusammengekauert in ihrem Rollstuhl saß.

„Ja, und der junge Mann ist bestimmt ihr Freund, auf den

sie vorhin gewartet hat", ergänzte Erna.

„Ja, komm Erna, wir wollen die beiden nicht stören!"

„Du hast recht, Else, einen schönen Sonntag noch!" sagte Erna und lächelte erst Meike und dann mich an. Dann setzten die beiden alten Damen ihren sonntäglichen Spaziergang fort.

„Schönen Tag noch, ebenfalls!" sagte ich mehr zu mir selbst. Mein Herz raste noch immer wie wild und ich mußte ein paar Mal tief ein- und ausatmen, um mich wenigstens etwas zu beruhigen.

„Das war – unglaublich!" rief Meike begeistert.

„Das war", ich schaute sie an, „leichtsinnig und dumm!"

„Nein!" Sie streckte die Arme in meine Richtung: „heldenhaft, das war heldenhaft! Du hast dein Leben für mich riskiert!"

„Meike! Du übertreibst maßlos. Das war nichts weiter. Das war", ich schaute nach unten, „das war die Angst um dich!" Ich fühlte mich geschmeichelt und spürte, daß mein Blut einmal mehr in größeren Mengen in meinen Kopf schoß. Ich wagte es nicht, sie anzusehen.

„Jens, du wirst ja rot!"

„Nein, überhaupt nicht!"

„Doch, natürlich! Sieh mich an!"

„Ist nur die Wärme!"

„Ist das süß!" Sie hüpfte förmlich im Rollstuhl meines Opas hoch und runter. „Komm her, mein Held!"

„Du warst viel mutiger!"

„Ich hab nichts getan!"

„Doch, du hast mir das Ding da zugeworfen!"

„Das war doch nichts!"

„Doch, du hast deinen klaren Kopf behalten. Ich war total durcheinander. Ohne dich, wäre das schief gegangen!"

„Ist es aber nicht. Du hast ihn verjagt!"

„Na ja, ohne dich und das Rad!" ich zeigte auf den Metallklumpen.

„Siehst du, es ist alles für etwas gut!" sagte sie lachend.

„Das war übrigens der schmierige Typ von vorhin", fügte sie nachdenklich hinzu. Dann wurde ihre Stimme tonlos: „Ich hatte Angst!"

„Ich auch!" gab ich zu „Ich hätte beinahe eingepullert, als der auf mich zugekommen ist!"

„Echt?" Meike schaute mich an und die Angst war aus ihrer Stimme verschwunden, „Laß mal sehen!" Sie streckte ihren rechten Arm in die Richtung des Zusammentreffens meiner beiden Hosenbeine und grinste dabei über das ganze Gesicht. „Alles trocken!" sagte sie enttäuscht, als sie ihr Ziel erreicht hatte.

„Noch!" dachte ich, „aber nicht mehr lange, wenn du deine Hand da nicht weg nimmst!"

„Soll ich sie denn wegnehmen?"

„Wie?"

„Soll ich sie wegnehmen?"

„Kannst du Gedankenlesen?"

„Nein, aber mit meinen Ohren ist alles in Ordnung!" Sie lächelte wieder.

„Mist!" stieß ich hervor und wagte es nicht, mich zu bewegen. „Nein, aber..."

„Ich bin deine Freundin, ich darf das!"

„Bist du das?"

„Du hast es gesagt!"

„Habe ich – aber, nur, weil ich das gesagt habe, muß es ja nicht stimmen, oder?" sagte ich unsicher und fürchtete mich vor der möglichen Antwort.

„Nein. Muß es nicht." Meike zog ihre Hand zurück und schob sich mit Hilfe ihrer Arme aus dem Rollstuhl nach oben. Ich zitterte am ganzen Körper, als sie keine Handbreit vor mir stand und ich erst ihren Atem spürte und dann die Wärme ihres Körpers, der sich an mich drückte: „Aber, wie würdest du es sonst nennen?" sagte sie und schlang ihre Arme um meinen Hals.

Katja hatte sich schon lange nicht mehr so gut gefühlt. Sie stand auf der Terrasse hinter dem Haus in der warmen Nachmittagssonne und unterhielt sich angeregt mit ihren alten Freunden. Fast alle waren sie gekommen. Da waren Brit und Frauke, ihre besten Freundinnen. Unzertrennlich waren sie damals. „Die Golden Girls" hatten sie sie genannt. Nicht ob ihres Alters, nein, weil alle drei hellblonde Haare hatten. Nun davon war nicht viel geblieben: Katjas Haare waren inzwischen ziemlich dunkel, wiesen aber noch keine Spur von Grau auf, so daß sie auf Tönen verzichten konnte. Bei Brit schien das anders zu sein. Ihre Haare leuchteten in einem gelben Gelb und man konnte deutlich erkennen, daß dies den Produkten der modernen Haarzubehörindustrie zu verdanken war. Ansonsten hatte sie sich kaum verändert. Sie hatte noch immer diese Pamela-Anderson-Figur und sie betonte sie noch immer mit dem, was sie trug. Sie war nicht verheiratet und hatte auch keine Kinder.

„Der Markt hier ist groß, wenn du weißt, was ich meine", hatte sie gesagt, „warum sollte ich das nicht nutzen?"

Bei Frauke war das anders, sie trug mittellange Haare, die in einer Art Kastanienbraun in der Sonne schimmerten. Die weite Stoffhose und die ebenso geräumige Bluse sollten ihre recht kräftige Figur etwas kaschieren. Sie hatte nach der Geburt ihrer beiden Kinder nie wieder zu ihrer Jungmädchenfigur zurückgefunden, obwohl sie alle Diäten durchprobiert hatte.

Und da war auch Ole. Der blonde Ole. Der Schwarm aller Mädchen in der Klasse und auf der ganzen Schule. Das schloß sie ein. Einmal hatte er mit ihr gesprochen und sie hatte sich wie im siebten Himmel gefühlt. Aber es war bei dem einen Mal geblieben. Ole wußte um seine Beliebtheit und nutzte sie schamlos aus. Er erkannte sehr schnell, ob ein Mädchen ihn nur anhimmelte oder ob und wie weit sie bereit war, über dieses Anhimmeln hinaus zu gehen. Katja war damals nicht dazu bereit. Jetzt, wo sie ihn nach so langer Zeit wiedersah, bereute sie ihre Entscheidung von damals nicht. Ole war noch immer groß und blond, aber seine Haare hatten sich schon merklich gelichtet und ein nicht geringer Bierbauch spannte sein zu enges Hemd. Er wirkte etwas schwammig und schien von sportlicher Betätigung nicht viel zu halten.

„Sie passen zusammen, findest du nicht, Katja?"

„Was? Wen meinst du, Johann?" Johann war unbemerkt von der rechten Seite an Katja herangetreten.

„Na Ole und Heike."

„Wie kommst du jetzt darauf?" stellte Katja sich dumm.

„Ich habe deinen Blick gesehen!"

„Dir kann man noch immer nichts vormachen, oder? Du liest die Frauen wie ein Buch!" Ja, das konnte Johann. Er war schon damals ein `Versteher´. Er verstand die Mädchen. Er wußte, warum sie schlechte Laune hatten, wenn die anderen Jungs in der Klasse sie für Zicken hielten. „Schade, daß du nicht zu haben bist!" sagte Katja.

„Ja, jeder hat eben so seine kleinen Besonderheiten."

„Bist du eigentlich – liiert?" Katja hatte nach dem richtigen Wort gesucht.

„Sogar verheiratet, seit das hier bei uns legal ist."

„Kenne ich ihn?"

„Nein, ich glaube nicht. Wir haben uns auf einer Messe kennengelernt."

„Auf einer Messe?"

„Ja, stell dir vor, sein Vater hat auch ein Bestattungsunternehmen! Ist das nicht witzig?" Johann lachte und es erfüllte den ganzen Garten. Es war ein tiefes, brummendes Lachen. Johann war gut zwei Meter groß und Katja hatte das Gefühl, daß seine Hände, die schon immer groß waren, riesig geworden waren. Sie stellte sich vor, wie er damit auf dem Friedhof die Gräber aushob und mußte kichern:

„Ja, das ist witzig!" sagte sie schnell. „Und, seid ihr glücklich?"

„Ja und nein. Es gibt gute und weniger gute Zeiten, das ist wie in allen Ehen. Warum denken die Leute immer, daß es bei uns was Anderes ist. Wir sind auch nur Menschen, oder?"

„Natürlich, Johann. Es hat mich nur interessiert, persönlich." Sie schaute auf ihr leeres Sektglas.

„Ich hab´ schon gehört. Tut mir leid für dich, Katja, aber, das Leben geht weiter! Das kannst du mir glauben!"

„Ist er hier?"

„Wer? Ach, du meinst – nein. Einer mußte heute arbeiten. Die Toten nehmen keine Rücksicht auf die Wochentage!"

„Natürlich."

„Aber, du wirst ihn kennen lernen, wenn du deinen

Vater…"

„Sprich ruhig weiter, Johann."

„Ich wollte nicht, Katja. Heute ist ein freudiger Tag."

„Ich freue mich und es ist nicht schlimm. Du weißt, daß mein Vater und ich nicht das beste Verhältnis hatten."

„Willst du ihn nochmal sehen, vorher?"

„Ich weiß nicht." Sie überlegte einen Augenblick: „geht das denn?"

„Klar. Komm einfach morgen oder übermorgen vorbei, ja?"

„Ja, mach ich", sagte Katja und sah Johann hinterher, der im Innern des Hauses verschwunden war. Ihr Blick fiel wieder auf Ole und Heike. Heike war ein Jahr jünger als Katja. Sie war nie das, was man als Schönheit bezeichnet hätte. Aber das, was ihr an äußeren Reizen fehlte glich sie durch Zugänglichkeit aus. Irgendwann hatte sich auch Ole dieser Zugänglichkeit bedient und leider blieb dies nicht ohne Folgen. Die Familie von Heike hatte auf einer Ehe bestanden und Oles Eltern vertraten dieselbe Auffassung. So steuerte der schöne blonde Ole sehr früh den Hafen der Ehe an und wurde dort von Heike fest vertäut. Inzwischen hatten sie drei Kinder und Heike hatte über die Jahre ihren Körperumfang immer weiter ausgebaut, so daß sie jetzt ein beachtliches Gewicht auf die Waage brachte. Das hatte ihr aber nichts von ihrem Selbstvertrauen genommen. Sie schien sich völlig anders wahrzunehmen, was Katja mit einem gewissen Neid betrachtete. Sie war nicht dick, aber sie hatte auch zu kämpfen und jedes Gramm mehr störte sie. Heike dagegen schien sich pudelwohl zu fühlen. Sie trug ein weit ausgeschnittenes dunkelgrünes Kleid, das kurz über dem Teil ihrer Beine endete, wo normalerweise die Knie lagen. Sie sah aus, wie eine Roulade, die man in ein Netz gezwängt hatte. Katja beschloß, ihr Sektglas ein weiteres Mal zu füllen. Sie bahnte sich ihren Weg durch die Gäste, die über die Terrasse verteilt in lockeren oder intensiveren Gesprächen vertieft waren. Es war ein Geschnatter wie in einem Gänsegatter. Katja war in gewisser Weise der Mittelpunkt und sie genoß es sichtlich. Jeder wollte ein paar Worte mit ihr wechseln. Wissen, wie es ihr ergangen war. Bedauerte den Tod des Vaters und die Trennung von ihrem Mann. „Wie geht es dir?"

„Komm doch mal vorbei!" „Wo ist denn dein Sohn?" „Was wirst du denn jetzt machen?" so ging es fast die ganze Zeit. Wie lange hatte sie nicht mehr von sich erzählen können, wie lange war sie in ihrer Rolle gefangen, die sie schon nicht mehr als Rolle empfunden hatte mit der Zeit. Hier konnte sie einfach sie selbst sein. So wenig gute Erinnerungen sie an das Ende ihrer Zeit in ihrem Heimatort hatte, so wunderbar erschien ihr jetzt die Zeit ihrer Kindheit. Je länger sie darüber redete und sich erinnerte, je mehr verklärten sich alle Ereignisse und erschienen in einem viel positiveren Licht. Sie war Knut so dankbar, daß er dieses Zusammentreffen für sie arrangiert hatte – gegen ihren anfänglichen Widerstand.

„Das ist gut für dich, du wirst sehen!" hatte er gesagt und kein „Nein" akzeptiert. Er hatte sich nicht geirrt. Sie hatte die Bar erreicht und füllte ihr Glas bis zum Rand.

„Na, übertreibst du nicht etwas?" Es war die Stimme von Knut.

„Knut!" rief sie erfreut, „wo warst du die ganze Zeit!"

„Hast du mich etwa vermißt?" er grinste.

„Nein, natürlich nicht. Ich habe mir nur langsam Gedanken um mein geistiges Wohl gemacht!" sagte sie lächelnd und schwenkte die leere Sektflasche.

„Katja, Katja!" Knut schüttelte seinen Kopf langsam hin und her, „was sollen denn die Kinder denken!"

„Die Kinder?" sagte sie überrascht, „die sind doch gar nicht da!"

„Aber sie kommen zum Essen. Das sollten sie jedenfalls."

„Bis dahin gehen noch viele Gläser ins Land! Prost, Knut. Auf das alles hier!" Sie nahm einen tiefen Schluck. „Ah, das tut gut. Wenn du wüßtest, wie gut das hier alles tut!"

„Du amüsierst dich?"

„Königlich!"

„Na siehst du. Und du wolltest gar nicht, daß das hier statt findet!"

„Du hattest recht, Knut, wie fast immer!"

„Laß das `Fast´ weg, dann kann ich dir zustimmen."

„Gut, wie immer!"

„Klingt schon besser. Du bist mir also nicht mehr böse?"

„Ach, i wo. Hier, zum Beweis", sagte sie und drückte Knut

einen schmatzenden Kuß auf die Wange. Der war völlig überrascht:

„Katja!" sagte er und in seiner Stimme lag ein Unterton, den Katja zu deuten gewußt hätte, wenn sie nicht schon ein oder zwei Gläser zu viel getrunken hätte.

„Knut", sagte sie und man sah, wie sich ihr Gesicht langsam rötete, „entschuldige, ich weiß auch nicht..." Es schien ihr unangenehm zu sein, was sie gerade getan hatte.

„Kein Problem. Unter alten Freunden!" sagte Knut und es sollte locker klingen.

„Vielleicht vertrage ich doch nicht mehr so viel wie früher. Ja, man wird halt älter."

„Du nicht, Katja, du nicht!"

„Doch Knut, auch ich, glaube mir. Aber, das ist nicht der Moment, davon zu reden. Laß uns den Tag genießen!"

„Von mir aus, gerne!" sagte Knut und hakte Katja unter, um sich mit ihr wieder unter die Menge zu mischen.

„Schau, da sind sie ja!" sagte Katja plötzlich und deutete auf einen der alten Bäume, die sich weiter hinten im Garten erhoben.

„Wer ist da?" Knut folgte Katjas Blick: „Ah, ja und beide scheinen noch gesund und ohne größere Verletzungen zu sein!" er grinste.

„Sie erinnern mich ein bißchen an uns!" Knut warf Katja einen kurzen Blick zu.

„Findest du?"

„Nur, daß wir uns gemocht haben, oder?"

„Nur gemocht?" Katja nahm einen Schluck aus ihrem Sektglas und warf ihm einen sehnsuchtsvollen Blick zu. Dann zeigte sie mit ihrem Glas auf Meike und Jens: „Du hast sie gesehen vorhin. Jens kann mit Mädchen nichts anfangen, er interessiert sich einfach nicht für sie. Ich glaube, er hatte noch nie eine Freundin. Er ist ein Spätentwickler und fängt gerade an, zu pubertieren. Bei Meike ist das ganz anders, sie könnte seine größere Schwester sein." Katja sah Knuts zweifelnden Blick: „Entwicklungstechnisch gesehen natürlich!" fügte sie hinzu.

„Meinst du?"

„Sieh sie dir doch an! Sie ist kein kleines Mädchen mehr.

Sie ist eine junge Frau!"

„Mein Würmchen?"

„Ja, Knut, auch dein Würmchen wird einmal ein Wurm!" Katja mußte kichern, „ich meine das natürlich mehr bildlich!"

„Natürlich!" sagte Knut und kicherte mit.

„Sie probiert sich aus – bei mir war das genauso."

„Ich war also nur ein Versuchsobjekt für dich?"

„Knut! Du doch nicht. Na ja, am Anfang vielleicht schon, aber dann..."

„Dann, was?" Er näherte sich ihr bis auf wenige Zentimeter.

„Lenk´ jetzt nicht ab!" sagte Katja und zog ihren Kopf ein wenig zurück.

„Du meinst also, Meike will sehen, wie weit sie gehen kann?"

„Das auch, sie testet ihre Wirkung, natürlich. Aber auch, weil sie eifersüchtig ist."

„Eifersüchtig? Auf wen?"

„Na, auf mich!"

„Auf dich? Warum sollte sie..." er sah erst in Meikes Richtung und dann wieder Katja an. „meinst du wirklich?"

„Ich bin mir sicher. Eine Frau spürt das. Du warst immer nur für sie da und jetzt..."

„Jetzt?" Er näherte sich erneut.

„Jetzt sieht sie, daß du plötzlich viel Zeit mit einer anderen Frau verbringst, daß du ihr nicht mehr ganz gehörst..."

„Tue ich das denn, ihr nicht mehr ganz gehören?"

„Tust du es?" Sie standen jetzt fast Nase an Nase. Sie spürte seinen und er ihren Atem.

„Laß uns das später woanders besprechen, ja?" sagte Knut und sah in ihre wunderbaren Augen.

„Wie du willst, mein Ritter!" sagte sie.

„Und, was machen wir jetzt mit den beiden, edles Burgfräulein?"

„Wir sollten etwas zusammen unternehmen, damit sie sich besser kennen lernen!"

„Eine gute Idee! Wir könnten auf die Hallig!"

„Unsere Hallig?" Katjas Augen strahlten.

„Ja, unsere Hallig. Meike liebt diese Insel auch. Die ist

bestimmt begeistert."

„Jens wird auch begeistert sein. Das wird ihn ablenken von der ganzen Sache mit seinem Vater und dem Testament. Ja, es ist eine gute Idee. Vielleicht verstehen sie sich ja so gut, daß wir sie dann auch mal längere Zeit alleine lassen können. Schließlich werden wir viel Zeit miteinander verbringen in den nächsten Tagen…"

„Werden wir?" Knut sah Katja fragend an.

„Ich dachte, ich hatte gehofft…"

„Bleibst du denn länger?"

„Ich glaube, ja, es wird schon eine Weile dauern, bis ich alles geregelt habe."

„Du hast dich entschieden?"

„Ja, Knut. Ich glaube, das hatte ich schon, als du das Testament verlesen hattest. Ich wollte es nur nicht wahrhaben."

„Dann können wir uns ja gleich morgen an die Arbeit machen."

„Wir?"

„Natürlich! Meinst du denn, ich lasse dich mit dem allen allein?"

„Ich hatte auf deine Unterstützung gehofft. Aber deine Kanzlei?"

„Das ist der Vorteil, wenn man sein eigener Chef ist, Katja!"

„Du bist – ich könnte dich küssen!"

„Ich hätte nichts dagegen!"

„Ach, Knut! Ich meine es ernst, aber, nicht hier, nicht jetzt. Es ist alles so frisch!"

„Du brauchst dich nicht zu entschuldigen. Ich labe mich zunächst an den Worten und deiner Gegenwart. Das bringt mich zurück zu meinen Pflichten als Gastgeber, du entschuldigst, es wird Zeit, zum Essen zu bitten!" Knut verneigte sich kurz vor Katja, ergriff ihre rechte Hand und drückte ihr einen angedeuteten Kuß auf dieselbe. Dann verschwand er im Innern des Hauses. Katja strich mit dem Finger der rechten Hand um den Rand ihres Sektglases und schaute verträumt in den Garten, der sich langsam in Dämmerlicht zu hüllen begann.

Kapitel 4

„**B**eeil dich! Wir müssen los. Die Flut wartet nicht auf uns!"

„Papa!" Meike hätte mit beiden Beinen kräftig auf den Boden gestampft, wenn sie dazu in der Lage gewesen wäre.

„Ich weiß gar nicht, was du gegen Jens hast, daß scheint ein netter Junge zu sein."

„Dann freu´ dich doch, wenn ich nicht mitkomme, dann kannst du dich ungestört mit dem netten Jungen unterhalten!"

„Komm, tu mir den gefallen! Würmchen, bitte!" Knut schaute seine Tochter mit einem treuen Dackelblick an.

„Das mit dem Blick ist mein Ding, Papa!" sagte Meike und setzte denselben Blick auf: „Mein Bein tut mir doch sooo weh!" sagte sie und zog einen wunderbaren Schmollmund dazu.

„Du hast recht", mußte Knut zugeben, „bei dir wirkt das wesentlich besser – aber es ist genauso vergebens!" fügte er hinzu.

„Außerdem kenne ich dieses Stück Nordsee auswendig – du weißt, wie oft wir da schon waren. Jede Möwe begrüßt uns persönlich!"

„Es hat dir immer gefallen!"

„Es gefällt mir noch. Aber nicht heute – Papa, bitte!" Meike war aufgestanden und von ihrem Platz am Eßtisch zu ihrem Vater gehumpelt, der neben dem Tisch an einem Kopfende stand. Jetzt stand sie vor ihm und sah ihn von unten aus ihren großen, grünen Augen direkt an.

„Meike!"

„Paps!" Sie legte ihre Arme um seinen Körper und drückte sich an ihn.

„Meike…" begann ihr Vater und versuchte kurz, sich von ihr zu lösen. Sie wußte, daß sie gewonnen hatte. „…aber du versprichst mir, daß du das nächste Mal, wenn du Jens siehst, nett zu ihm bist! Immerhin werden er und seine Mutter wohl eine ganze Weile unsere Nachbarn sein."

„Ja, das verspreche ich dir!" sagte sie und es klang ausgesprochen erfreut und ehrlich. Knut schaute seine Tochter an, aber er konnte nichts in ihrem Gesicht entdecken, was ihn an ihrer Aussage hätte zweifeln lassen können. Im Gegenteil, sie schien geradezu von innen her zu strahlen. Hätte er die Gedanken seiner Tochter lesen können, hätte er nicht auf diesem Versprechen bestanden, sondern sie in ihrem Zimmer eingesperrt und so weit wie möglich von Jens fern gehalten. „Gut, ich werde schon eine Ausrede finden. Aber Jens wird fürchterlich enttäuscht sein!"

„Das glaube ich weniger!" sagte Meike und richtete sich wieder auf, „außerdem: was heißt Ausrede?" sagte sie und stemmte ihre Arme in die Hüften, „du bist doch ganz zufrieden, daß ich nicht dabei bin und du mit deiner Katja alleine fahren kannst!"

„Wieso mit ihr alleine?"

„Ver…" Meike biß sich auf die Zunge, „mit seiner Mutter und Jens natürlich – den hatte ich schon wieder ganz vergessen!"

„Meike, du hast es versprochen!" er sah sie tadelnd an.

„Ja, aber doch nur, wenn er da ist, oder?" sagte sie grinsend.

„M…" setzte Knut an, wurde aber sofort von seiner Tochter unterbrochen:

„Du mußt los, hopp, hopp! Beeil dich! Die Flut…"

„…wartet nicht! Ich weiß, ich weiß. Aber, wir sind damit noch nicht fertig, meine liebe Tochter!" Er drückte ihr einen kleinen Kuß auf die Stirn und verließ schnell das Haus.

„Viel Spaß!" rief Meike ihm hinterher und atmete tief durch. Einen Moment später hörte sie, wie der Wagen angelassen wurde und sich langsam entfernte.

„Er wollte nicht?"

„Nein! Er müsse seine Gedanken sortieren, von wegen der Sache mit seinem Vater und so. Nichts zu machen. Ich hab´s auch mit seinem ritterlichen Edelmut versucht…"

„Womit?" Knut blickte Katja fragend an.

„Mit seinem ritterlichen Edelmut. Von wegen der armen Meike, die sich doch so gefreut hat auf den Ausflug mit uns und vor allem ihm und jetzt wird sie fürchterlich enttäuscht sein…"

„Und das hat er dir geglaubt?"

„Na ja, vielleicht nicht so ganz, d. h. eher überhaupt nicht. Er meinte nur, daß Meike bestimmt hoch erfreut sein wird, ihn nicht ertragen zu müssen – und ihm ginge es umgekehrt genauso!"

„Was ist nur mit diesen Kindern! Die sind ja schlimmer als die USA und die Sowjetunion im Kalten Krieg!"

„Du sagst es. Und es wäre so schön, wenn sich die beiden ein bißchen näher kämen."

„Willst du sie verkuppeln?"

„Nein, bewahre, nur das nicht!"

„Na, so schlimm wäre es nun auch wieder nicht. Schließlich ist meine Tochter ja kein Ungeheuer – und ganz passabel sieht sie ja auch aus, finde ich jedenfalls."

„Mehr als passabel, Knut, mehr als passabel!"

„Ja, ganz der Vater eben! Obwohl…" Knut runzelte die Stirn und es schien für einen Augenblick, als wenn er mit seinen Gedanken ganz woanders ist, „egal" fuhr er fort: „also, warum wäre das so schlimm mit den beiden?"

„Weil, weil Jens eben noch nicht bereit ist für so eine Beziehung mit einem Mädchen – er würde Meike nur fürchterlich enttäuschen. So etwas kann ein Mädchen prägen!"

„Sprichst du aus Erfahrung?"

„Knut! Du weißt, daß das nicht so ist. Du warst…"

„Ja?"

„Jedenfalls…" Katjas Gesichtsfarbe hatte sich stark ins Rote verschoben.

„Was?"

„Ja, natürlich hast auch du mich geprägt – aber nicht negativ. Anders eben."

„Aha, anders eben!" sagte Knut und grinste in sich hinein. Es war ein seltenes Ereignis, daß er Katja so erlebte: sprachlos und in die Enge getrieben. Er kostete diese Situation aus.

„Auf jeden Fall wäre das nicht gut. Sie sollen halt gute Freunde werden, das wäre schön – wie Bruder und

Schwester etwa."

„Aber sie sind nicht Bruder und Schwester, Katja!"

„Ja, laß uns fahren, es ist müßig darüber zu diskutieren, ob sie lieber wie Geschwister oder wie etwas anderes sein sollten – bei der Zuneigung, die sie zueinander zeigen, kommt beides wohl nicht in Frage!"

„Da bin ich dann mal wieder genau deiner Meinung und" er schaute auf seine Armbanduhr, „wir müssen jetzt wirklich los, sonst..."

„Ich weiß, die Flut wartet nicht!"

„Das weißt du noch?" Knut sah Katja mit einem liebevollen Blick an.

„Natürlich! Wie könnte ich das je vergessen! Das hast du immer gesagt, damals!"

„Ja, manche Dinge ändern sich eben nie!" Er strahlte und öffnete die Beifahrertür seines Wagens: „Bitte!" sagte er und machte eine entsprechende Handbewegung.

„Vielen Dank, mein Herr!" sagte Katja und glitt auf den Beifahrersitz. Die Tür schloß sich hinter ihr und ein paar Augenblicke später fuhr der Wagen die Straße hinunter.

„Endlich!" dachte ich und wartete, bis er aus meinem Blickfeld verschwunden war, dann stürmte ich ins Haus, warf die Haustür hinter mir zu und begann, wie ein aufgescheuchtes Huhn in der Küche hin und her zu rennen. Es hatte länger gedauert, meine Mutter davon zu überzeugen, daß ich den heutigen Tag für mich brauchte, als ich gedacht hatte. Ich hatte keine halbe Stunde Zeit mehr, bis Meike da sein würde. Wir hatten uns zum Frühstück verabredet. Bei ihr ging das nicht, weil man mein Kommen vor Anna schwerlich hätte verheimlichen können. Meine Nervosität war auf ihrem Höhepunkt angelangt. Es war das erste Mal, daß wir uns so richtig alleine trafen, ganz ohne Öffentlichkeit. Nur sie und ich. Es war auch das erste Mal, daß ich alleine mit einer anderen Frau frühstückte als mit meiner Mutter. Ich begann zu schwitzen. Mir durfte kein Fehler unterlaufen. Ich holte die Teller aus dem Schrank und wischte noch einmal mit einem Handtuch über sie.

„Sicher ist sicher!" sagte ich und stellte sie auf den Küchentisch. Die Prozedur wiederholte sich mit den

Untertassen, den Tassen und dem Besteck. Alles sollte perfekt sein. Es hatte keine zehn Minuten gedauert und ich konnte mein Werk betrachten. „Irgendwas fehlt!" dachte ich und ließ den Blick unruhig durch den Raum wandern: „Blumen! Das ist es: Blumen!" Fieberhaft suchte ich nach einer Vase. „Wo...nein, auch nicht...nein...nein..." Ein Schrank nach dem anderen wurde aufgerissen, ohne daß das Gesuchte gefunden wurde. „Ah! Das ist gut!" erleichtert griff ich nach einem alten Milchkrug, den ich auf einem der Schränke entdeckt hatte. „Jetzt schnell!" Ich hastete zur Haustür und riß sie auf. „Au-aaa!" Ich stieß gegen Etwas, das sonst nicht da war: Es war Meike!

„Ungestüm wie immer!" sagte sie „ich freue mich auch, dich zu sehen!" Sie lächelte mich an.

„Ja, ich, weil..." stotterte ich und hob den Milchkrug in die Höhe.

„Ich wußte gar nicht, daß ihr eine Kuh habt und, daß du melken kannst" sagte Meike und deutete auf den Krug, „oder wolltest du es mal bei mir versuchen?"

„Melken? Wieso melken? Bei dir?" Ich kratzte mich an der Stirn und versuchte einen Sinn in Meikes Worten zu finden. Mein Gesichtsausdruck strahlte wenig von dem aus, was man als Intelligenz bezeichnete. Dann verstand ich: „Nein, natürlich, nein, ich!" stammelte ich und der Krug entglitt meinen Händen und zerschlug auf dem Steinboden. Ich spürte, wie mein Gesicht tiefrot wurde.

„Ich muß dich enttäuschen, du würdest keinen Erfolg haben, aber du kannst es gerne versuchen, wenn du willst!" Meike atmete tief ein und schob ihren Brustkorb auf mich zu. Sie trug ein weißes T-Shirt und keinen BH, so daß sich ihre Brustwarzen deutlich unter dem Stoff abzeichneten. Es war, als wenn mein Kopf zerplatzen würde. Das Rot meines Gesichtes mußte inzwischen fast einem Schwarz gleichen. Mein Atem ging Stoßweise und wenn ich älter gewesen wäre, hätte man befürchten müssen, daß mich in wenigen Momenten ein plötzlicher Tod durch Herzinfarkt ereilt hätte. Ich dachte an meine erste und bisher auch einzige Freundin und daran, wie ich ihre Brüste massieren durfte und daran, wie wenig Begeisterung ich dadurch bei der Eigentümerin hervorgerufen hatte. Mir wurde schwindlig.

„Massieren", kam es über meine Lippen.

„Jens?" Meike senkte ihren Brustkorb und umfaßte meine Unterarme: „ganz ruhig, ganz ruhig. Ich bin da. Wollen wir reingehen?"

„Ja, rein – gehen! Genau! Hier!" Ich wedelte mit meinen Armen in der Gegend umher, so gut das mit Meikes Händen an mir ging.

„Komm!" sagte Meike und schob mich langsam vor sich auf die Haustür zu. Ihr Herz pochte mindestens genauso wild, wie es das meine tat, das hat sie mir später erzählt. Mir war das natürlich nicht aufgefallen, weil ich genug damit zu tun hatte, in die Realität zurück zu finden. Meike konnte das mehr als gut nachvollziehen. „Hier!" sagte sie und drückte mir eine Papiertüte in die Hand, nachdem sie mich losgelassen hatte.

„Wah!" Ich sah auf die Tüte und für einen Augenblick muß es so ausgesehen haben, als wenn ich endgültig den Verstand verloren hatte. Aber von einer Sekunde auf die andere, war ich wieder der Jens, der ich vorher gewesen war. „Ich dachte!" japste ich und fing an, fürchterlich zu lachen, „ich dachte!" prustete ich.

„Was ist denn jetzt?" Meike sah mich fassungslos an.

„Ich, entschuldige, ich dachte, du hast mir jetzt, jetzt…" ich deutete auf ihren Oberkörper und konnte mich kaum einkriegen.

„Nein, das hast du nicht wirklich gedacht?" Meike fing auch an zu lachen „nicht im Ernst?"

„Es – tut mir leid! Wirklich!" ich sah sie lachend an und sie lachte zurück. Danach fielen wir uns in die Arme und ich führte sie in die Küche. „Was Brötchen alles so bewirken können – wenn sie denn von Bäcker Jensen sind!"

„Von Bäcker Jensen?"

„Egal, auch von anderen Bäckern."

„Geht es dir wirklich besser?"

„Ja, klar, wunderbar, alles wieder gut, alles prima, komm, setz´ dich, hier!" Ich zog einen der Stühle vom Tisch zurück und wartete, bis Meike sich gesetzt hatte. „Gut?"

„Phantastisch!" Meikes Augen wanderten über den gedeckten Tisch und strahlten. „Danke!"

„Das, ach, keine Sache, echt – Kaffee? Tee?" beeilte ich mich zu sagen, bevor ich spürte, daß meine Gesichtsfarbe sich erneut veränderte.

„Tee, bitte!"

„Kommt sofort, My Lady!" sagte ich und merkte, wie sich die Anspannung ein wenig löste. „So, der Tee, bitte, und einen kleinen Moment noch…"

„Nur keine Hektik, wir haben viel Zeit!" sagte Meike und sah mich an: „Haben wir doch?" fügte sie hinzu und es klang ein wenig ängstlich.

„Ich schon, denn meine Mutter wollte mit einem Herrn Knut Christensen und dessen merkwürdiger Tochter auf irgend so ein Stück Sand in der Nordsee fahren und erst sehr spät wiederkommen!" sagte ich und entschwand, um einen Augenblick später mit ein paar Scherben in der Hand zurück zu kehren: „Ich vergaß!" Ich ließ die Scherben in den Papierkorb gleiten, „einen Moment noch!"

„Es ist perfekt!" rief mir Meike hinterher, als ich durch die Haustür nach draußen verschwand.

„So", sagte ich, als ich die Küche wieder betrat und stellte mich vor Meike an den Tisch: „Jetzt ist es perfekt!"

„Ja, jetzt!" strahlte Meike und blickte auf die Blumen in dem Wasserglas, die ich dort platziert hatte.

„Und dein Vater wollte nicht, daß du hier bleibst?" Ich kaute auf einem Brötchenteil rum und schaute Meike an, die an ihrer Teetasse nippte. „Ich versteh nicht, was die beiden damit bezwecken – warum sollen wir uns unbedingt vertragen und beste Freunde sein? Verstehst du das? Was haben die davon? Ob die was ahnen?"

„Nein, bestimmt nicht. Die wissen nichts. Wenn die was wüßten, dann wären die nicht so darauf aus, daß wir viel Zeit miteinander verbringen!"

„Stimmt, dann würden die versuchen, daß wir uns nicht sehen! Schon bescheuert, oder?"

„Ja! Wollen wir ihnen nicht den Gefallen tun und uns mal treffen und was zusammen machen?"

„Meinst du?"

„Einfach nur so – wir können uns ja streiten, aber dann haben wir es wenigstens mal versucht!"

„Du meinst, wir erzählen denen? Keine schlechte Idee! Kann spaßig werden!"

„Also, wenn sie das nächste Mal fragen – dann…"

„…dann werden wir in den sauren Apfel beißen."

„Apropos saurer Apfel, ich mußte meinem Vater was versprechen, damit ich nicht mit mußte!

„Und was mußtest du ihm versprechen?"

„Na, was ganz Widerwärtiges, Ekliges und Schauerliches!"

„Das du jeden Morgen in den Spiegel schaust?"

„Schlimmer!"

„Noch schlimmer! Hmm, was könnte das sein? Du weißt, meine Vorstellungskraft ist stark eingeschränkt!" Ich rollte mit den Augen und runzelte die Stirn. „Ich weiß!" rief ich plötzlich: „Daß du mit geöffneten Augen in den Spiegel schaust!"

„Noch viel schlimmer!"

„Nee, noch schlimmer, das überfordert meinen Intellekt!"

„Ich mußte ihm versprechen, nett zu dir zu sein, wenn ich dich sehe!"

„Das ist allerdings noch schlimmer, viel schlimmer." Ich riß die Augen auf: „Unfaßbare Folter liegt vor dir!" Ich drückte meinen Körper aus dem Stuhl nach oben und ließ den Oberkörper über den Tisch wandern: „je eher du damit beginnst, je eher hast du es hinter dir!" Meine Hände bewegten sich auf Meike zu. Die Türglocke bremste mich.

„Erwartest du jemanden?"

„Außer dir? Nein, wen? Ich kenne hier niemanden – äh, außer dir natürlich und meiner Mutter und deinem Vater und… Nein, niemanden."

„Geh nachschauen!" sagte Meike.

„Warum? Wird nur so ein Werbeausträger oder so was sein. Das gibt es doch auch hier, oder?"

„Jens!" ein strafender Blick fuhr mir von Meike entgegen.

„Klar, natürlich, klar, gibt ja auch Geschäfte und… Jedenfalls, der geht schon wieder, wenn keiner aufmacht." Es läutete ein zweites Mal.

„Oder auch nicht!"

„Oder auch nicht! Egal. Wo waren wir?" Ich wandte meine Aufmerksamkeit wieder dem Objekt meiner Begierde auf der anderen Seite des Tisches zu.

„Bei dem schrecklichen Versprechen, das ich einzulösen gezwungen bin!" hauchte Meike und schloß die Augen.

„Genau!" Ich begann erneut, meinen Oberkörper über den Tisch zu schieben.

„Mach auf!" Es hämmerte gegen die Haustür. „Ich weiß, daß du da bist!" Es hämmerte weiter.

„So ein Mist! Mein Vater!" sagte ich und zuckte zusammen.

„Dein Vater?"

„Ja, mein Vater. Das ist gar nicht gut."

„Wieso, darf er mich nicht sehen?"

„Nein, nicht deswegen..."

„Mach auf!" Die Stimme und das Hämmern wurden lauter.

„Vielleicht geht er wieder, wenn wir ganz ruhig sind", sagte Meike und ihre Stimme klang nicht mehr so furchtlos wie noch eine Minute zuvor.

„Der geht nicht!" sagte ich knapp, „der nicht!"

„Mach sofort auf!" tönte es von draußen wie zur Bestätigung des eben Gesagten, „sonst trete ich die Tür ein!" Es hämmerte weiter.

„Jens!" Angst lag in Meikes Stimme und Panik in ihrem Blick.

„Bleib ganz ruhig, ich muß ihn beruhigen!"

„Sei vorsichtig, bitte!"

„Klar, keine Sorge. So schnell wirst du mich nicht wieder los!" Ich ging zur Vordertür: „Papa? Papa, bist du das?" rief ich und versuchte so viel Ruhe und Arglosigkeit in meine Stimme zu legen wie möglich.

„Jens?" Mach auf! Ich will zu deiner Mutter!"

„Die ist nicht da, Papa!"

„Natürlich ist sie da! Wo soll sie denn sonst sein? Mach auf, sofort!" Er hämmerte wieder gegen die Tür.

„Sie ist nicht da, Papa, ehrlich!"

„Dann laß mich rein, ich warte auf sie!"

„Das darf ich nicht. Ich darf dich nicht ins Haus lassen!"

„Papperlapapp! Laß mich sofort rein, oder..." er trat kräftig gegen die Tür. Meike gab einen erstickten Schrei von sich und ich machte einen Satz von der Tür weg. Mein ganzer Körper zitterte.

„Papa! Du weißt, ich darf nicht." Sagte ich und versuchte, meine Stimme einigermaßen unter Kontrolle zu behalten, „ich kriege Ärger, wenn ich dich reinlasse. Du kennst Mama!"

„O ja, ich kenne deine Mutter! Und jetzt mach endlich diese verdammte Tür auf, meine Geduld ist am Ende!"

„Ich, ich kann nicht, selbst wenn ich wollte!" rief ich verzweifelt.

„Was soll das heißen: Du kannst nicht? Was redest du für einen Schwachsinn! Mach die Tür auf! Sofort!"

„Ich, sie hat mich eingeschlossen! Mama hat mich eingeschlossen!" Ich wußte nicht, warum ich das gesagt hatte, aber es war aus meinem Mund, noch ehe ich etwas dagegen tun konnte.

„Sie hat dich eingeschlossen? Das sieht ihr ähnlich! Warum hat sie dich eingeschlossen?"

„Damit, damit ich nicht zu dir gehe, genau, nicht zu dir gehe, wenn sie weg ist!" Ich atmete tief durch. Das war gelogen. Es war nicht meine Art, zu lügen, aber ich wußte mir nicht mehr anders zu helfen. Ich kannte meinen Vater und der wäre im Stande gewesen, die Haustür einzutreten. Um mich selbst machte ich mir keine Sorgen. Mein Vater würde nie die Hand gegen mich erheben, das wußte ich – aber bei Meike sah das schon anders aus. Ich hatte keine Ahnung, wie er auf ihre Anwesenheit reagieren würde und ich hatte auch keine Ahnung, was mein Vater mit der Einrichtung des Hauses anstellen würde. In diesem Punkt war das Schlimmste zu befürchten. „Ich soll dich nicht sehen, wenn sie nichts davon weiß, damit du mich nicht beeinflußt!" rief ich zur Bekräftigung.

„Das ist deine Mutter! Ja, das ist sie! Wer beeinflußt denn hier wen? Habe ich dich schon mal eingesperrt?"

„Nein, Papa, du nicht!"

„Siehst du! Das würde ich nie tun! Das paßt zu deiner Mutter!"

„Papa?" Es war plötzlich verdächtig ruhig vor der Tür, „Papa, bist du noch da?"

„Ja, ja. Was soll`s!" sagte er schließlich: „Sag deiner

Mutter, daß ich wiederkomme! Und sag ihr, daß sie dich ja nicht nochmal einsperren soll! Sag ihr das!"

„Ja, Papa, ja, mach ich! Papa?" Ich erhielt keine Antwort.

„Ist, ist er weg?" kam ein Wispern aus der Küche.

„Meike!" rief ich und erinnerte mich an sie, die ich allein und völlig verängstigt in der Küche zurück gelassen hatte, „Meike! Alles ist gut! Er ist weg!" Ich bewegte mich in Richtung Küche. Es war, als wenn meine Beine aus Pudding bestünden. Ich war in Schweiß gebadet. Meike saß auf ihrem Stuhl und hatte den Kopf in ihren Schultern vergraben. Das gesunde Bein hatte sie mit ihren Händen an ihren Oberkörper gezogen. Sie zitterte. „Meike!" rief ich erneut und ging auf sie zu. „Es tut mir leid!" Ich stellte mich hinter ihren Stuhl, legte meine Arme um ihren Kopf und meinen Kopf auf ihren. „Es ist vorbei, er ist weg!" sagte ich noch einmal und küßte sie auf den Kopf. Ich spürte, wie sie sich an mich drückte. Sie schloß die Augen:

„Ich hatte Angst!"

„Ich auch!"

„Um dich!"

„Um mich?" Ich holte tief Luft:

„Und ich hatte Angst, daß er dir was tut!"

„Ich bin total durch!"

„Ich auch, du kannst mich auswringen!"

„Warum muß ich jetzt lachen?"

„Weil ich komisch bin!"

„Du bist super!" sie drückte sich ganz fest an mich. „Wollen wir duschen?" Sie sah mich von unten her an.

„Duschen?" Ich sah sie fragend an.

„Ja, oder gibt es hier sowas nicht?"

„Doch, du wirst staunen! Das Haus ist alt – aber nicht alles hier war schon immer da!"

„Willst du?"

„Komm mit, ich zeig es dir!" Ich zog sie von ihrem Stuhl und sie hing sich an mich und humpelte an meiner Seite aus der Küche in Richtung Bad.

Es gab zwei Bäder in diesem Haus. Eines im Obergeschoß, das aber nicht besonders groß und auch für Meike nicht gut zu erreichen war und eines im Untergeschoß, das wesentlich geräumiger und sehr modern war. Ich öffnete eine der Türen und sagte:

„Voila! Das Bad!"

„Wauw! Das hätte ich jetzt nicht erwartet!"

„Ich sag´s doch, nicht alles in diesem Haus..."

„Ja, das ist – wollen wir vielleicht da!" sie zeigte auf die Eckbadewanne, in der gut und gerne vier Leute Platz gefunden hätten.

„Die Dusche ist da!" sagte ich, auf die linke Wand deutend.

„Das da gefällt mir besser, bitte!" Sie sah mich wieder aus ihren großen grünen Augen an.

„Dein Wunsch ist mir Befehl. Ich lasse das Wasser ein und hole dann mal ein paar Handtücher."

„Ja, gute Idee", sagte Meike und ließ sich auf das geschlossene WC fallen.

„Schau! Viel besser als Handtücher!" Triumphierend hielt ich einen Bademantel in die Höhe.

„Klasse – und du?"

„Hier!" Ich zog einen zweiten hinter meinem Rücken hervor.

„Wo hast du die so schnell her?"

„Das liegt hier alles so rum. Meine, in dem Haus hier gibt es nichts, was es nicht gibt, du mußt es nur finden." Ich sah ihren fragenden Blick. „Das Haus ist vollgestopft. Opa hat alles aufgehoben und Opa ist, wie du bestimmt weißt, sehr alt geworden. Da war viel Zeit zum Aufheben. Ich kann dir ja mal so ein Zimmer zeigen, später, wenn du willst!"

„Ja, gerne."

„Oh, das Wasser, so", Ich drehte die Hähne zu und prüfte die Wassertemperatur – ist gut so, glaube ich", sagte ich und wandte mich Richtung Tür.

„Wo willst du hin?" sagte Meike irritiert.

„Ich? Hin? Na, raus, du wolltest baden, oder?"

„Ja, aber doch mit dir!"

„Mit mir? Zusammen? Du und ich zusammen, da!" Ich zeigte erneut auf die Badewanne.

„Hmm", machte Meike und nickte dazu.

„So richtig, so, wie man, so ohne?" ich zeigte an meinen Sachen herunter.

„Ja - oder, wie badet man bei euch so?" grinste Meike.

„Aber, wir – ich meine – du – wir…" Ich begann unruhig durch das Bad zu wandern. Da das Bad zwar groß, aber nicht endlos war, kam ich nicht weit: „Ich meine, hast du keine Angst?"

„Angst, wovor? Angst hatte ich vorhin. Vor dir habe ich keine Angst."

„Nein, so meinte ich das nicht. Ich habe noch nie…" Ich trat von einem Fuß auf den anderen.

„Ich auch nicht, wenn es dich beruhigt!"

„Ich dachte…" sagte er und schaute Meike an.

„Was dachtest du? Daß ich mit jedem mal so eben…"

„Nein, natürlich nicht, aber, daß du schon – das wirkt so normal bei dir, verstehst du?"

„Wenn ich mit dir zusammen bin, dann, dann ist das irgendwie so normal. Ich weiß auch nicht. So, als wenn es schon immer so war!"

„Als wenn es schon immer so war!" Mein Blick verlor sich in der Weite von Meikes Augen, „ewig" murmelte ich.

„Was murmelst du da?"

„Nichts, Meike. Es ist so normal, aber es ist auch so besonders. Verstehst du. Ich habe Angst, ich glaube, Angst, daß es nicht so bleibt."

„Ich auch. Aber wir werden nie erfahren, ob es so bleibt, wenn wir es nicht versuchen, oder?"

„Kannst du denn mit dem Ding da", ich deutete auf die Bandage, „überhaupt ins Wasser?"

„Das eine Bein kann ja draußen bleiben!"

„Ja. Soll ich mich umdrehen?"

„Ich dachte, du hilfst mir", sagte Meike und reichte mir ihre Hand. Ich half ihr hoch. Jetzt spürte ich wieder die Nähe und die Wärme ihres Körpers. Ich spürte den Schweiß auf ihrer Haut, spürte ihren Atem und fühlte mich magisch zu dem Ursprung all dieser Dinge hingezogen. Ich legte die Hände auf ihre Hüften und zog sie langsam an mich. Meike drückte sich gegen meinen Körper. Sie schien ihn förmlich in sich aufzusaugen. Es war ein Gefühl von Wärme und Kälte, von Feuchtigkeit und Trockenheit. Es war eine gewaltige Explosion, als sich unsere Zungen das erste Mal an diesem

Tag trafen. Alles schien in diesem Augenblick auf einmal aus uns heraus zu schießen, alles, was sich an diesem Tag ereignet hatte, alles, was sich aufgestaut hatte, alle Angst, alle Freude. Ich spürte, wie sich Meikes Hände langsam in Richtung des Hosenbundes bewegten und erst den Knopf der Jeans öffneten um dann langsam den Reißverschluß nach unten gleiten zu lassen. Es war eine einzige Bewegung. Ausgeführt, als wenn sie nie in ihrem Leben etwas anderes getan hätte. Meine Hose rutschte nach unten. Ich spürte ihre Hände an meinem T-Shirt und merkte, wie sie es langsam nach oben zog. Ich suchte mit meinen Hände nach dem Saum von ihrem und versuchte, es ihr gleich zu tun. Die Weichheit ihrer Brüste und die Härte ihrer Brustwarzen trafen meine Haut wie ein Donnerschlag. Ich wagte nicht, daran zu denken, was passierte, wenn sie meine Unterhose nach unten zog. Sie schien meine Gedanken zu erraten, denn sie schob mich langsam auf die Badewanne zu. Als ich den Rand an den Kniekehlen spürte, hob ich erst das linke Bein über den Rand und dann das rechte. Meike hatte sich inzwischen ihre Shorts abgestreift und stand nun in ihrem Slip vor mir. Ich konnte die Augen nicht von ihr lassen. Sie folgte mir in die Wanne, schob mich in die hintere Ecke und drückte meinen Körper sanft nach unten. Ich verstand, daß ich mich setzen sollte. Sie drehte mir den Rücken zu und ließ sich rücklings auf mich gleiten. Das linke Bein hing über dem Wannenrand und ihr Körper schmiegte sich ganz eng an meinen Körper. Ich wußte, daß sie alles spürte, was an mir zu spüren war und sie wußte, daß ich es wußte. Ihr Kopf lag auf meiner Brust. Die Spitzen ihrer Brüste schauten aus dem Wasser und ich konnte an ihrem Körper hinuntersehen bis zu ihrem Beinansatz. Sie nahm meine rechte Hand und führte sie langsam hinunter bis zu der Stelle, wo ihre Haut am Bauch auf ihren Slip traf.
Mein ganzer Körper bebte. Ich schloß die Augen und sah doch alles klar vor mir. Ich sah meine Hand, wie sie dort lag und sich langsam hin und her bewegte, wo Meikes Beine begannen und ich spürte die sanfte Bewegung von Meikes Becken dort, wo meine Beine begannen. Meike sagte kein Wort und ich schwieg. Und trotzdem war der Raum erfüllt von

Etwas, das uns beiden in den Ohren klang wie ein Düsenflugzeug.

    Auf dem Küchentisch stand noch das Geschirr vom Frühstück. Ich hörte Meike im Bad Hantieren und setzte mich auf einen der Küchenstühle. Dabei fiel mein Blick auf das Display ihres Smartphones:
    „Meike!" rief ich, „du hast eine Nachricht!"
    „Was?" hörte ich ihre Stimme und ein paar Sekunden später erschien sie in der Tür. Sie sah bezaubernd aus in ihrem weißen Bademantel. Ich versuchte, mich auf das zu konzentrieren was sie sagte und nicht auf das, was sie zeigte, als sie sich auf meinen Schoß setzte und dabei der Bademantel im unteren Bereich auseinanderrutschte.
    „Nachricht. Du hast eine Nachricht. Hier!" Ich reichte ihr das Telefon und meine Hand zitterte ein wenig dabei.
    „Oh, von meinem Vater, warte!" sagte Meike. Ich legte meine Arme um sie.
    „Von deinem Vater?" sagte ich und versuchte, woanders hin zu schauen.
    „Ja!"
    „Was?"
    „Wie, was?"
    „Was hat er noch gleich geschrieben?"
    „Das habe ich noch nicht gesagt!"
    „Hast du nicht? Ach so, na dann nicht!"
    „Jens!" Sie küßte mich auf die Stirn.
    „Wofür war das?" fragte ich überrascht.
    „Dafür, daß du noch immer so reagierst!" sagte sie und schob die beiden Seiten ihres Bademantels übereinander. „Mein Würmchen…"
    „Das bist doch du und nicht ich? Oder?"
    „Klar, bin ich das. Die Nachricht ist ja auch an mich, mein Dummerchen!" Sie schüttelte den Kopf.
    „Mein Dummerchen! Toll – aber nicht, daß du das jetzt immer sagst!"
    „Das liegt ja wohl auch an dir, mein kleiner Intelligenzbolzen!" sagte sie und gab mir einen weiteren Kuß auf die Stirn.

„Gut, Dummerchen ist dann doch besser – und wahrscheinlich auch passender irgendwie." Ich grinste sie an und zog die Lippen zu den Seiten hin auseinander.

„Stimmt, intelligent sieht das wirklich nicht aus! Also, Mein Würmchen", begann sie ein zweites Mal, „es hätte dir sehr gefallen. Alle waren begeistert…"

„Alle? Seit wann nennt er meine Mutter so?"

„Nun warte doch", Meike bewegte ihre rechte Hand hin und her, was so viel hieß, daß ich ruhig sein sollte, „…alle waren begeistert und Jens war sehr enttäuscht, daß du nicht mitgekommen bist…"

„Häh? Ah ja, enttäuscht? Ich? War ich dann wohl, wenn es da steht! Siehst du, wie du mich enttäuschst, immer wieder und wieder! Du bist eine einzige Enttäuschung für mich. Da hörst du es – schwarz auf weiß – oder grün auf durchsichtig, wie auch immer", sagte ich mit einem Blick auf das Display von Meikes Smartphone und drückte mein Gesicht sanft an ihren Hinterkopf.

„…Ihr hättet euch bestimmt gut verstanden – so, so – er liebt diese Insel genauso wie du und ist ganz hin und weg von ihr…"

„…stimmt, er ist hin und weg von ihr, ganz hin und weg!" nuschelte ich in meinen nur spärlich vorhandenen Bartansatz und drückte Meike fester an mich.

„Von der Hallig!"

„Na gut, auch von der – hat die große Brüste?" Ich schob meine Hände vorsichtig unter die von Meike.

„Größer als meine schon!" Meike schob meine Hände zur Seite, „…so begeistert, daß er unbedingt einmal auf so einer Hallig übernachten wollte…"

„Wenn die Brüste groß genug sind, von mir aus auch das."

„…das konnten wir ihm natürlich nicht abschlagen."

„Nein, natürlich nicht, schließlich bin ich der neue Lieblingssohn von der ehemaligen Schulfreundin deines Vaters!"

„…wir kommen also erst morgen wieder. Laß dich von Anna verwöhnen! Dicker Kuß. Paps."

„Ja, welch ein Glück für die beiden, daß ich sooo von dieser Hallig begeistert bin. Bin mal gespannt, wie meine

Mutter mir das erklärt, daß sie da geblieben ist, weil ich nicht weg wollte!" Ich grinste über das ganze Gesicht.

„Ich auch!" Meike räkelte sich genüßlich. „Meinst du, wir dürfen auch Alkohol trinken?"

„Was?" Das was ich zu hören geglaubt hatte, irritierte mich.

„Alkohol: Bier, Wein und sowas?"

„Ich weiß, was Alkohol ist – du springst nur manchmal so..."

„Springen? Ich kann nicht springen mit dem Knie!"

„Ich meine: gedanklich! Du springst gedanklich, im Kopf. Und du erinnerst dich: ich bin nicht gerade der Schnellste beim Denken und so."

„Wer sagt das?"

„Das hat mir eine junge Dame gesagt, die im Moment in einem weißen Bademantel auf meinem Schoß sitzt!"

„Habe ich!"

„Ja, klar."

„Ja, sag ich doch."

„Was?"

„Das ich das gesagt habe!"

„Gesagt?"

„Na, daß du nicht der Hellste – und das scheint sich gerade wieder zu bewahrheiten!"

„Ich meinte, ja, klar, Alkohol!"

„Alkohol?"

„Ja, Alkohol!"

„Was ist damit?"

„Ich wollte doch nur sagen, daß wir dürfen, Alkohol, trinken, wir..."

„Ich glaube, manchmal nehmen wir uns beide nicht viel in Bezug auf geistige Schnelligkeit!" sie lachte.

„Deswegen passen wir auch so gut zusammen!"

„Findest du?"

„Ja, finde ich! Also Alkohol! Dieses verworfene Zeug, das einem die Sinne benebelt und nach dessen Genuß man nicht mehr weiß, was man tut! Dieses Teufelszeug, daß einen Dinge tun läßt, von denen man vorher gedacht hätte, daß man sie nie tun würde!" ich sah sie mit vor Entsetzen aufgerissenen Augen an: „Was willst du haben?"

„Was hast du?"

„Was habe ich? Gute Frage, warte!" Ich schob Meike vorsichtig von meinem Schoß und bewegte mich in Richtung Kühlschrank. Der Blick hinein war ernüchternd. „Also", sagte ich und drehte mich zu Meike um, „es gibt kalten Rotwein und warmes Bier!"

„Hmm, ich tendiere eher zu dem kalten Rotwein – wo hingegen du ja ein Liebhaber des Gerstensaftes zu sein scheinst, oder?"

„Weißt du, ich bin da nicht so festgelegt. Ich nehme, was du nimmst. Zwei Rotwein also?"

„Si."

„Pronto!"

„Grazie!"

„So, dann auf uns und jetzt!" sagte ich, nachdem ich die Gläser gefunden, geholt und eingeschenkt hatte.

„Auf uns, auf das, was wir haben!" Die Gläser klirrten aneinander und wir nahmen beide einen kräftigen Schluck.

„Warte!" Jens erhob sich erneut.

„Wo willst du denn schon wieder hin?" sagte Meike schmollend.

„Telefon!"

„Telefon?"

„Vielleicht hat meine Mutter mir ja auch was geschrieben – schließlich wird sie ja heute nicht mehr kommen und das muß sie mir ja noch irgendwie mitteilen, oder?" ich grinste über alle Wangen und Meike tat das Gleiche. „Ja, Tatsache! Also: Mein lieber Jens! – lieber Jens, das ist verdächtig! – Es ist phantastisch hier. Alle sind begeistert – wieder alle! – besonders Meike, derentwegen wir ja nur hierher gefahren sind..."

„Meinetwegen also. Und wieder bin ich schuld!" Sie zog erneut einen Schmollmund und schüttete den restlichen Inhalt des Glases in ihren Rachen.

„...sie war schon sehr oft hier mit ihrem Vater..."

„Das stimmt!" Sie griff nach der Flasche, schenkte sich nach und nahm erneut einen kräftigen Schluck.

„...und es ist Tradition, daß sie eine Nacht dort bleiben..."

„Das stimmt nicht so ganz, aber ein bißchen schon!"

„…Du verstehst sicher, daß ich nicht der Anlaß sein will, aus dem mit dieser Tradition gebrochen wird – natürlich Mama, das verstehe ich voll und ganz, Prost! – und deshalb werde ich erst morgen zurück kommen. Im Kühlschrank findest du bestimmt Etwas. Bussi. Mama." Ich hob mein Glas in die Höhe: „Habe ich schon, Mama, habe ich schon." Ich leerte das Glas und ließ mir von Meike nachschenken.

„So, weg sind sie also, alle sechs!"

„Alle sechs?" Ich sah erst Meike an, schaute dann auf die Flasche und dann auf mein Glas. „Kann man auch doppelt hören?" fragte ich.

„Du verträgst nicht viel, oder?" sagte Meike grinsend.

„Du hast sechs gesagt, oder?"

„Habe ich: Mein Vater, deine Mutter und ich und Deine Mutter, mein Vater und du – das sind sechs oder?" Ich prustete los:

„Wenn man das so sieht!"

„Und ich bin jetzt ganz alleine, weil du unbedingt auf dieser doofen Insel bleiben will…"

„Und ich, weil du da nicht weg willst! Schöner Mist! Wie findest du das?"

„Das ist schon irgendwie toll von ihnen. Meine, was die alles für ihre Kinder machen – und alles, ganz ohne an sich selbst zu denken!"

„Ja, echt toll. Darauf müssen wir trinken: Prost!"

„Prost!" Wir nahmen einen weiteren kräftigen Schluck. „Meinst du nicht, wir sollten ihnen unsere Dankbarkeit dafür zeigen?"

„Ja, klar, wieso nicht. Und wie sollen wir das? In dem wir uns besaufen?" Ich hielt das Glas hoch, das schon wieder fast leer war.

„Nein! In dem wir das tun, was sie gesagt haben, das wir tun."

„Auf einer Hallig übernachten?" Ich zweifelte an der Klarheit meiner oder ihrer Sinne. Um die Zweifel zu beseitigen leerte ich das Glas vollends.

„In etwa."

„In etwa? Ich brauch noch einen Schluck, sonst kann ich

dir nicht folgen. Warte, da war noch eine – ja, hier!" Triumphierend hielt ich eine zweite Flasche Rotwein hoch.

„Ist die andere schon leer?" fragte Meike überrascht.

„Klar, du säufst wie ein Loch!"

„Ich versuche eben, mit dir mitzuhalten!" Sie hielt mir ihr Glas hin. „Danke. Also, die Hallig ist natürlich keine Hallig – verstehst du?"

„Ehrlich gesagt: nicht ganz." Ich ließ mich auf den Stuhl neben Meike fallen. „Genau genommen, gar nicht!" ergänzte ich und sah sie fragend mit einem leicht glasigen Blick an.

„Na gut, ich mache es dir leichter. Du mußt aber ganz still sein, ja?"

„Von mir aus", sagte ich und nickte. Meike scrollte und ließ dann ihr Smartphone eine Nummer wählen:

„Anna? – ja, ich bin es, Meike – ich weiß – ja, er hat geschrieben – nein, nicht nötig – ja – ich komme nicht heute – ja, bei einer Freundin – nein – Papa wäre einverstanden, natürlich – bei Andrea – genau – in Ordnung – bis morgen dann!" Meike strahlte und dieses Strahlen kam nicht allein von dem Genuß des Weines: „Erledigt! Erfüllen wir die Wünsche deiner Mutter und meines Vaters!"

„Du bist – unglaublich!"

„Freust du dich?"

„Ob ich mich freue?" Meine Augen hüpften in den Höhlen, „ich kann mir nichts Schöneres vorstellen – und, ich bin total, total nervös."

„Und, wo?"

„Wo? Überall!"

„Jens! Ich glaube, du hast genug!" Sie deutete auf den Wein. „Wo schlafen wir?"

„Ach so. Wo du willst!"

„Wo schläfst du?"

„Oben", ich zeigte in Richtung Treppe, „auf so einer alten Matratze" fügte ich leise hinzu.

„Gut, dann schlafen wir oben."

„Geht das denn mit deinem Knie?"

„Jens, mein Zimmer ist auch oben – du erinnerst dich an die Treppe bei uns im Haus?"

„Willst du noch was?" Ich deutete auf das leere Weinglas

in ihrer Hand.

„Gerne, mir ist heute so." Sie hielt mir das Glas hin. „Gibt es hier auch einen Fernseher?"

„Fernseher? Du springst schon wieder! Aber, ja, gibt es – und was für einen! Du wirst staunen, ein riesiges Ding, ganz modern. So einen habe ich zu Hause nicht!"

„Hast du Lust, was zu sehen?"

„Was?"

„Irgendwas! Was, was du gerne siehst!"

„Oder du!"

„Ich sehe nicht viel fern. Aber ich will heute mit dir fern sehen!"

„Das klingt so nach altem Ehepaar."

„Genau! Wie ein altes Ehepaar! Ja! Genau so! Willst du?"

„Ich will. Reich mir deinen Arm holde Gattin und laß uns ins Fernsehzimmer lustwandeln!"

„Darf ich den Wein mitnehmen?"

„Du darfst alles mitnehmen, was du willst. Solange du mich nicht vergißt!"

Kapitel 5

„Guten Morgen, mein Schatz!" Ich strich über Meikes Wange und sah auf ihre geschlossenen Augen.

„Mein Schatz?" Ihre Augen öffneten sich.

„Oh, du bist schon wach, ich dachte…"

„Das ich noch schlafe?"

„Ja, schon…"

„Was hättest du denn gesagt, wenn du gewußt hättest, daß ich wach bin?"

„Weiß nicht, was anderes wahrscheinlich."

„Warum?"

„Weil", druckste ich herum, „mein Schatz, das klingt so…"

„Nach altem Ehepaar?"

„Ja, nach altem Ehepaar!"

„Nach altem Ehepaar!" ihre Augen leuchteten.

„Wie das Fernsehen gestern."

„Ja, das war toll!" Sie machte eine Pause und schloß die Augen: „Mein Schatz, das hast du vorher noch nie gesagt!"

„Ich bin auch noch nie neben dir aufgewacht vorher!"

„Und? Wie ist es?" Jetzt sah sie mich an, wie eine Katze, die ihr Opfer fixiert, kurz bevor sie zum Sprung ansetzt.

„Es ist phantastisch! Es fehlt mir jetzt schon! Ich wünschte, meine Mutter und dein Vater führen mit uns jeden Tag auf eine Hallig!"

„Du bist..." Meike zog mich an sich und ich genoß jede ihrer
Berührungen und jeden ihrer Küsse.

„Ich hatte Angst davor, wenn ich ehrlich bin – vor dem, was dann ist und dem, was..."

„Ja?"

„Es ist alles so, wie es vorher war. Es ist nicht so, wie alle immer sagen."

„Wie sagen alle denn immer?"

„Sie sagen, man verliert das Interesse, der Reiz ist weg, es ist vorbei und man will was Neues, Veränderung!"

„Sagen sie!" Meike kuschelte sich an mich und ich legte meinen linken Arm um sie.

„Und bei dir?"

„Ich will das, was alle sagen, was sonst?"

„Was alle sagen?" Wieder einmal konnte ich ihrem Gedankengang nicht so ganz folgen.

„Etwas Veränderbares!" sagte sie und schob ihren rechten Arm unter meine Decke, „Ah, da ist es schon!"

„Aha, das meintest du. Ja, da ist es schon – und es freut sich, Dich zu sehen, obwohl es dich natürlich nicht wirklich sehen kann!"

„Aber fühlen, oder?"

„Meike. Meike! Ich, ich – nein, ja, das ist nicht fair, nicht fair!"

„Was?"

„Na, daaas!"

„Ja, aber morgen wache ich in meinem Zimmer auf, wo ich heute alleine schlafen gegangen bin. Jetzt bin ich hier und du bist hier. Vielleicht haben wir das nie wieder! Weiß man das?"

„Du machst mir Angst!"

„Das wollte ich nicht", sagte sie und schlüpfte unter meine Decke, so gut es ihr linkes Knie zuließ.

„Meike…" war das Einzige, was noch aus meinem Mund kam, bis wir das Bett verließen.

Dieses Verlassen des Bettes ging sehr schnell und anders als geplant von statten: Meikes Smartphone vibrierte und keine Sekunde später auch meins: „Wir sind wieder da und in einer halben Stunde bin ich zu Hause!" Stand da.

„In einer halben Stunde?" riefen wir gleichzeitig und unsere Oberkörper schossen empor. „Gut, daß wir nicht so weit voneinander wohnen!" Wenn da nicht diese Nachrichten gewesen wären, hätte der Anblick von Meikes Oberkörper meine Augen dazu gebracht, bis zum Ende des Tages auf diesem zu verharren und zu beobachten, wie sich ihre Brüste beim Atmen hoben und senkten. Es war ein unbeschreiblich schöner Anblick. Aber, da waren diese Nachrichten und es blieb keine Zeit für Betrachtungen dieser Art.

„Mist! Wir müssen!" riefen wir und sprangen auf, als wenn der Teufel hinter uns her wäre. D. h. das Aufspringen von Meike war nur bildlich gemeint und vollzog sich mit meiner Hilfe.

„Meike!" sagte ich und meine Augen sahen sie sehnsüchtig an, als wir am Gartentor angekommen waren.

„Bis später?"

„Bis später!" Ich stand wie versteinert da und sah ihr nach, wie sie die Straße hinunter humpelte, so schnell sie konnte. Sie war noch nicht am Haus ihres Vaters angekommen, da läutete mein Telefon: „Meike?" fragte ich überrascht.

„Sie sind schon da, ich sehe das Auto von Paps!" hechelte sie in das Telefon.

„Mist!" rief ich und meine Starre löste sich augenblicklich. Ich hastete ins Haus, warf die Tür hinter mir zu und begann in Windeseile damit, alle Spuren des vergangenen Abends zu beseitigen.

„Meike?"

„Paps! Ihr seid schon da?"

„Ja. Und du? Du bist so früh schon unterwegs?"

„Wo ist der Idiot?" versuchte sie, ihren Vater von seinem augenblicklichen Gedanken abzubringen.

„Wer?"

„Na der..." Sie ließ ihren Kopf hin und her wackeln, rollte mit den Augen und ließ die Zunge aus dem Mund hängen.

„Meike!"

„Ja, ich hab´s versprochen – aber ich sehe ihn nicht. Weder ihn noch seine Mutter."

„Äh, Katja ist drin, sich ein wenig frisch machen, von der Fahrt. Ich habe sie – und Jens natürlich, zum Frühstück – ist dir doch recht?"

„Natürlich, Paps, natürlich", sagte Meike grinsend und war gespannt darauf, wie sie das mit der Hallig vor den beiden erklärten.

„Ach ja, Meike", sagte ihr Vater, als wenn er ihre Gedanken gelesen hätte, „eine Bitte noch!"

„Ja?" sagte Meike und drehte sich zu ihrem Vater um.

„Der Jens, also, dem hat das doch so gut gefallen. Aber, auf der Rückfahrt, also auf dem Schiff, da ist ihm fürchterlich Übel geworden auf einmal..."

„Er hat gekotzt?" rief Meike erfreut.

„Meike!" sagte ihr Vater mit strafendem Unterton.

„Gut, das Landei hat die Möwen gefüttert. Habe auch nichts anderes erwartet!"

„Ja, hat er und das war ihm richtig peinlich – und, wenn du davon, du verstehst?" er sah sie durchdringend an.

„Was?"

„Es wäre ihm schrecklich unangenehm, wenn das zur Sprache kommt und das wäre Katja schrecklich unangenehm und das wäre mir schrecklich unangenehm!"

„Wie schrecklich!" sagte Meike, „das kann ich natürlich verstehen. Ich werde es mit keiner Silbe erwähnen, versprochen."

„Danke. Am Besten, du sprichst gar nicht über die Fahrt, ja?"

„Wenn du es willst. Ich verstehe das – und du verstehst bestimmt, daß ich dafür was gut habe bei dir, Paps?"

„Von mir aus!" sagte Knut ohne darüber zu diskutieren und folgte seiner Tochter zum Haus.

„Wo ist es denn? Nur, damit ich vorbereitet bin!" ergänzte Meike, als sie den Blick ihres Vaters in ihrem Rücken spürte.

„Ja, er mußte nochmal kurz nach Hause, umziehen, du verstehst!"

„Klar!" sagte Meike und ihr Grinsen wurde noch breiter.

Keine Viertelstunde später saßen wir zu viert an jenem großen Tisch in dem riesigen Eßraum beim Frühstück. Katja und Knut waren um Konversation bemüht und versuchten peinlichst, daß Thema „Hallig" zu umschiffen. Meike hatte mir eine Kurznachricht geschrieben:

„Wir frühstücken zusammen. Über die Fahrt soll ich nicht reden, ist dem bekloppten Sohn von der Katja peinlich, weil der sich auf der Rückfahrt vollgekotzt hat!"

„Meine Mutter hat mich angerufen und dasselbe gesagt, nur eben von der blonden Krankheit, die in dem Haus von dem Knut wohnt…" ließ meine Antwort nicht lange auf sich warten.

Da saßen wir nun in einträchtiger Uneinigkeit nebeneinander und warfen uns ab und an ein paar Spitzen zu, was dann immer wieder zu strafenden Blicken von den beiden Herrschaften gegenüber führte. Sehr zu unserem Leidwesen hatte Anna diesmal nicht das lange Tischtuch aufgelegt – das Füßeln mußte so entfallen. Aber das Auskosten der Situation entschädigte uns vollkommen. Wir wußten beide, was auf der Hallig geschehen sein mußte und wußten, daß wir nicht auf der Hallig waren. Knut und Katja wirkten und benahmen sich wie zwei frisch verliebte Teenager. Aber sie merkten es nicht. Meike freute sich für ihren Vater. Sie hatte ihn selten so gelöst gesehen. Selbst in ihrer Gegenwart kam das nicht sehr oft vor. Ich war innerlich gespalten. Einerseits war ich froh darüber, daß meine Mutter wieder lachte und zum Spaß am Leben zurück gefunden zu haben schien, auf der anderen Seite dachte ich an meinen Vater, der mutterseelenallein irgendwo in diesem Ort herumirrte. Mein Vater:

„Papa!" entfuhr es mir, „das hatte ich ganz vergessen! Papa war da!" Das Lächeln meiner Mutter erstarb kurzzeitig:

„Dein Vater? Wann?" sagte sie kurz.

„Na, gestern…" Ein kurzer, kräftiger Tritt gegen mein Schienbein ließ mich Schweigen.

„Gestern?" Die Hand meiner Mutter wischte kurz über ihr Gesicht, ihre Augen bewegten sich in Richtung Meike und ihr Gesichtsausdruck mit dem sie mich dann ansah wirkte nicht gerade freundlich.

„Natürlich, gestern war ich ja auf der- äh, gestern? Sagte ich gestern? Habe ich das wirklich gesagt, ich Dummerchen!"

„Oh, Selbsterkenntnis…" begann Meike und schwieg, als sie den Blick ihres Vaters sah.

„Vorgestern natürlich – es sind so viele Tage, hab´ ich durcheinander gebracht."

„Was wollte er denn? Seine Sachen?"

„Zu dir, hat er gesagt. Er wollte zu dir. Er war sauer, daß du nicht da warst. Er kommt wieder übermorgen. Das ist alles." Ich zuckte mit den Schultern.

„Also heute!" Meine Mutter schaute Knut ein wenig ängstlich an und griff unter dem Tisch mit ihrer linken nach seiner rechten Hand, die sie kräftig drückte. „Warum hast du mir das denn nicht gleich erzählt?"

„Weil, weil ich dir die Fahrt nicht verderben wollte. Genau, du hattest dich doch so darauf gefreut, mit uns…"

„Ja, verstehe ich, danke", unterbrach sie mich schnell, als das Gespräch sich erneut in Richtung Hallig zu bewegen schien. „Ist schon in Ordnung. Du kannst ja nichts für deinen Vater." Sie wandte sich Knut zu und sah ihn hoffnungsvoll an: „Knut?"

„Katja, mach´ dir keine Sorgen, das wird schon. Ich hab gleich vorhin mit Andresen gesprochen. Wir haben heute – ach, das habe ich dir ja noch gar nicht…"

„Nicht jetzt, Knut!" sie drückte seine Hand noch fester und sah aus den Augenwinkeln zu ihrem Sohn. Knut hatte verstanden.

„Wollen wir dann morgen wieder alle etwas zusammen unternehmen?" Bei dem „Wieder" sahen sich Meike und ich uns kurz an.

„Nochmal auf die Hallig?" rief Meike begeistert.

„Äh, nein, ich weiß, daß du sie liebst, aber einmal ist doch erstmal genug, oder?" Er sah in die Runde.

„Finde ich auch!" Pflichtete ich Knut bei, „gibt es hier nicht was ohne viel Wasser, unter einem, meine ich?" Ich schaute ihn und meine Mutter an.

„Interessierst du dich für Technik?" fragte Knut.

„Nein, Paps, nicht das!" stöhnte Meike, die ahnte, was sein Vater im Sinn hatte.

„O ja, sehr!" sagte ich und grinste.

„Seit wann denn das?" meine Mutter sah mich überrascht an.

„Seit er gemerkt hat, daß ich dafür überhaupt kein Interesse habe!" sagte Meike und kreuzte trotzig die Arme vor ihrer Brust.

„Danke für das Kompliment!" gab ich zurück.

„Kompliment?"

„Ja, du sagtest, seit er gemerkt hat!"

„Ja, ja..." Meike winkte ab.

„Aber ehrlich, Mama, schon immer. Ich habe das nur nicht so gezeigt."

„Stimmt wahrscheinlich, im Verstecken von Dingen ist er gut: seine Intelligenz z. B. hat er – ja, Paps, ja!" Meike schwieg.

„Da gibt es dieses Eidersperrwerk, vielleicht hast du schon davon gehört?"

„Klar!" beeilte ich mich zu sagen. Ich hatte keine Ahnung, was ein Eidersperrwerk war. Von Eiderenten hatte ich mal was gehört. Vielleicht war das so ein Ding, wo man die beobachten konnte.

„Na, dann fahren wir da morgen hin. Abgemacht. Und danach", Knut machte eine kleine Pause und sah dann Katja an, „vielleicht noch einen Abstecher nach Büsum? Was meinst du?"

„Büsum, toll!" rief Meike, „da können wir ins Wellenbad gehen!"

„Wellenbad? Ich denke, wir sind am Meer!" Ich schüttelte meinen Kopf.

„Du kannst ja ins Meer gehen – aber Schwimmbad ist besser für dich. Da kann dich der Bademeister rausziehen, wenn du absäufst!"

„Was ein Glück für dich, das Fett oben schwimmt!"

„Vielleicht hab´ ich dir Unrecht getan: bei dem Hohlraum da oben", sie tippte sich an die Stirn, „könnte es natürlich auch sein, daß du nicht untergehst!"

„Kinder!" rief Knut, „es ist gut jetzt!"

„Ja", sagten wir gleichzeitig und schwiegen.

„Jo? Bist du da? Joachim?" Heinz ließ erst den Schlüssel in die kleine Schale auf dem Flur fallen, dann beförderte er seine Arbeitstasche schwungvoll in die Ecke neben dem Schränkchen, auf der sich die Schale befand. „Joachim?" wiederholte er. Heinz schob die Tür des Wohnzimmers auf und schaute hinein. „Ah, da bist du ja!" sagte er, als er Joachim entdeckte, der auf der Couch saß und seinen Kopf in die Hände gestützt hatte. Er wirkte wie ein Häufchen Elend. Vor ihm auf dem Tisch stand eine halbleere Flasche Korn. „Was ist los mit dir?" Er näherte sich der Couch und ließ sich in einen der Sessel fallen.

„Ach, nichts ist los, nichts!" jammerte Joachim.

„Nicht schlecht!" sagte Heinz und hielt die Flasche in die Höhe. „Nichts also, aha. Wenn ich das da betrachte", er schwenkte die Flasche, „dann macht das aber einen anderen Eindruck." Er nahm einen kräftigen Schluck. „Ah, das tut gut. Nun erzähl´ schon, was passiert ist! Das hilft!"

„Nichts hilft. Alles ist beschissen. Total beschissen." Joachim streckte seinen rechten Arm in Richtung Tisch und Heinz drückte ihm die Flasche in die Hand. „Beschissen!" wiederholte er und ließ die durchsichtige Flüssigkeit durch seine Kehle rinnen. „Sie meint es ernst, Heinz!"

„Wer? Deine Frau?"

„Meine Frau! Ha! Von wegen meine Frau. Sie will die Scheidung. Hier!" Er griff nach einem zerknitterten Blatt Papier, das neben ihm auf der Couch gelegen hatte und ließ es auf den Tisch flattern. „Ist heute gekommen. Per Einschreiben. Mußte das abholen. Von der Post. Abholen, verstehst du? Und dann sowas!"

„Vom Anwalt?" sagte Heinz, der sich das Blatt inzwischen gegriffen hatte.

„Ja! Mußt du dir vorstellen. Sie ist für mich nicht zu sprechen und dann das! Anwalt! Kann sie mir das nicht ins Gesicht sagen! Hat sie nicht mal den Anstand dazu?"

„Das ist wirklich nicht fair. Das ist hart. Das ist feige!"

„Genau! Feige ist das! Sie ist ein Feigling, meine liebe Frau. War sie schon immer. Immer ist sie weggelaufen, immer!"

„Und, was machst du jetzt?"

„Ich? Was soll ich schon machen!"

„Na, um sie kämpfen, zum Beispiel, wenn dir noch was an ihr liegt."

„Weiß nicht. Gestern hätte ich noch gesagt, daß das so ist. Aber, nach dem!" Er zeigte auf das Schreiben vom Anwalt. „Außerdem hat es keinen Sinn. Kannst du mir glauben. Da gibt es kein Zurück mehr. Die ändert ihre Meinung nicht!"

„Und die Erbschaft?"

„Scheiß drauf! Die paar Kröten, die da raus kommen. Soll sie die doch behalten und glücklich damit werden hier!"

„Aber, dein Junge! Was wird aus deinem Jungen?"

„Jens? Ja, der Junge. Der wird am meisten leiden. Es sind immer die Kinder!"

„Immer die Kinder, ja." Heinz nickte verstehend. „Wird er bei ihr bleiben?"

„Wahrscheinlich. Sie wird ihn nicht gehen lassen. Hast du doch gesehen! Sie umgarnt ihn wie eine Spinne mit ihrem Netz!"

„Aber, du hast ein Recht, ihn auch zu sehen. Du bist schließlich sein Vater!"

„Klar, ein Recht! Ein moralisches Recht. Aber das wird sie nicht hindern."

„Und was denkt der Junge?"

„Weiß nicht. Er ist alt genug. Wenn er meint, bei seiner Mutter bleiben zu müssen, dann soll er. Ich werde ihn nicht zwingen, es nicht zu tun. Er leidet schon genug darunter."

„Das ist anständig von dir", sagte Heinz anerkennend. Er machte eine längere Pause, dann sagte er: „Und du, was wird jetzt mit dir?"

„Ich fahre zurück, was sonst!"

„Zurück?"

„Ja, nach Hause. Ich habe meine Arbeit, die Wohnung."
„Verstehe. Schade, war schön mit dir die Zeit!"
„Mit dir auch! Wirst mir fehlen!"
„Kannst jeder Zeit vorbei kommen, wenn du mal wieder…"
„Danke, aber eher nicht, du verstehst!"
„Verstehe."
„Aber, wenn du mal in Berlin bist, dann!"
„Wollte ich immer schon mal hin. Wann fährst du?"
„Weiß nicht, vielleicht morgen."
„Morgen schon?"
„Warum nicht? Hier hält mich doch nichts mehr", er sah den Blick von Heinz und fügte hinzu, „du weißt, wie ich das meine!"
„Türlich!" er lächelte: „Komm, laß uns nochmal in den Anker. Zum Abschluß. Diesmal zahl´ ich!"
„Das ist edel und eine super Idee, komm, eine Einladung ablehnen ist unhöflich!"

„**D**as?"
„Ja, was hast du erwartet?"
„Ich weiß nicht", sagte ich und zuckte mit den Schultern: „mehr: alt?"
„Mehr alt?" Meike sah mich merkwürdig an.
„Ja, eine hohe Mauer, einen Eisenzaun, ein großes Tor aus geschmiedetem Eisen, Grabplatten, Familiengräber, alte Bäume…"
„Schon gut, ich hab´ verstanden, glaube ich", sagte sie.
„Wollen wir trotzdem?" Sie deutete auf den Durchlaß in dem kleinen Wall, der das Gelände hier zur Straße hin begrenzte. Das Gelände, das der alte Friedhof sein sollte.
„Wie sieht dann wohl der neue aus?"
„Der würde dir noch weniger gefallen!" sagte Meike und griff nach meiner rechten Hand.
„Na gut, gehen wir rein." Ich durchschritt das nicht vorhandene Tor und befand mich jetzt im Innern des großen Vierecks. Die rechte Seite wurde von einer Häuserzeile begrenzt, ebenso die linke. Das gegenüber liegende Ende

des Friedhofes war trotz seiner nicht gerade enormen Größe von hier aus nicht zu erkennen, da es doch ein paar größere Bäume im hinteren Bereich gab. „Hmm, vielleicht doch ganz interessant", revidierte ich meinen ersten Eindruck, nachdem ich auch ein paar alte Steine mit Inschriften entdeckt hatte.

„Liegt deine Familie auch hier?"

„Nein, die liegen im Nachbarort, Familiengrab, du verstehst!"

„Klar, verstehe. Dann wollen wir mal nach irgendwas suchen, das nach Schneider ausssieht!"

„Oder Olofson!"

„Oder Olofson!" wiederholte ich. Langsam bewegten wir uns durch die Gräberreihen, die keine Gräberreihen mehr waren. Zwischen den einzelnen Steinen gab es immer wieder große Flächen, die nur noch mit Gras bewachsen waren. Ab und an ragte ein von einer kleinen Hecke umgebenes Viereck wie eine Insel aus diesem Gras. Lediglich im hinteren Teil gab es eine dichtere Gräberdichte. Hier waren auch die ältesten erhaltenen letzten Ruhestätten. Viele der Namen auf den Steinen klangen nach Norden. So gab es unzählige auf „sen" und „son" endende. Meike entdeckte den ein oder anderen bekannten Namen. Es waren meist die Großeltern irgendwelcher ihrer Klassenkameraden, die hier lagen. Ich kannte niemanden. Zu meiner großen Enttäuschung gab es weder einen Schneider noch einen Olofson.

„Nichts!" sagte ich schließlich.

„Nein – oh!" Sie griff plötzlich nach meinem Arm und zog mich hinter eine große buschige Eibe.

„Na, ob das hier der richtige Ort…" begann ich.

„Pssst" sagte sie und legte einen ihrer Finger auf meinen Mund."

„Gerne", nuschelte ich und begann, an ihm zu knabbern.

„Jens!" sagte sie und tat entrüstet.

„Lecker! Hast du noch mehr davon?" Ich versuchte, einen weiteren ihrer Finger in die Gewalt meiner Lippen zu bringen.

„Später!" sagte Meike, drehte sich um und deutete auf eine Stelle, die etwa zehn Meter von uns entfernt lag. Dort stand eine ältere Frau an einem der noch gepflegt aussehenden Gräber.

„Wer ist das?" fragte ich, da diese Person augenscheinlich Meikes Reaktion hervorgerufen hatte.

„Anna! Das ist Anna!"

„Anna? Was macht die denn hier?"

„Ihre Familie liegt hier. Hatte ich ganz vergessen."

„Gut, daß du sie gesehen hast."

„Ja, war ganz schön knapp! Hoffentlich bleibt sie nicht so lange!"

„Och", sagte ich und verringerte den Raum zwischen ihr und mir, „ich finde das gar nicht so schlimm!"

„Jens, das hier ist ein Ort, an dem das Leben zu Ende geht, nicht, an dem es beginnt!"

„Wenn man an ein Leben danach glaubt, dann schon!" sagte ich und fühlte das volle Leben in allen Körperteilen.

„Was machst du da?" sagte sie, ohne sich zu bewegen.

„Ach, ich erforsche ein bißchen die Gegend hier..." Meine Hände bewegten sich langsam an Meikes Körperseiten rauf und runter und zuweilen fand eine meiner Hände auch den Weg um ihre Hüften herum auf die andere Seite.

„Will du mal etwas mit Anatomie machen später?"

„Eher mit Geographie, denke ich." Meine Hände suchten sich den Weg nach oben: „Ah, Gebirge..."

„Und..." sagte Meike und drehte sich im Bruchteil einer Sekunde um, um durch eine kurze Berührung mit einer ihrer Hände eine entsprechende Reaktion auszulösen.

„Und Dämme, brechende Dämme..." brachte ich hervor.

„Im Ernst, vielleicht solltest du doch lieber was Vernünftiges lernen – ein Handwerk zum Beispiel." Sie ließ ihre andere Hand langsam an meinem Rücken nach oben wandern.

„Handwerk, ja, genau, mit den Händen ist nie falsch." Ich spürte jeden einzelnen ihrer Finger an mir. „Aber, eigentlich wollte ich die Schule zu Ende machen erst."

„Erst?" ihre Hand wanderte wieder den Rücken nach unten.

„Und danach?"

„Wenn es nach meiner Mutter geht: studieren! Damit aus mir mal was Vernünftiges wird! Am besten noch im Ausland."

„Ausland?" Meike zog ihre Hände so schnell von mir

zurück, wie sie sie vorher an meinen Körper geführt hatte.

„Keine Sorge – ich will ja nicht weg. Studieren kann man auch bei uns. Vielleicht will ich das ja auch gar nicht. Eine Ausbildung wäre mir persönlich viel lieber."

„Du könntest bei meinem Vater anfangen!" Meikes Augen strahlten, „der nimmt dich bestimmt. Schon deiner Mutter wegen!"

„Wer sagt denn, daß ich hier bleiben will?" Ich sah sie an.

„Na, ich!" sagte sie, „ich sage das."

„Na dann, wenn ich das wirklich in Erwägung ziehen sollte, dann wäre es gar keine schlechte Idee! Meine Mutter würde darüber vielleicht sogar das mit dem blöden Studieren vergessen. Ich wäre da, Knut wäre da. Ja, das gefiele ihr! Und du? Was hast du dir so vorgestellt?"

„Wenn es nach meinem Vater geht", sie lachte „soll ich mal die Kanzlei übernehmen. Dann wäre ich deine Chefin! Aber keine Sorge, mir schwebt da auch etwas anderes vor, etwas, das mich mehr ausfüllt."

„Mehr ausfüllt", wiederholte ich, „ich glaube, ich wüßte da was!" Vorsichtig strich ich über die sanfte Wölbung ihres Bauches.

„Jens!" sagte sie empört.

„Was denn?" winkte ich ab, „etwas, das dich ausfüllt! Was könnte dich mehr ausfüllen?"

„Dazu gehören immer zwei, oder?"

„Na, vielleicht helfe ich dir ja, wenn du", ich machte eine Pause, „wenn du mich ganz lieb darum bittest!"

„Dich ganz lieb bitten? Pah! Wenn du nicht willst – es gibt bestimmt genügend andere, die mir liebend gerne dabei helfen würden, diesen Wunsch zu erfüllen!"

„Bestimmt, dieser Hanno zum Beispiel…"

„Du riskierst den Verlust deiner Befüllungshilfe, wenn du so weiter machst!" Sie stupste mit der linken Faust gegen meine Schulter und ihr Blick wanderte kurz an mir herunter.

„Gut, der aus dem Park war vielleicht auch eher deine Kragenweite!"

„Na warte!" Sie hatte sich etwas von mir entfernt und funkelte mich aus ihren herrlichen Augen heraus an. Hätte ich nicht gewußt, daß sie es nicht ernst meint, wäre ich

schneller weg gewesen als ich hätte weg sein können.
 „Ja, schon gut, du hast mich überredet!"
 „Überredet?"
 „Na gut, überzeugt", sagte ich und zog sie an meine Seite.
 „Das klingt schon besser." Sie nahm meine rechte Hand und führte sie wieder zurück an ihren Bauch.
 „Hey!" sagte ich und verstärkte meinen Druck auf ihre Bauchdecke leicht, „ist da etwa schon was?"
 „Du spinnst wohl!"
 „Na ja, bin mir nicht sicher, warte." Ich drehte sie ein wenig mehr in meine Richtung, „hmm, doch, fühlt sich..."
 „Zu viel? Findest du etwa, daß es zu viel ist?" sie klang ein wenig erschreckt, „wenn, wenn es mal dazu kommen sollte, dann, dann wird sich da was verändern, dann..."
 „Von dir kann ich nie zu viel bekommen!" sagte ich und meine Lippen verliehen dem Gesagten den nötigen Nachdruck.

 „**U**nd, wir müssen da wirklich hin?" Katja saß auf dem Stuhl in Knuts Büro, auf dem sie am ersten Tag gesessen hatte, als sie mit Jens und ihrem Mann dort gewesen war.
 „Wenn du die Bedingungen deines Vaters wirklich erfüllen willst, ja!"
 „Ach Knut, ich weiß gar nicht, was ich ohne deine Hilfe gemacht hätte!" Knut saß hinter seinem Schreibtisch und bewegte Papiere hin und her:
 „Katja! Du weißt, wie gerne ich dir geholfen habe – und weiter helfen werde – und nicht nur, weil..." sein Blick ging in ihre Richtung und er strahlte wie ein Honigkuchenpferd.
 „Ich weiß Knut, ich weiß."
 „Bist du glücklich?" Er ließ die Papiere sinken, „ich bin es."
 „Ich auch, ja – aber..."
 „Ich verstehe – und dieses `Aber´ werden wir zusammen auch noch wegbekommen, du wirst sehen!"
 „Das wäre schön, Knut, sehr schön." Sie machte eine Pause und sah nachdenklich aus dem Fenster neben dem Schreibtisch: „Also gut, fahren wir! Wann?"

„Von mir aus gleich morgen." Er sah ihren skeptischen Blick: „Warum warten? Je eher, je besser!" fügte er hinzu.

„Morgen schon. Gut. Aber…"

„Schon wieder aber?"

„Die Kinder! Was machen wir mit ihnen? Es wird ein Wenig dauern, oder?"

„Das kann man nicht vorher wissen. Aber…", er mußte grinsen, „aber ein paar Tage bestimmt – oder auch länger! Wir hätten viel Zeit für uns!"

„Du willst sie hier lassen?" Sie sah ihn überrascht an.

„Willst du sie etwa mitnehmen?" Seine Stimme klang, als wenn sie Etwas völlig Unmögliches gefordert hätte.

„Ja, wollte ich."

„Du weißt, wie gut sich die beiden verstehen? Du erinnerst dich an Büsum?"

„Oh ja, ich erinnere mich! Erinnere mich nicht daran! Es war eine Katastrophe."

„Eben, Katja, eben. Und das war nicht mal ein Tag!"

„Vielleicht hast du ja – nein, Knut. Nein. Wir dürfen das nicht durchgehen lassen. Sie tanzen uns auf der Nase rum. Sie müssen sich aneinander gewöhnen. Aus. Basta."

„Katja!" Knut wirkte überrascht, „so kenne ich dich ja gar nicht!" in seine Stimme mischte sich Begeisterung, „du wirst das schaffen. Du schaffst alles! Wenn ich das bisher nicht geglaubt habe, jetzt weiß ich es!" Er war aufgestanden und um den Schreibtisch herum zu ihrem Platz gegangen. Jetzt setzte er sich auf den Stuhl neben ihr und nahm ihre Hände in seine. „Ja, sie müssen sich aneinander gewöhnen, schließlich könnte es sein, oder?"

„Ja, Knut, so ist es. Wann sollen wir es ihnen sagen?"

„Ich weiß es nicht. Wann ist der richtige Zeitpunkt, es seinen Kindern zu sagen?" Er zuckte mit den Schultern.

„Laß uns die Fahrt abwarten und sehen, wie sich alles entwickelt. Vielleicht wird aus uns doch noch eine richtige Familie!" Sie lächelte.

„Eine Familie! Katja, das wäre, das wäre unbeschreiblich. Nach all den Jahren am Ende doch noch!" Er senkte seinen Kopf.

„Weinst du? Du weinst doch nicht etwa! Knut?" Sie zog

ihre Hände aus seinen und hob seinen Kopf mit ihnen an:
„Knut, der Bär, weint!"

„Ja, Katja, nicht zu glauben, oder?" kam es undeutlich aus seinem Mund und eine weitere Träne lief an einer seiner Wangen nach unten.

„Knut?"

„Ja, Katja?"

„Liebst du mich?"

„Was für eine Frage! Das weißt du doch, das siehst du doch!"

„Da ist etwas, daß…"

„Herr Christensen!" die Tür wurde mit einem lauten Knall aufgerissen und Frau Karsten stand mitten im Raum. Katjas Kopf schnellte nach oben und sie ließ Knuts Gesicht aus ihren Händen gleiten. Knut hob seinen Kopf ruckartig an, wischte einmal kurz mit seiner linken Hand über das Gesicht, sah Frau Karsten an und sagte:

„Bitte?" Der Ton, in dem er dieses eine Wort sagte, ließ den Gesichtsausdruck von Frau Karsten augenblicklich erstarren.

„Oh, Entschuldigung, ich wußte nicht, daß – später, ich komme später wieder, Entschuldigung!" murmelte sie im Rückwärtsgehen und schloß die Tür, nachdem sie den Raum wieder verlassen hatte.

„Was wolltest du mir sagen, Katja?"

„Ich? Ach, nichts. Also nehmen wir sie mit, die Kinder. Wir müssen es ihnen nur noch verkaufen."

Kapitel 6

„**B**rücke! Es war eine endlose Brücke!" maulte Meike, „ich dachte, wir fahren mit der Fähre! Nur deshalb bin ich überhaupt mitgekommen, du erinnerst dich?"

„Die Brücke ging schneller! Die Fahrt ist auch so noch lang genug – wir werden heute nicht mehr ankommen! Wenn wir da sind, werdet ihr die Fahrt vergessen haben. Es ist ein tolles Haus mit einem tollen See, ihr habt beide ein eigenes Zimmer", sagte Knut und schaute durch den Rückspiegel zu seiner Tochter, die hinter ihm im Wagen saß, „außerdem weißt du doch, daß Jens..."

„Ja, Wasser ist nicht so sein Ding – in keiner Weise!" Sie schnüffelte wie ein Hund in meine Richtung und hielt sich dann mit zwei Fingern die Nase zu.

„Daß du Wasser liebst ist klar, wo du doch auch wie ein Fisch stinkst – wie ein toter Fisch!"

„Soll das jetzt die ganze Zeit so gehen?" hörte man Katja vom Beifahrersitz.

„Sie hat angefangen! Und außerdem braucht ihr ja nicht hinzuhören!"

„Eure – äh, deine Mutter hat recht, nehmt euch ein bißchen zusammen. Ihr seid alt genug!"

„Ist das da eigentlich", ich zeigte auf Meike, „eigentlich meine Schwester, wenn ihr heiratet?"

Meike blieb fast die Luft weg, was nur dadurch verhindert wurde, daß ihr Kopf gegen den Vordersitz knallte.

„Au – aah! Was soll das denn jetzt?" schrie sie auf. Knut hatte den Wagen abrupt zum Stehen gebracht. Zum Glück ist der Verkehr auf schwedischen Landstraßen im Allgemeinen nicht so stark, wie auf denen in Deutschland. Dort hätte es wahrscheinlich eine Katastrophe gegeben und die Beantwortung meiner Frage hätte sich erübrigt. Es war totenstill. Keiner wagte zu atmen. Knut und Katja sahen mit starrem Blick fassungslos geradeaus auf die Frontscheibe und Meike preßte ihre Hände gegen die Stirn.

„Was?" brach ich das Schweigen. „Wenn ich mit der da unter einem Dach wohnen muß, will ich das früh genug wissen, damit ich die entsprechenden Vorbereitungen treffen kann!"

„Vor-, Vorbereitungen?" Katja war sichtlich verwirrt.

„Zum Auswandern! Ich bin bald achtzehn immerhin!"

„Monate! Dem Verhalten nach!" fauchte Meike.

„Aus. Schluß. Ruhe. Alle." Knut war sichtlich sauer. Es war das erste Mal, daß ich ihn so erlebte. Auch Meike schien ihn nicht so zu kennen. Ihr Blick deutete zumindest darauf hin. Alle schwiegen wieder. „Das kann so einfach nicht weiter gehen! Wir müssen das klären. Ich hasse diesen Satz, aber, wir müssen darüber reden. Aber nicht hier. Wir fahren bis zum nächsten Rastplatz. Und bis dahin: Kein Wort von da hinten! Ist das angekommen?" Wir nickten stumm. Der Wagen setzte sich wieder in Bewegung.

„So, hier, eure Getränke", sagte Knut und setzte sich zu uns an den Tisch. Wir saßen in einer dieser Raststätten, die es fast überall auf der Welt an den größeren Straßen gab. Außer uns waren noch ein paar LKW-Fahrer an einem Tisch am anderen Ende des relativ großen Raumes und ein älteres Ehepaar unterhielt sich angeregt zwei Tische weiter. Es war nicht sehr viel los, so früh am Tag.
„Also", begann Knut, „ja, wir hätten vielleicht früher mit euch darüber reden sollen." Katja nickte zustimmend. „Aber es ist auch für uns nicht leicht. Es ist für uns beide eine neue und eine – komplizierte Situation." Er sah mich kurz an und fuhr dann fort: „Wir wollten warten, wenigstens, bis sich das hier alles geklärt hat, das mit dem Erbe meine ich und das mit", wieder ging sein Blick kurz in meine Richtung, „mit Katja und mit…"
„…mit meinem Vater, ich weiß."
„Danke, ja, das mit deinem Vater. Es erschien uns einfach noch zu früh und, wir waren uns auch nicht ganz sicher bis vor Kurzem."
„Bis gestern, Knut. Sag es ruhig." Sie griff nach seiner Hand.
„Ja, bis gestern. Ob ihr es nun glaubt oder nicht, wir wollten es euch nach der Fahrt sagen. Wir wollten sehen, wie das wird, wenn wir alle zusammen eine gewisse Zeit verbringen, eine längere Zeit. Wir dachten, daß ihr beide euch dann besser kennen lernt und vielleicht…"
„Freunde werden?" sagte Meike.
„Ja, vielleicht."
„Ich bin kein Baby mehr", sagte ich, „ich weiß, daß ihr beide nicht nur Händchen haltet und ich weiß, daß du dich von Papa scheiden lassen wirst!"
„Jens!" Katja griff nach meiner Hand und ich ließ es zur Überraschung meiner Mutter geschehen.

„Das ist in Ordnung für mich. Das ist euer Leben. Er bleibt mein Vater und, wenn ich ihn sehen will, kann ich das. Und, daß zwischen euch da was ist – meint ihr denn, das haben wir nicht gemerkt, habe ich nicht gemerkt? Das hat doch ein Blinder gesehen."

„Es kommt ja selten vor – eigentlich nie – aber diesmal hat er recht!" Meike sah ihren Vater an. „Ich bin auch kein Baby mehr. Dachtest du, ich bin eifersüchtig auf – sie?" Meike bewegte ihren Kopf in Katjas Richtung.

„Es tut uns leid." Er machte eine Pause. „Seht ihr, deshalb haben wir auch immer wieder versucht, etwas zusammen zu unternehmen…"

„Wir wollten einfach, daß ihr euch besser kennenlernt, daß ihr euch besser versteht…"

„Warum?" Ich sah meine Mutter an. „Was haben wir damit zu tun? Warum sollen wir uns besser verstehen, damit ihr zusammen sein könnt! Ihr denkt, daß ihr seht und dabei seid ihr blind! Alle beide! Auf beiden Augen!"

„Was meinst du, Jens?" Man sah Katja an, daß sie nicht verstanden hatte, was ich mit meinen letzten Sätzen hatte sagen wollen.

„Nichts, Mama, nichts."

„Paps, das ist dein Leben – wenn ihr, dann, dann freue ich mich für Dich, für euch, ehrlich – und das Andere", sie zeigte auf mich, „na ja, ist eben nicht zu ändern. Ich bin sechzehn! Irgendwann bin ich weg, oder?"

„Weg?" Ihr Vater sah sie erschreckt an.

„Nein, ich meine, ich werde einen Freund haben."

„Einen Freund, du?"

„Ja, Paps, ich. Und vielleicht auch eine Familie dann mit diesem Freund – und dann ist das da", sie zeigte wieder auf mich, „bestimmt kein Problem mehr, das schwöre ich dir bei allem, was mir wichtig ist!" und ihre Augen strahlten mich an, als sie ihren Satz beendete.

„Ja, genau!" rief ich und war mit einem Satz aufgesprungen, „ich auch!" Alle sahen mich mit einem merkwürdigen Blick an.

„Wie du auch?" sagte meine Mutter.

„Du wirst auch einen Freund haben?" Meike warf mir einen

mehr als fragenden Blick zu, „deshalb also!" fügte sie hinzu.

„Jens?" meine Mutter sah mich fassungslos an, „warum hast du nie mit mir darüber geredet? Hattest du Angst? O mein Gott, wenn ich das gewußt hätte – deshalb dein merkwürdiges Verhalten Meike gegenüber. Es ist alles in Ordnung. Ich liebe dich deswegen nicht weniger. Jeder soll auf die Weise glücklich werden, die für ihn die Richtige ist – in meiner Klasse war auch einer, der Johann, der hat das erst sehr spät nach Außen gebracht. Es waren andere Zeiten damals – und in einer kleinen Stadt. Aber heute…"

„Mama! Mama! Hör auf. Was redest du denn da?" Meine Mutter war völlig auf dem Holzweg. Einen kurzen Moment hatte ich daran gedacht, sie darin zu bestärken, um das mit Meike und mir völlig aus dem Focus der beiden verschwinden zu lassen. Wie gesagt, einen kurzen Moment. Dann sagte ich: „Ich werde auch eine Familie haben. Eine Familie. Mit einer Frau!"

„Dazu gehören aber doch immer zwei, oder?" sagte Meike, „aber es gibt ja ein Blindenheim in Husum!" fügte sie hinzu um die Stimmung wieder ein wenig zu lösen und das Gespräch einem Ende zuzuführen. Es war alles gesagt, was gesagt werden mußte, dachte sie. Sie wollte raus, sie wollte einen Moment mit mir allein sein nach dem allen. Ich verstand sie nur zu gut. Mir ging es ebenso:

„Gut, dann wirst du ja auf jeden Fall einen finden, d. h. wenn sie da auch Taube haben!"

„Und welche, deren Geruchsinn nicht in Ordnung…"

„Bitte!" Knuts Stimme klang jetzt beinahe flehend, „das ist eine ernste Sache. Es geht hier um unsere Zukunft."

„Ja, natürlich", sagte ich und senkte den Kopf, „ich sehe das genauso. Ich wollte auch nur sagen, daß ich damit kein Problem habe und daß meine Familie – alles wird gut." Ich stand auf, ging zu meiner Mutter und drückte sie kurz. „Ich glaube, wir lassen euch jetzt besser einen Moment allein."

„So schwer es mir fällt: ich glaube, es hat schon das zweite Mal recht!" Auch Meike war aufgestanden und lehnte sich für einen Moment an die Schulter ihres Vaters. Dann verließen wir einträchtig in gebührendem Abstand nacheinander die Raststätte.

„Seltsame Kinder haben wir da!" sagte Knut stirnrunzelnd.
„Ja!" pflichtete ihm Katja bei. Sie sahen den beiden nach, bis sie aus ihrem Blickwinkel verschwunden waren.
„Wir bekommen das hin, Katja, zusammen!"
„Ja, Knut, nur so." Sie ließ ihren Kopf an seine Schulter fallen. „Haben wir noch einen Moment?"
„Wir haben alle Zeit der Welt!"

„Warum hast du das gesagt vorhin?"
„Was?"
„Das mit dem Heiraten. Ich dachte, ich sterbe. Wäre ich dann auch beinahe!" Sie warf mir einen Schmollblick zu.
„Tut mir leid. Das mit dem Sterben meine ich. Ist alles in Ordnung mit deinem..." Ich streifte die Haare aus ihrer Stirn und warf einen Blick darauf: „Ist nicht so schlimm. Zum Glück." Man sah einen kleinen Bluterguß, aber mehr war nicht zu erkennen."
„Mach ruhig weiter", sagte Meike, als ich meine Hand wieder wegnehmen wollte, „das ist schön."
„Das andere, das, das ist mir einfach so rausgerutscht."
„Im Nachhinein war es gut, oder?"
„Ja, jetzt brauchen sie nicht mehr so heimlich tun!"
„Und können viel Zeit miteinander verbringen, ohne auf uns Rücksicht nehmen zu müssen und wir..."
„...können das dann auch! Wir müssen nur noch diese Fahrt überstehen! Ach, ich liebe dich, Meike!" rutschten mir die Worte einmal mehr aus dem Mund, ehe ich es verhindern konnte.
„Das hast du noch nie gesagt!" sie sah mich mit feuchten Augen an. Nach dem Verlassen der Raststätte war Meike in die eine Richtung um das Gebäude gegangen und ich in die andere, um uns dann auf der Rückseite wieder zu treffen. Jetzt saßen wir auf einem kleinen Holzstapel direkt am Waldrand. Von hier aus konnten wir das Auto von Knut sehen, ohne selber gleich entdeckt zu werden.
„Doch, bestimmt, habe ich bestimmt!" Ich spürte einmal mehr, wie die Röte sich meines Gesichtes bemächtigte.
„Nein, nein", sagte Meike und schüttelte ihren hübschen Kopf. „Gedacht vielleicht, aber nicht gesagt!"

„Und du?"
„Ich?"
„Liebst du mich?"
„Nein, du Blödmann, natürlich nicht – das merkst du doch!" Sie stupste mich in die Seite.
„Und wenn die beiden wirklich heiraten?"
„Dann sind wir Bruder und Schwester!"
„Und was ändert das dann?"
„Wir wohnen zusammen! Vielleicht sogar in einem Zimmer!"
„Das wäre ja schrecklich!"
„Ganz schrecklich!"
„Aber Bruder und Schwester so richtig wirklich sind wir dann doch trotzdem nicht, oder?"
„Und wenn schon! Soll der große Bruder nicht seine kleine Schwester lieben und immer auf sie aufpassen?" Sie sah mich mit einem unschuldigen Blick aus ihren großen, grünen Augen an.
„Das schon – aber ich glaube, nicht so!"
„Nicht wie?" Sie näherte sich mit ihrem Gesicht meinem.
„Nicht so!" sagte ich, bevor ich meine Lippen auf die ihren drückte und sich unsere Münder wie die Wehre des Eiderdammes öffneten und die Speichelmassen sich ihren Weg durch die Zungen bahnten.

„**J**ens?" Meikes Stimme klang, als wenn sie einen Geist gesehen hätte. Ich stand im Türrahmen und starrte in den Raum, ohne etwas Bestimmtes fixiert zu haben. „Du bist kalkweiß, was ist denn passiert?" Sie war aufgestanden und griff nach meiner rechten Schulter.
„Nein, laß!" sagte ich barsch und drehte mich zur Seite, was ich im selben Moment bereute.
„Was, was ist denn los, du zitterst ja am ganzen Körper!"
„Ich, ich…" begann ich und versuchte, mich irgendwie zu beherrschen.
„Komm, hier, setz´ dich erstmal!" Meike bugsierte mich langsam zu ihrem Bett und drückte mich sanft nach unten.

Dann setzte sie sich neben mich und griff nach meiner linken Hand. Ich starrte wie irre auf ihre Hand, die sich um meine geschlossen hatte.

„Dürfen wir, dürfen wir das?" sagte ich tonlos, ohne meinen Kopf zu heben.

„Dürfen wir was?"

„Das alles!"

„Jens, was meinst du?"

„Das hier!" ich hob leicht meine freie Hand und machte eine Bewegung, die Meike das Verstehen auch nicht erleichterte.

„Jens, ich verstehe dich nicht!"

„Na, das..." ich zeigte auf ihre Hand, die meine noch immer umschlossen hielt, „du und ich und – wir – was haben wir getan!" Ich griff mit der rechten Hand an meine Stirn.

„Was viele tun, die sich lieben. Nichts weiter!"

„Aber, aber – es war nicht richtig!"

„Weil ich erst sechzehn bin? Ich wollte es auch. Genauso wie du. Wir haben nichts Verbotenes getan!"

„Nichts Verbotenes?" Mein Kopf fuhr hoch und meine Augen flackerten wie die eines Irren, „hast du eine Ahnung!"

„Du verhältst dich merkwürdig, sehr merkwürdig. Ich, ich fürchte mich", sagte sie und rutschte ein kleines Stück von mir weg, ohne meine Hand loszulassen.

„Alles ist anders!" ich drückte ihre Hand.

„Nichts ist anders!" sagte sie, „alles ist wie gestern, wie vorgestern, wie heute früh." Sie sah mich verständnislos an.

„Alles, einfach alles, Meike!"

„Was ist denn anders?" sie wurde allmählich ungeduldig. Sie verstand nicht, was in mich gefahren war. War das eines dieser Spiele, die sie immer vor Knut und Katja aufführten. Was wollte ich damit erreichen? „Erklär´ es mir, ich verstehe es nicht!"

„Alles, Meike, alles – und nichts!" Ich hob meinen Kopf wieder und sah sie jetzt direkt an. Mein irrer Blick schien verschwunden zu sein. Das schloß ich aus ihrem Blick, der jetzt entspannter wirkte. Und da waren sie wieder: diese grünen Augen. Ich sah ihre grünen Augen. Sah die Tiefe und sah alles, was ich vom ersten Moment an in ihnen gesehen hatte. „Aber ich liebe dich – ich liebe dich genauso wie vorher! Kannst du das begreifen?" Ich war verzweifelt.

„Nein, kann ich nicht. Ich begreife gar nichts weil ich nicht weiß, wovon du redest! Du machst mir Angst, ehrlich!"

„Das will ich nicht. Ich habe Angst."

„Wovor hast du Angst?"

„Vor dem, was kommen wird."

„Meinst du das mit deiner Mutter und meinem Vater?"

„Unserem Vater!"

„Ja, dann ist es quasi unser Vater, das hatten wir doch schon geklärt..."

„Es ist unser Vater, Meike!"

„Wie, sie haben schon geheiratet? Deshalb bist du so durcheinander und deshalb die Geheimnistuerei immer! Aber, wie denn?" Man sah, wie es hinter ihrer Stirn arbeitete. „Ist deine Mutter denn schon geschieden – so schnell? Geht denn das?"

„Sie haben nicht geheiratet."

„Nicht?"

„Du mußt es ja doch erfahren." Ich nahm meine rechte Hand und umfaßte damit die von Meike, die noch immer meine andere hielt. „Also, ich war unten, vorhin. Ich wollte in die Küche und was für uns holen."

„Du bist süß!" sagte sie und lächelte das erste Mal, seit ich den Raum betreten hatte.

„Da habe ich sie gehört", fuhr ich fort, ohne ihre Worte wirklich wahrgenommen zu haben, „sie waren im Zimmer. Ich wollte nicht lauschen. Meine Mutter war sehr aufgeregt. Ich konnte nichts dafür, ich mußte einfach zuhören, ehrlich!" Ich mußte eine kurze Pause machen. Das alles hatte mich zu sehr aufgewühlt. „Erst wußte ich nicht, worum es überhaupt ging. Sie hat was von, deswegen sei sie damals aus Husum weg und von wegen Zukunft. Dann hat sie geweint und dein Vater hat gesagt, daß wir dann ja wirklich eine Familie werden und, ob ich es weiß..."

„Ob du was weißt?"

„Na, daß dein Vater auch mein Vater ist!"

„Mein Vater ist auch..."

„Ja, das ist es, was ich dir zu sagen versuche!"

„Dann, dann bist du…"

„Ich bin dein Bruder, ja – in richtig und echt!" Ich sah sie noch immer an. „Verstehst du mich jetzt? Verstehst du es?" Die Verzweiflung in meiner Stimme hatte sich wieder verstärkt.

„Das…" sie löste sich von mir und auch sie war nun kreideweiß. „Was machen wir denn jetzt, Jens? Was machen wir!"

„Keine Ahnung!" Ich zuckte mit den Schultern. „Ich dachte, jetzt, wo das so ist, da ist dann zwischen uns alles anders, automatisch – aber …" sagte ich, sah nach unten und fügte zögernd hinzu: „nichts ist anders. Bei mir jedenfalls."

„Ich will nicht ohne dich leben!" sagte Meike kurz und es klang sehr ernst.

„Zumindest das mußt du auch nicht: wir werden zusammen wohnen – wir sind Geschwister! Das macht es alles noch viel schlimmer. Du wirst immer da sein! Immer!"

„Nein, ja, aber…" Ihre rechte Hand wanderte zögernd auf mich zu.

„Ach, Meike!" Ich schlang meine Arme um sie und drückte sie so fest an mich, wie ich nur konnte.

„Wir wußten es doch nicht. Wir konnten es nicht wissen."

„Nein, konnten wir nicht. Aber, jetzt wissen wir es. Und ich habe Angst, daß es etwas ändern wir und Angst, daß alles so bleibt!"

„ Was machen wir nur." Sie begann zu weinen.

„Es ist wie in einem schlechten Film", sagte ich und strich tröstend über ihr Gesicht, „da finden zwei nach einer Ewigkeit endlich zu einander – nein, ich meine nicht uns!" sagte ich, als ich ihren fragenden Blick sah, „ich meine Knut und meine Mutter. Da finden die beiden endlich ihr Glück und alles ist wie im Himmel und für zwei andere, die da oben waren bedeutet das das Ende, bevor es richtig angefangen hat!"

„Nein, Jens, nein. Das muß es nicht. Das, das kann es nicht." Sie heulte jetzt richtig.

„Psst! Meike, leise!" versuchte ich, sie zu beruhigen, „sonst denken sie noch, daß ich dir was antue und sie kommen hoch!"

„Nur das nicht!" schluchzte sie, „ich, ich versuche…" mehr

war nicht zu verstehen. Sie drückte ihr Gesicht an die Brust ihres großen Bruders.

„Jens? Meike? Seid ihr da oben? Knuts Stimme holte die beiden in die Wirklichkeit zurück.

„Ja, ich, wir sind hier, was ist?"

„Wir wollen frühstücken! Kommt ihr!"

„Und jetzt?" Meike sah mich mit ihren verquollenen grünen Augen an.

„Sofort, wir sind sofort da!" rief ich laut. „Wir dürfen uns nichts anmerken lassen."

„Das sagst du so einfach!" Sie wischte sich mit dem Arm über das Gesicht.

„Du siehst bezaubernd aus."

„Blödsinn! Ich seh´ scheiße aus!"

„Du kannst sagen, daß es meine Schuld ist, weil ich wieder irgendeinen Mist erzählt habe oder deinen Lieblingskamm benutzt habe oder sowas. Das werden sie glauben. Komm!" Ich zog sie vom Bett nach oben und kam ihr dabei so nah, daß ich nicht widerstehen konnte, meine Lippen auf ihre zu drücken. Es war wie immer. Nichts war anders.

„Jens!" sagte sie in einer Mischung aus Erschrecken und Freude.

„Das wird nie was mit dem Bruder!" ich mußte unweigerlich lachen und Meike lachte mit. Dann gingen wir in gebührendem Abstand nach unten.

Die folgenden Tage waren schrecklich. Umso schrecklicher, als es ein warmer, schöner Sommer war. Die Sonne lachte den ganzen lieben langen Tag vom Himmel. Und zu allem Unglück waren diese Tage hier oben um diese Jahreszeit sehr lang. Ja, sie schienen gar nicht richtig enden zu wollen. Alles lebte auf in dieser kurzen Zeit der Fülle. Alles blühte und summte und war voller Lebenskraft. Es war die Zeit, um barfuß durch die weiten Wiesen zu laufen oder durch die endlosen Wälder zu streichen. Es war die Zeit, sich in das kühle Wasser eines Sees zu stürzen, sich in einem kleinen Boot auf dem Wasser treiben zu lassen. Die Zeit, in der Sonne zu liegen und den Strahlen der Sonne bei ihrem glitzernden Spiel auf den Wellen zuzuschauen. Es war die Zeit der Fröhlichkeit, der Wärme und der Liebe. Meike und ich fühlten uns in einem kalten nie enden wollenden Winter gefangen.

    Katja und Knut waren jeden Tag unterwegs. Wegen des Testamentes und wohl auch so. Sie verließen das Haus sehr früh und kehrten noch später zurück. Ihre Ausgelassenheit war unerträglich. Noch vor ein paar Tagen wären Meike und ich die glücklichsten Menschen auf der Welt gewesen, in diesem Fall. Wir hatten den ganzen, unendlichen Tag nur für uns allein. Aber, es war nicht mehr vor ein paar Tagen. Am Anfang hatten Knut und Katja noch versucht, uns zu gemeinsamen Unternehmungen zu überreden. Ich lehnte ab, in dem ich die Sache mit seinem Vater vorschob und davon redete allein sein zu müssen mit mir, draußen in der Natur, um das alles besser verarbeiten zu können. Meike spielte beleidigte Diva, die sich von ihrem Vater vernachlässigt fühlte und außerdem bekäme sie in diesem Land ständig Migräne und die Sonne sei gar nicht gut für ihre zarte Haut. Schließlich gaben Knut und Katja auf und überließen ihre Kinder sich selbst.

    Wir waren mehr als erleichtert, weder sie noch ich hatten im Moment Lust, den ganzen Tag damit verbringen zu müssen, uns Nettigkeiten an den Kopf werfen zu müssen, damit niemand merkte, daß etwas nicht stimmte. Das hätte viele, viele bohrende Fragen zur Folge gehabt. Wir wollten alleine sein – alleine mit uns, einer ohne den anderen mit dem anderen. Einen Augenblick hatten wir mit dem Gedanken gespielt, daß jeweils einer von uns Knut und Katja begleiten sollte. Dann fiele das mit den Nettigkeiten weg und wir wären auch nicht dazu verdammt gewesen, uns den ganzen Tag zu sehen. Aber den Gedanken daran, getrennt sein zu müssen, fanden wir beide mehr als fürchterlich. So wurde er verworfen, noch bevor er richtig Fuß gefaßt hatte. Vom Gefühl her war zwischen uns alles wie zuvor. Wir fühlten uns beinahe noch näher als zu der Zeit, als wir uns so fühlen durften. Aber das neue Wissen, das wir hatten führte ab und zu dazu, daß der eine seine Hand zurückzog, wenn er den anderen da berühren wollte, wo es zwischen Geschwistern im Allgemeinen nicht üblich war. Die Anspannung wurde von Tag zu Tag größer. Es war kaum mehr zu ertragen: Wir waren uns so nah, wie man sich nur sein konnte und gleichzeitig ferner als jemals zuvor. Wir versuchten, am Tag die Gedanken daran zu verdrängen und die Dunkelheit der Nacht zu genießen, wenn wir Seite an Seite in die Welt des Schlafes hinüberglitten. Doch die Nächte waren keine Nächte und die Tage fast endlos.

„Es ist so schön hier!" sagte Meike. Sie lag lang ausgestreckt im Gras auf einer der Wiesen, die sich in der Nähe des Hauses befanden. Ich lag auf meinen linken Arm gestützt neben ihr. In meiner rechten Hand hielt ich einen langen Grashalm, mit dem ich an ihrem linken Bein langsam hin und her strich.

„Das killert", sagte sie, „warte!" Sie griff ebenfalls nach einem Halm und begann, damit an meinen Fußsohlen herumzuspielen.

„Meike!" Meine Füße zuckten, „das ist nicht fair!"

„Meinst du, wir dürfen trotzdem Kinder haben?" sagte sie plötzlich. Ich ließ erst den Grashalm und dann mich selbst fallen.

„Kinder!" sagte ich, „wie kommst du jetzt gerade darauf?"

„Ich wollte immer Kinder haben. Viele Kinder, das weißt du doch."

„Aber doch nicht jetzt. Ich bin siebzehn und du…"

„Sechzehn, ich weiß. Aber das bleibe ich nicht, oder?"

„Nein, nicht. Bleibst du nicht."

„Also, dürfen wir?"

„Ich weiß nicht, wollen wir, noch immer?"

„Vielleicht nicht heute oder morgen, aber, ich schon, noch immer! Und du?"

„Muß ich das jetzt entscheiden?"

„Natürlich! Schließlich müssen wir genau überlegen, wann wir anfangen!"

„Müssen wir das?"

„Ja, Frauen haben da einen begrenzten Zeitraum, weißt du."

„Aber, so begrenzt ist er ja nun auch wieder nicht!"
„Du weißt ja nicht, wie viele Kinder ich von dir haben möchte…"
„So, wie viele denn?"
„Ganz, ganz viele!"
„Du bist süß!"
„Ich liebe dich!" Meike richtete ihren Oberkörper auf und drehte sich so, daß ihr Kopf nun über meinem erschien. „Ich liebe dich. Ich habe dich gleich – na ja, fast gleich", sie grinste, „geliebt und ich würde dich auch noch lieben, wenn du mein Großvater wärst!"

„Das immerhin können wir ausschließen! Komm her!" sagte ich und zog sie zu mir herunter, „komm her Mutter und Tante meiner zukünftigen Kinderscharen!" Ich nahm ihren Kopf und drückte ihn an meine Brust. Sie sah mich auf ihr Kinn gestützt an:

„Man kann nie früh genug anfangen!" sagte sie und ich spürte den Rest ihres auf meinem Körper.

„Meike, ist das gut? Du willst doch nicht?"

„Irgendwann will ich schon, so richtig, so wie, na wie…"

„Ich, ich auch, aber…"

„Ich werde die Pille nehmen. Paps wird nichts dagegen haben – im Gegenteil!" sagte sie mit einem strahlenden Lächeln, „er wird nicht wollen, daß ich auch eine ledige Mutter werde! Du siehst, es ist ganz einfach!" Sie bewegte ihren Unterkörper weiter in leicht kreisenden Bewegungen.

„Da ist nur diese Kleinigkeit, dieses winzige Problemchen…"

„Das du mein Bruder bist?" sie sah mich durchdringend an. „Klingt hart: aber ist mir völlig schnuppe!" Sie beobachtete meinen Gesichtsausdruck.

„Mir auch. Und, wenn man es genau nimmt, bin ich ja nur dein Halbbruder!"

„Genau!" sie strahlte noch mehr, „und halb ist schon fast so wie gar nicht."

„Und wenn sie es merken?"

„Das mit uns?"

„Ja!"

„Dann", sie schüttelte kurz den Kopf, „ach was, sie werden

es nicht merken!"

„Wir müssen uns nur zusammenreißen, wenn sie da sind."

„Und wenn sie es doch merken, dann…"

„Dann gehen wir einfach weg; sie werden es so oder so nicht verhindern können."

„Das wird nicht so einfach sein, nicht so einfach!" Sie stoppte ihre kreisenden Bewegungen und ließ ihren Kopf auf meine Brust sinken: „Es ist doch das Richtige – oder?" Ich schwieg, nur meine Hände strichen zärtlich über ihren Rücken und alles, was sich dort noch befand. „Glaubst du an Gott?"

„An Gott?" Es war wieder einer jener Sprünge in ihren Gedanken, mit denen ich so meine Probleme hatte.

„Ja, an Gott. Glaubst du an ihn?"

„Ich weiß nicht. Ich war im Religionsunterricht und dann zur Konfirmation, aber…"

„Ich glaube, daß es ihn gibt. Und: er hat sich was dabei gedacht!"

„Meinst du?"

„Ja, ganz bestimmt. Das kann gar nicht anders sein. Sowas passiert nicht einfach so. Das sollte so sein!"

„Ich bete dafür, daß du recht hast!" sagte ich und sah in den blauen Himmel über uns.

„Es ist wie mit den Sternen!" sagte Meike nach einer ganzen Weile des behaglichen Schweigens.

„Mit den Sternen?" Wir lagen inzwischen nebeneinander im Gras und Meike hatte ihren Kopf unterhalb von meiner Schulter platziert.

„Ja, sie sind so nah, daß man denkt, nach ihnen greifen zu können und doch wird man sie nie erreichen!"

„Wir haben sie erreicht."

„Aber, sie sind weg", sie zeigte in den noch immer blauen Himmel, „wie Sternschnuppen."

„Bei Sternschnuppen darfst du dir was wünschen."

„Ich weiß, was ich mir wünsche!" sagte sie und schloß kurz ganz fest die Augen.

„Was?"

„Sei nicht so neugierig. Das darf man nicht sagen, sonst geht es nicht in Erfüllung!"

„Auch gut. Hier sind sowieso keine Sterne!"

„Doch, man kann sie nur nicht sehen, weil es immer so hell ist hier!"

„Ja, es gibt keine Nacht und doch Dunkelheit."

„Tiefes Schwarz", sagte Meike nachdenklich, „ich habe mir immer einen großen Bruder gewünscht. Und jetzt, wo ich ihn habe – warum gerade du?"

„Du hast es selber gesagt: das ist alles so gewollt!"

„Warum könnte einer das wollen!"

„Vielleicht will er uns auf die Probe stellen. Vielleicht will er sehen, was wir machen. Ob wir das Richtige machen."

„Toll. Und was ist das Richtige?"

„Ja, das ist die Frage…"

„Können wir uns nicht für eine kurze Zeit vorstellen, daß heute ein anderer Tag ist?"

„Was für ein Tag?"

„Ein Tag davor!"

„Ein Tag davor?"

„Ja, Jens, einfach ein Tag davor!"

„Ein Tag davor. Für mich ist immer dieser Tag – und gleichzeitig der danach. Es ist da drin!" Ich hämmerte gegen meine Stirn. „Es meldet sich immer und immer wieder und läßt keine Ruhe. Und ich sage, daß es ruhig sein soll – aber es kommt wieder und wieder. Und dann ist da das Andere, das auch immer da ist und sagt: Vergiß alles, was du gehört hast, es hat sich nichts geändert, nichts spielt eine Rolle, nur das, was du fühlst ist wichtig. Und dann schreien sie beide durcheinander und ich will einfach nur noch, daß sie ruhig sind."

„Und wenn wir doch weggehen?" Meike sah mich an. Sie saß neben mir auf dem kleinen Steg an dem See, der sich hinter
dem Haus befand. Wir hatten keine Schuhe an und ließen die nackten Beine ins Wasser baumeln.

„Das hatten wir doch schon. Wo sollen wir denn hin?"

„Ich weiß nicht, irgendwohin. Vielleicht doch ins Ausland."

„Und dann?"

„Dann kennt uns keiner!"

„Und wovon willst du leben?"
„Irgendwas fällt mir da schon ein!"
„Du bist sechzehn – dein Vater wird dich suchen! Und mich auch – dafür wird schon meine Mutter sorgen!"
„Wir können nur warten", sagte sie resignierend.
„Warten. Warten! Ja." Ich sah sie an. „Ich weiß nicht, ob ich das durchstehe, so nah bei dir, immer und dann…"
„Du könntest wieder nach Berlin zurück und da die Schule zu Ende machen. Das werden sie verstehen! Wenn auch…"
„Wenn auch was? Das ist gar keine schlechte Idee."
„Nicht dein Ernst?" Sie sah mich mehr als erschreckt an: „Ich würde das nicht ertragen, so lange von dir getrennt zu sein – jetzt schon gar nicht, nach all dem."
„Meinst du denn ich?" sagte ich beruhigend, „ich käme nicht mal bis zum Bahnhof! Obwohl es wirklich keine schlechte Idee wäre. So könnten wir uns am Ende nicht doch noch verraten."
„Aber, wenn du bleibst: Sie wissen doch nicht, daß wir es wissen. Sie freuen sich bestimmt, wenn wir uns besser verstehen, wenn wir uns mehr wie Geschwister benehmen!"
„Bestimmt freuen sie sich. Solange jedenfalls, bis sie was merken!"
„Sie dürfen eben nichts merken. Jens! Nicht mal zwei Jahre, dann bin ich achtzehn!"
„Ja, und dann? Wir bleiben Bruder und Schwester. Wir werden nie eine richtige normale Familie."
„Du meinst, weil?" Sie blickte an sich herunter auf ihren Bauch. „Aber du bist doch nur mein Halbbruder. Da ist es bestimmt anders. Bestimmt. Das bekommen wir raus." Sie lehnte ihre Schulter an meine. Ich genoß es genau wie sie, den Körper des anderen zu spüren und erwiderte ihren Druck. Dann griff ich nach ihrer Hand, um sie an meine Wange führte. Diese Wärme, diese Weichheit.
„Nein, ich könnte das nicht!"
„Was?"
„Dich nicht mehr spüren, nicht mehr berühren!"
„Ach Jens, was machen wir nur!" sagte sie und rieb ihr Gesicht an meiner Schulter.

Kapitel 7

„Jeeehens! Meiiiike!" Die Stimme von Katja hallte durch das ganze Haus. „Kommt ihr bitte, wir wollen los!"
„Jaaahaa!" Ich komme ja schon!" rief ich.
„Beeilt euch, es ist schon spät. Wir warten am Wagen!"
„Beeilt euch, es ist schon spät. Wir warten am Wagen!" äffte ich meine Mutter nach.
„Was machst du da?" wollte Meike wissen, die jetzt hinter mir auftauchte und ihre Arme um meine Hüften legte.
„Ich? Ach, nichts, ich übe nur ein bißchen."
„Wofür?" sie ließ ihre Hände nach unten wandern: „Darf ich mit üben?"
„Meike! Nicht, laß das, nicht jetzt!" Ich versuchte, sie abzuschütteln, was mir aber nicht gänzlich gelang. Beinahe wären wir zusammen die Treppe runter gepoltert. „Das war knapp!" sagte ich, nachdem es mir gerade noch gelungen war, mich an dem Pfosten des Geländers festzuhalten und mit der anderen Hand nach Meike zu greifen. „Kaum geht es deinem einen Bein besser, mußt du dir das andere…"
„Ha, ha!" Meike zeigte mir ihre hübsche Zunge und zog mich hinter sich die Treppe runter.
„Da seid ihr ja endlich!" rief Knut, der an der geöffneten Fahrertür des Wagens stand und sichtlich nervös wirkte. Er schaute immer wieder auf seine Uhr. „Es ist… ach was, steigt einfach ein!"
„Möchte nur wissen, warum ich da unbedingt mit muß heute!" maulte Meike und ließ sich auf den Sitz hinter dem Fahrersitz fallen.
„Das ist ein bedeutender Tag heute. Ja." Seine Nervosität war noch immer da.
„Für wen?" wollte ich wissen, und quetschte mich auf meinen Platz. Ich legte dieselbe Begeisterung wie Meike an den Tag.
„Für dich, Jens und für mich…"
„Und warum muß ich dann mit? Reicht es nicht, wenn das

da", sie zeigte auf mich, „euch dabei Gesellschaft leistet?"

„Meike!" sagte Knut mit dem gewohnten Unterton und ließ den Motor an, „es wird bedeutend für uns alle!"

„Wenn ihr wirklich mal was Bedeutendes…" begann Meike.

„Was sagst du, mein Kind?"

„Nichts, nichts, mein Vater. Ich habe mich nur gefragt, was das so Bedeutendes sein kann, daß uns da erwartet."

„Du wirst überrascht sein!"

„Bestimmt!" sagte sie laut und fügte leise hinzu: „Ich wüßte nicht, was mich noch überraschen könnte im Augenblick!" Der Wagen setzte sich in Bewegung.

„Werde ich auch überrascht sein?" fragte ich.

„Ja", sagte seine Mutter, „und es ist bedeutend für uns alle!"

„Wenn du es sagst", sagte ich so gelangweilt wie möglich. Auch ich wollte nichts Bedeutsames mehr erfahren. Daß, was ich bisher erfahren hatte, war bedeutsam genug für den Rest meines Lebens. Ich wollte mit Meike alleine sein. Ich wollte sie spüren, ihre Wärme und ihre Nähe. Ich schüttelte mich: Sie war meine Schwester.

„Und wohin fahren wir?" fragte Meike.

„Zu dem Haus von Jens Großvater!" sagte Knut triumphierend.

„Zu Opas Haus? Ihr habt es gefunden?" Mit einem Schlag war meine Neugier geweckt. Da war etwas, das interessant genug zu sein schien, mich für eine kleine Weile zu beschäftigen und von anderen Gedanken abzulenken.

„Ja, Jens, haben wir" sagte Katja, „wir waren schon ein paar Mal da…"

„Ein paar Mal!" rief ich entrüstet, „warum habt ihr nichts gesagt!"

„Du wolltest nicht mit, erinnerst du dich?" sagte meine Mutter und blickte an ihrer Rückenlehne vorbei nach hinten.

„Ja, ja, hättet ihr gesagt, daß – ich dachte, ich – egal jetzt. Was ist mit dem Haus?"

„Das Haus steht noch und wir haben Vrauke da getroffen."

„Opas Vrauke? Wie ist sie? Was ist sie? Was hat sie gesagt?"

„Jens. Du, ihr" sie schaute zu Meike, die aus dem Fenster

blickte, als wenn sie die ganze Sache in keinster Weise interessierte, „werdet alles erfahren. Später. Jetzt fahren wir erstmal zu dem Haus und ihr werdet da Vrauke kennen lernen, die nicht meine Schwester ist. So viel will ich schon mal verraten. Sie wird euch gefallen und das Haus auch!"

„Ja, wird es bestimmt", pflichtete ihr Knut bei, „ob das andere allerdings auch so…."

„Knut!" Katja legte den Zeigefinger auf ihre Lippen.

„Später, alles später. Jetzt wollen wir die Fahrt genießen durch die schöne Landschaft."

„Ja, schöne Landschaft!" Meike hatte ihre Nase inzwischen gegen das Fenster gedrückt: „Bäume, Bäume und, ach ja: Bäume! Und da: Noch mehr Bäume und wieder Bäume. Schau, noch ein Baum, wie nett, ganz toll und so abwechslungsreich!"

„Genauso abwechslungsreich und so nett wie du!" warf ich ein. Es sollte alles so sein, wie immer.

„Geht das schon wieder los?" hörte ich die Stimme meiner Mutter. „Wir dachten, die paar Tage Ruhe hätten euch gut getan und ihr wäret zur Besinnung gekommen. Ihr werdet euch wohl nie ändern!"

„Nein, nie!" sagten wir gleichzeitig und für eine kurze Ewigkeit trafen sich unsere Blicke.

„Wir sind gleich da!" Katja schien es kaum noch erwarten zu können, „Es ist nicht mehr weit!"

„Weit ist relativ", sagte ich trocken, „in diesem Fall wohl eher relativ weit!"

„Ach, ich freue mich so!" Sie klatschte ihre Hände zusammen in der Art, wie sie es getan hatte, als sie in der Tür ihres alten Zimmers gestanden hatte im Hause meines Opas.

„Ah ja, das sieht man dir gar nicht an!" sagte ich. Langsam fragte ich mich, was sie so begeisterte. Das alte Haus, das sie sehen würden oder eher diese Vrauke, die wahrscheinlich ebenso alt war oder beides? Was hatten die beiden in den letzten Tagen erlebt. „Was ist da alles passiert?"

„Was soll passiert sein?" Katja sah ihren Sohn an.

„Äh, kopiert, ich sagte kopiert. Ich habe gestern noch die

Fotos auf den PC kopiert." Ich atmete tief durch. Es war an der Zeit, meine Selbstgespräche in das Reich der Tonlosigkeit zu verbannen. Ich mochte mir gar nicht ausmalen, was das für Folgen haben könnte, wenn ich im falschen Moment...

„Was du nicht so alles kannst", sagte Meike spitz.

„Du würdest staunen. In mir schlummern unentdeckte Talente!"

„Schlummern? Die schlafen so tief, daß es nie jemandem gelingen wird, sie zu wecken!"

„Wir sind da!" sagte Knut und schüttelte den Kopf: „Und, benehmt euch wenigstens so lange, wie wir hier sind. Das ist doch nun wirklich nicht zu viel verlangt!"

„Das da?" Der Wagen hielt unweit eines kleinen Hauses, das dem von meinem Großvater glich. Es war nur kleiner, sehr viel kleiner. „Nein!" rief ich, „und deswegen das ganze Theater mit dem Erbe?" Ich schüttelte fassungslos meinen Kopf. Wenn das mein Vater sehen könnte, würde er sich im Grabe umdrehen ob seiner Dummheit – wenn er schon im Grabe läge. „Ihr seid euch sicher?"

„Ja. Und Vrauke lebt hier im Sommer", sagte Katja.

„Im Sommer?" Ich hatte die Wagentür geöffnet und war ausgestiegen.

„Im Winter wohnt sie im Haus."

„Im Haus? Das ist ein Haus, oder?"

„Auch wenn er nicht der Hellste ist: es ist ein Haus!" sagte Meike, die sich inzwischen aus dem Wagen gequält hatte.

„Wenn ihr das andere gesehen habt, werdet ihr verstehen, was Katja meint!"

„Das andere? Noch eins?" Ich sah meine Mutter fragend an.

„Kommt einfach mit!" sagte Knut und ging schnellen Schrittes auf das Haus zu, das gar kein Haus sein sollte. Ich zuckte mit den Schultern und wir folgten ihm. Katja hatte es genauso eilig wie Knut. Behutsam setzte ich Schritt für Schritt und murmelte dabei vor mich hin:

„Das andere, kein Haus, im Winter, ja, ja, und wenn schon..."

„Das ist Vrauke!" sagte Knut und zeigte auf eine kleine,

zerbrechlich wirkende ältere Dame, die in der geöffneten Tür des kleinen Hauses erschienen war. Sie war so klein, daß sie die Einzige der hier Versammelten war, die sich beim Durchschreiten jener Tür nicht bücken mußte. Vrauke begrüßte erst Katja, dann Knut, dann Meike und zuletzt mich. Weder ich noch Meike verstanden, was sie ihnen und uns sagte.

„Sie spricht nur schwedisch", sagte Katja entschuldigend und fügte hinzu: „und dänisch, aber das würde euch auch nichts nützen!"

„Würde es nicht!" sagte ich und verzog mein Gesicht zu einem Lächeln.

„Aber kein Problem, ich übersetze das mal..."

„Du kannst schwedisch, Paps?" Meike sah ihren Vater erstaunt an.

„Ja, natürlich."

„Natürlich", sagte Meike und schüttelte den Kopf.

„Ich war doch oft beim alten Olofson, ihr wißt, warum!" Er strahlte Katja an.

„Ja, wissen wir", sagte Meike.

„Aber was hat das eine mit dem anderen zu tun?" Ich sah erst ihn und dann meine Mutter an.

„Er mußte es lernen!" sagte Katja.

„Wieso das denn?"

„Damit ich mich mit ihr unterhalten konnte!" sagte Knut und strahlte erneut Katja an.

„Ihr wart doch in Husum?"

„Ja, mein Sohn, aber", sie sah mich an, „das habe ich dir nie erzählt..."

„Du hast mir Vieles nie erzählt, glaube ich langsam!"

„...daß ich als Kind nichts anderes gesprochen habe", fuhr sie fort, den Einwurf ihres Sohnes übergehend.

„Du hast schwedisch gesprochen? Warum?"

„Ich wußte nicht, daß es schwedisch war. Für mich war das normal. Dein Opa hat so gesprochen und da ich die meiste
Zeit mit ihm verbracht habe, als ich klein war, war das für mich eben normal. Erst, als ich mit anderen Kindern gespielt habe in Husum, da habe ich gemerkt, daß da etwas anders

war. Sie schienen nicht zu verstehen, was ich sagte und ich verstand nicht, was sie sagten."

„Gut, von mir aus. Aber: warum? Warum hast du schwedisch gesprochen. Man spricht doch nicht so einfach eine fremde Sprache, oder?"

„Es war keine fremde Sprache..."

„Katja!" Knut sah sie an, „später, komm, wir wollen Vrauke nicht noch länger warten lassen. Du kannst es ihm später erzählen."

„Später. Immer dasselbe." Langsam zwängte ich mich durch die Tür in das Innere des Hauses, das wohl eher als Hütte zu bezeichnen gewesen wäre. Es wirkte von Innen noch winziger als von Außen. Es bestand aus nur einem einzigen Raum. In der hinteren Wand gab es mittig ein für die Verhältnisse großes Fenster, das die einzige natürliche Lichtquelle darstellte. Vor dem Fenster stand eine Art Spüle und daneben ein sehr alter Herd. Die rechte Wandseite wurde von einem hölzernen Schrank verdeckt. Links von der Tür stand ein Tisch vor einer Bank, die an der Wand befestigt war und die man hochklappen zu können schien. Dann gab es noch drei Hocker und ein Holzgestell mit einer Matratze darauf, das sich rechts von der Tür befand. Die Decke war so niedrig, daß alle die ganze Zeit gebückt gehen mußten. Alle bis auf Vrauke natürlich.

„Hier, setzt euch!" Knut deutete auf die Hocker. Der Tisch war für fünf Personen gedeckt. „Katja und Vrauke auf die Bank. Für uns reichen die Stühle, oder?" Er sah Meike an und deutete auf ihr Knie.

„Nein, schon in Ordnung, ist gut so", sagte sie und ließ sich auf einen der Hocker fallen.

Es gab Kaffee und trockene Kekse. Meike und ich schwiegen die meiste Zeit und versuchten, etwas von dem mitzubekommen, worüber Knut, Katja und Vrauke sprachen. Es war nahezu unmöglich, da weder ich noch Meike der Landessprache Herr waren. Ab und an verstanden wir einen Namen, das war alles. Wir nippten an unserer Kaffeetasse und kauten auf den trockenen Keksen herum. Großen Appetit hatten wir ohnehin nicht. Es war wie eine Erlösung, als Knut schließlich verkündete, daß man aufbrechen wolle. Alle verabschiedeten sich und Vrauke gab ihm noch ein Schlüsselbund, das er draußen in die Höhe hielt:

„Voila!" sagte er, „auf, auf, zum nächsten Höhepunkt des Tages."

„Nächster Höhepunkt!" sagte ich, meine Begeisterung sehr gut verbergend und versuchte mit meiner Zunge einen der vielen Krümel, die die trockenen Kekse zwischen den Zähnen hinterlassen hatten zu befreien.

„Paps! Das Auto ist da!" Meike zeigte auf den Wagen ihres Vaters.

„Ja, natürlich, ich weiß. Aber der nächste Höhepunkt, mein Kind, der ist da!" er deutete in die entgegengesetzte Richtung.

„Da?" sagte Meike, „da ist nur Gras und Wald, endloser Wald!"

„Dahinter, Meike, dahinter! Du wirst schon sehen!"

„Wenn meine restlichen Lebensjahre ausreichen, um dahin zu kommen, vielleicht!" sagte sie und schaute auf die endlose Wiese hinter dem Haus und den Wald, der sich bis weit über den Horizont hinaus zu erstrecken schien.

„Höhepunkt! Klar, da ist irgendwo so ein Hügel, auf den wir klettern müssen, damit wir dann von diesem Höhepunkt auf das Ding da von oben schauen können!" ich zeigte auf die Hütte.

„Komm Jens, es ist nicht so weit wie es scheint!" sagte seine Mutter.

„Ja, ich weiß, relativ weit!"

„Papperlapapp! Genug geredet jetzt! Kommt! Damit wir da sind, bevor es dunkel wird!" sagte Knut, legte seine Hand um Katjas Schulter und setzte sich mit ihr in Bewegung, ohne sich noch einmal umzuschauen.

„Bevor es dunkel wird?" Meike sah mich flehend an, „es wird hier nie dunkel!"

„Es wird immer besser. Wollen wir auch?" Ich lächelte sie an und hielt ihr meinen Arm hin.

„Nichts lieber als das, aber..." sie zwinkerte mir zu.

„Ich weiß, dann eben: waren wir die Form! Ab mit dir, ich folge."

„Warum ich zuerst, ich bin viel langsamer als du – selbst

mit dem Ding da!" Sie schwang ihre Gehhilfe, die sie bei Ausflügen
zum Glück immer dabei hatte.

„Nun, zum einen möchte ich nicht, daß du mir verloren gehst und zum anderen…"

„Zum anderen?"

„Siehst du von hinten viel besser aus als ich. Also los!" Ich gab ihr genußvoll einen Klaps auf den Po und blickte ihr hinterher, wie sie selbigen leicht schwingend, davon humpelte.

Der Weg endete am Wald, der gar kein Wald war, sondern ein nur etwa 20 Meter breiter Baumstreifen und ging dort in einen Trampelpfad über, dem wir folgten, weil Katja und Knut dort verschwunden waren. Als wir auf der anderen Seite der Bäume angekommen waren, entfuhr mir ein

„Wauw!"

„Was ist denn da", wollte Meike wissen, die ich zwischen den Bäumen dann doch hinter mir gelassen hatte. „Wauw!" sagte auch sie, als sie das sah, was ich sah.

„Na, zu viel versprochen?" wollte Knut wissen, der ein Stück weiter mit Katja auf uns gewartet hatte.

„Nein, Paps, was ist das?"

„Ja, was ist das? Und wo ist das Haus?" Ich sah meine Mutter an.

„Das ist das Haus", sagte sie knapp.

„Das da? Nicht im Ernst oder?"

„Deine Mutter sagt die Wahrheit!"

„Wenn das Papa erfährt, dann läßt der sich nie scheiden!"

„Jens!" meine Mutter sah mich strafend an.

„Stimmt doch!" Ich versuchte, nachzuvollziehen, was in den letzten Stunden geschehen war: erst war da ein Haus, das gar kein Haus war, obwohl es eins war und dann war da eins, das eines sein sollte, obwohl es mindestens ein Schloß zu sein schien. „Und das gehört jetzt…" Ich sah meine Mutter an, die nur nickte. „Können wir hin? Können wir rein?" Meine Augen begannen, ein wenig zu leuchten.

„Können wir!" sagte Knut und hielt die Schlüssel hoch, die er vorhin von Vrauke bekommen hatte.

„Ich auch?" Meike sah ihren Vater an.

„Klar!" rief ich, „schließlich werde ich Bedienstete brauchen, bei dem Haus!"

„Jens!"

„Ja, Mama, schon gut. Das mit den Bediensteten hat Zeit. Jetzt müssen wir erstmal hin, ja? Schnell, kommt! Was ist denn auf einmal los: Vorhin konnte es euch doch nicht schnell genug gehen?" Ich sah die beiden an.

„Geh nur schon vor, wir kommen nach!"

„Gut, aber schnell und vergeßt den Schlüssel nicht!" rief ich im Davonstürmen.

„Das ist Jens! Typisch Jens", sagte meine Mutter und schüttelte den Kopf.

„Wollen wir auch?" Knut schaute auf Katja und Meike.

„Ja, geht ihr nur schon ruhig vor. Ich komme nach."

„Wirklich?"

„Wirklich, Paps!" Meike nickte und bedeutete den beiden, zu gehen. Dann stützte sie sich auf ihre Gehhilfe und betrachtete, daß sich vor ihr aus der Wiese erhebende Gebäude in aller Ruhe. „Schloß, das ist ein Schloß und kein Haus!" sagte sie und schüttelte sich: „Jetzt fang ich schon an, wie Jens!" Sie mußte grinsen. Das Schloß hier erinnerte sie an ein anderes, das sie einmal gesehen hatte. Es war irgendwo während eines Urlaubes mit ihrem Vater in den Bergen. Aber sie wußte nicht mehr, wo das gewesen war. Es war lange her. Das Schloß hier war gelb verputzt und wirkte von ihrem Standort quadratisch. Die Seiten hatten eine Länge von bestimmt 20 Metern und das Ganze schien mindestens zwei
Etagen zu haben. An den Ecken befanden sich angedeutete Türme. Die Fenster der ihr zugewandten Seite hatten alle die gleiche Größe. Das Dach war flach. Hinter dem Haus konnte man einen See erkennen. Alles war traumhaft. Es war wie im Märchen. Sie dachte an Jens und wischte sich eine Träne aus den Augen. Dann bewegte sie sich langsam auf das Gebäude zu.

„Du wirst sehen, es ist besser so", sagte meine Mutter, „und das Innere von dem Haus ist auch nachher noch da."

Ich saß mit meiner Mutter auf einer der Bänke, die sich verteilt um das Gebäude herum befanden. Nachdem ich als erster an dem Haus angekommen war, hatte ich es staunend einmal umrundet: es war quadratisch, alle Fenster waren gleich groß, bis auf die der dem See zugewandten Seite. Auf dieser Seite gab es auch eine große Freitreppe, die sich zum See hin öffnete. Auf der gegenüberliegenden Seite war das eigentliche Eingangstor. Das Innere hatte ich zu meiner Enttäuschung noch nicht in Augenschein nehmen dürfen.

„Später" hatte meine Mutter wieder einmal gesagt, als sie und Knut am Haus eintrafen. Dann hatte sie mich zur Seite genommen und mir erklärt, daß es da noch ein paar Dinge gebe, die sie mir und die Knut Meike sagen wollte. Sie hatten sich überlegt, daß es besser wäre, wo wir uns doch nicht so gut verstanden, daß sie das zuerst getrennt tun wollten um sich dann später gemeinsam das Haus anzusehen. So saß ich nun mit meiner Mutter auf jener Bank und war gespannt, was sie mir so Geheimnisvolles zu berichten hatte.

„Ich fange einfach an", sagte sie und riß mich mal wieder aus meinen Gedanken, „ich habe hier gelebt, bis ich drei Jahre alt war."

„Hier? Ich dachte, du…"

„Meine Familie stammt von hier. Und als meine Eltern gestorben sind…"

„Deine Eltern?"

„Meine Eltern."

„Ums Leben gekommen heißt doch, daß sie tot sind?"

„Ja, natürlich heißt es das!"

„Aber Opa…"

„Opa war nicht mein Vater."

„Nicht?"

„Opa war mein Opa und dein Urgroßvater!"

„Klar!" Mein Mund stand einmal mehr offen und ich fragte mich, warum es gerade in meiner Familie so kompliziert sein mußte mit den Verhältnissen zueinander und ob am Ende meine Mutter nicht auch nicht meine Mutter war. Alles schien möglich.

„Meine Eltern sind bei einem Verkehrsunfall ums Leben gekommen. Meine Oma, Opas Frau, du verstehst?" Ich nickte:

„Meine Urgroßmutter! Ich bin ja nicht blöd."

„Die war mit im Wagen. Sie ist gefahren. Sonst hat das immer mein Großvater getan. Er hatte wieder viel zu tun und ist an dem Tag nicht mitgekommen – das hat er sich nie verziehen, er hat sich die Schuld gegeben."

„Aber er hatte doch keine Schuld. Er konnte es doch nicht wissen, daß das passiert."

„Nein, Jens, konnte er nicht. Ich gebe ihm auch keine Schuld. Das war Schicksal und dagegen kann man nichts machen."

„Nicht?"

„Nein!"

„Nie?" Ich dachte an Meike und daran, ob meine Mutter das mit dem Schicksal noch immer denken würde, wenn ich ihr etwas von der augenblicklichen Freundin ihres Sohnes erzählte.

„Was soll die Fragerei?"

„Entschuldige, hat mich nur..."

„Schon gut, war nicht so gemeint", sagte sie beschwichtigend. „Jedenfalls, dann war da noch ich. Er war jetzt allein mit mir. Er hat mich dann genommen und ist mit mir zurück nach Deutschland."

„Zurück?" Es wurde immer verwirrender.

„Ja, zurück. Der Vater deines Urgroßvaters war ein nicht unbedeutender Kaufmann. Er hatte ein Kontor in Flensburg. Opa, mein Opa, hat da seine Lehrjahre verbracht. Später hat er das Kontor für seinen Vater geleitet. Da, in Flensburg, hat er seine spätere Frau kennengelernt. Meine Oma, Oma Schneider aus Husum. Als der Krieg dann anfing und sich alles veränderte, ist er weg aus Deutschland und hat seine Familie, er hatte inzwischen einen Sohn..."

„Deinen Vater!" rief ich, begeistert von mir, hier noch den Überblick behalten zu haben.

„Meinen Vater, ja. Und da haben sie dann hier gelebt im Haus des Vaters von Opa Schneider. Irgendwann hat Opa die Firma übernommen und den Rest kennst du ja: er hat mich in Husum groß gezogen wie seine Tochter."

„Wieso hat er nicht gesagt, daß du seine Enkelin bist?"

„Er war schon alt damals. Er hatte Angst, daß man mich ihm wegnimmt, wenn jemand erfährt, daß ich nicht seine Tochter bin. Er wollte nicht, daß ich in fremde Hände komme. Er ist zu seinen Schwiegereltern gezogen und die haben ihm nach ihrem Tod das Haus hinterlassen. Jeder kannte ihn als Schneider. Von seiner anderen Existenz wußte niemand. Niemand hat groß Fragen gestellt damals."

„Und die Firma? Was ist aus der Firma geworden?"

„Er hat eine Stiftung daraus gemacht, als er zu alt wurde, um sich um sie kümmern zu können. Wahrscheinlich hatte er gehofft, daß ich später einmal – Schicksal, Jens, das ist das Schicksal."

„Und Vrauke? War er mit ihr zusammen?"

„Nein, nein. Vrauke hat im Haus von Opa gearbeitet und sich später um alles hier gekümmert, als er weg war. Sie hat es für ihn getan. Daß das Geld, was sie jeden Monat bekommt, von ihm war, wußte sie nicht. Ja, so ist das alles."

„Und, woher weißt du das auf einmal alles?"

„Das meiste von Vrauke, ein paar Sachen von anderen Leuten, deren Namen sie uns geben konnte. Die meisten sind ja schon gestorben inzwischen." Sie machte eine kurze Pause. „Sie hat mir auch den Friedhof gezeigt, auf dem meine Familie liegt. Wenn du willst, können wir da mal hin irgendwann." Man sah meiner Mutter an, daß sie mit den Tränen kämpfte.

„Natürlich, Mama, klar. Machen wir", sagte ich, um sie ein wenig aufzuheitern. „Aber, wenn du, wenn du das Erbe abgelehnt hättest, dann…"

„Dann hätte ich das alles nie erfahren. Opa wußte das. Er hat darauf vertraut, daß er mich kennt. Er hat alles richtig gemacht! Alles."

„Aber, wenn du das schon früher gewußt hättest?"

„Ich hätte es nicht verstanden. Das jetzt war der Zeitpunkt. Ich glaube, er hat auch das mit dir gewußt. Er wollte mich mein eigenes Leben leben lassen."

„Ja, vielleicht ist das so richtig, wenn man den anderen sein eigenes Leben leben läßt!"

„Opa hat mir gezeigt, was wichtig ist – das bringt mich auf deinen Vater. Jens, ich habe lange überlegt, sehr lange, ob ich das sagen soll, was ich jetzt sagen werde und ich habe auch lange über den richtigen Zeitpunkt nachgedacht…"

„Mama?" sagte ich und versuchte Arglosigkeit in meine Stimme zu legen, denn ich wußte, was jetzt kommen sollte.

„Also, ich habe mit Knut vor ein paar Tagen darüber gesprochen…"

„Mit Knut?" fragte ich und war verwundert darüber, wie gut der Ausdruck meiner Verwunderung gelungen war.

„Das muß dich verwundern, aber, es betrifft ihn genauso wie dich."

„Verstehe ich nicht", sagte ich und sah sie mit einem entsprechend verständnislosen Blick an.

„Wirst du, hab´ noch ein bißchen Geduld. Ja, er, Knut, hat es so positiv aufgenommen, daß es mir jetzt viel leichter fällt, es auch dir zu sagen."

„Was denn zu sagen? Du machst es aber spannend."

„Wie findest du ihn eigentlich?"

„Ihr paßt gut zusammen!" sagte ich grinsend.

„Nein, schön, aber das meine ich jetzt nicht." Ihr Gesicht hatte sich ein Wenig gerötet. „Was hältst du so von ihm, meine ich."

„Ach so", sagte ich und setzte einen verstehenden Gesichtsausdruck auf, „so gut kenne ich ihn ja noch nicht, aber er ist ganz in Ordnung, glaube ich."

„Das freut mich, besonders für ihn und dich. Und wenn du ihn besser kennst…"

„Für ihn und mich?" unterbrach ich meine Mutter.

„Knut ist dein Vater."

„Knut? Mein Vater?" Ich steigerte mich in meine Rolle. „Schade, daß Meike mich nicht sehen kann, jetzt!" dachte ich.

„Was sagst du, mein Junge?"

„Ich?" Ich biß auf meine Zunge, „daß ich es noch nicht verstehen kann. Er, er ist mein Vater, Knut?"

„Ja, er ist dein leiblicher Vater."

„Warum? Wieso?"

„Ich war sehr jung damals, als es passiert ist. Es war nicht geplant."

„Warum hast du es ihm nicht gesagt?"

„Die Zeiten waren anders. Ich hatte Angst. Ich – da war so

viel."

„Bist du deswegen weg?"

„Ja, ich habe keinen anderen Ausweg gesehen."

„Und Papa?"

„Der hatte damit nichts zu tun, den habe ich erst in Berlin kennen gelernt."

„Hat er es gewußt, ich meine, daß ich nicht..."

„Ja natürlich, du warst schon da, als wir zusammen gekommen sind. Ich brauchte einen Vater für dich. Verstehst du?"

„Und für Papa hast du gar nichts empfunden?"

„Doch, natürlich. Nicht das, was ich für Knut..., aber da war schon was. Am Anfang zumindest." Sie schaute nachdenklich.

„Warum habt ihr euch nicht schon früher getrennt?"

„Das ist nicht so einfach. Da warst du und dann, wir haben uns aneinander gewöhnt, es lief alles in geregelten Bahnen. Ich hatte meine Freiräume am Ende. Ich wußte, was ich hatte. Vielleicht war es auch Bequemlichkeit. Ich kann es nicht sagen."

„Mach dir keine Vorwürfe, ich werde es überleben."

„Es tut mir leid, Jens."

„Ach, es hätte schlimmer kommen können. Knut scheint ja wirklich ganz nett zu sein. Und für seine Tochter kann er nichts."

„Jens! Es wird auch für sie schwer genug."

„Weiß sie es denn? Ich meine, daß sie und ich denselben Vater haben? Daß wir Geschwister sind?"

„Er wird es ihr gerade erzählen, daß du sein Sohn bist – und, was das andere betrifft..."

„Welches andere? Was ist da denn jetzt noch?" Ich fand, daß es nun allmählich genug des Neuen war.

„Du weißt ja, daß Knut nie verheiratet war."

„Ja, weil er noch immer in dich verliebt war!"

„Jens!"

„Ist doch so!"

„Wie auch immer. Aber er hat auch nie was mit einer anderen gehabt."

„Nie?"

„Kaum zu glauben, nicht?"
„Mama! Überhaupt nicht zu glauben!" Ich sah meine Mutter völlig verständnislos an.

„Du meinst Meike", sagte sie und nickte ein paar Mal mit ihrem Kopf, „ja, das wird sie sehr treffen – vielleicht mehr, als es dich getroffen hat."

„Warum sollte es? Ich habe auf einmal einen Vater, der nicht mehr mein Vater ist und einen anderen, den ich bisher nicht kannte. Sie hat einen Bruder dazu bekommen und sonst nichts."

„Wenn es so einfach wäre, Jens!"

„Es ist so einfach!" ich zuckte mit den Schultern.

„Nicht so ganz..." begann sie und brach dann einfach ab. Sie dachte an den gestrigen Tag. Knut und sie waren auf dem Rückweg zum Haus. Sie hatten an einem der vielen Seen gehalten und saßen nebeneinander Arm in Arm auf einer Bank am Ufer. Zu einer anderen Jahreszeit hätten sie in den Sonnenuntergang geblickt. Jetzt sahen sie, wie sich die Sonne in den kleinen Wellen spiegelte.

„Katja", hatte Knut gesagt, „du erinnerst dich an..." Er zögerte einen Moment, dann fuhr er fort: „nachdem du mir das mit Jens erzählt hast. Nein!" sagte er schnell, als er ihren erschreckten Gesichtsausdruck sah, „das war richtig und alles, alles ist gut, wie es ist." Er machte eine kleine Pause, bevor er fortfuhr: „Nicht alles, fast alles. Da gibt es noch eine Kleinigkeit, mich betreffend, die ich dir noch nicht gesagt habe und die du wissen solltest, jetzt."

„Hast du noch Kinder, von denen ich nichts weiß?" sagte Katja und lächelte ihn an.

„Im Gegenteil, Katja, im Gegenteil!" er lächelte jetzt auch.

„Im Gegenteil?" Ihre Augen suchten in den seinen nach einer Antwort.

„Es ist eine lange und ein wenig komplizierte Geschichte."

„In unseren Familien scheint alles ein wenig kompliziert zu sein!"

„Das ist wohl unser Schicksal! Ich werde versuchen, es so kurz wie möglich zu machen: Also, die Mutter von Meike... Nein, fangen wir anders an: Mein Vater, der war vor der Ehe mit meiner Mutter schon einmal verheiratet. Seine erste Frau war schwanger, als er sie geheiratet hat. Das Kind war aber nicht von ihm. Das durfte natürlich damals keiner wissen. Die Leute hätten mit den Fingern auf meinen Vater und seine Frau gezeigt und niemand wäre mehr in die Kanzlei gekommen. Das hätte das Aus für ihn bedeutet. Also hat er es als sein Kind ausgegeben. Als er dann seine zweite Frau geheiratet hat, hat er das Mädchen mit in die Ehe gebracht als seine Tochter. Für mich war sie immer meine große Schwester. Erst kurz vor seinem Tod hat er mir die Wahrheit gesagt. Meine Mutter hat es nie erfahren und auch sonst niemand. Den Rest kennst du schon, als dann meine Schwester bei Meikes Geburt…"

„Dann ist Meike gar nicht deine Tochter?" Katja sah ihn mit weit aufgerissenen Augen an.

„Ja, Katja, so ist es …"

„Sie muß es erfahren, Knut!"

„Ja, deswegen erzähle ich es dir ja. Ich wollte deine Meinung dazu hören. Ich halte das auch für den richtigen Moment, aber ich war mir nicht sicher, ob sie das verkraften wird, gerade jetzt, wo", er sah Katja an, „das mit uns beiden, das mit Jens. Es ist so viel Neues auf einmal."

„Es ist der richtige Zeitpunkt, Knut. Wann, wenn nicht jetzt? Bringen wir alles ins Reine. Alles mit einem Mal. Sie wird deine Tochter bleiben, auch wenn sie es nicht ist."

„Ja, das wird sie." Sagte Knut und auf sein Gesicht legte sich eine große Zufriedenheit.

„Ja, sie ist es!"

„Was? Wer ist was?" Ich sah meine Mutter an.

„Was?" sagte sie und machte den Eindruck völliger geistiger Abwesenheit.

„Du sagtest: Sie ist es!"

„Sagte ich?"

„Sagtest du!" Ich fing an, darüber nachzudenken, ob dieses Lautvorsichhinreden in den Genen verankert sein konnte. Die Vorstellung daran beruhigte mich ein Wenig.

„Ich war in Gedanken, ja. Es wird sie sehr treffen, wenn sie es erfährt. Sie liebt ihren Vater!"

„Mama!" sagte ich und sah sie mit leicht funkelnden Augen an.

„Knut ist nicht Meikes leiblicher Vater", sagte sie knapp.

„Nicht Meikes? Wovon redest du?" Ich starrte meine Mutter an und diesmal war nichts daran gespielt: „Knut ist nicht?" Meine Stimmlage veränderte sich von einem auf den anderen Moment als ich die Bedeutung ihrer Worte erfaßt hatte: „Dann ist sie auch nicht meine Schwester, oder?" kam es fast krächzend aus meinem Mund.

„Nein, zumindest nicht biologisch…"

„Nicht!" Ich sprang auf, wie von der Tarantel gestochen. Ich fühlte mich wie ein Vulkan kurz vor der Explosion. „Nicht!" wiederholte ich und drückte meiner Mutter einen Kuß auf die Stirn, die nicht wußte, wie ihr geschah. „Wo ist sie?"

„Was? Wo ist wer?"

„Meike! Mama, wo ist sie?" Ich stand vor meiner Mutter und starrte sie wie ein Geisteskranker an.

„Jens!" sie sah mich durchdringend an: „Jens, du mußt mir versprechen, daß du dich zusammen reißt ihr gegenüber und netter zu ihr bist, als du es bisher warst! Sie wird jetzt viel Zuneigung brauchen!"

„Ja, verspreche ich. Wie ein Bruder zu seiner kleinen Schwester – oder nein, nein auf keinen Fall, eher nicht – oder doch? Egal, wo ist sie, bitte! Mama!" Ich sah den Blick meiner Mutter: „Ich tue ihr nichts, bestimmt, jedenfalls nichts Schlimmes! Wo?"

„Auf der anderen Seite…" sie zeigte auf das Haus, „sie ist auf der – Jens? Jens! Wo willst du hin! Warte! Jens!" Sie sah ihren Sohn rennen, wie weder sie noch sonst jemand ihn je rennen gesehen hatte. „Wolltest du nicht, das Haus…" Sie stand auf, um ihm zu folgen, als sie Knut von der anderen Seite her heraneilen sah:

„Katja?" japste Knut.

„Knut! Was ist los, warum bist du gerannt, ist was mit Meike?"

„Ja, Meike, die ist…"

„Hol doch erstmal Luft, du bist ja ganz außer Atem und irgendwie wirkst du - durcheinander."

„Du siehst aber auch nicht viel anders aus!" gab er zurück.

„Jens ist weg gelaufen, wie ein Irrer, als er erfahren hat…"

„Daß ich sein Vater bin?" sagte Knut, weiterhin nach Luft

ringend.

„Nein, daß Meike nicht deine Tochter ist!"

„Wie? Genau wie Meike!"

„Meike?"

„Ja, deswegen bin ich ja so außer Atem, weil ich schauen wollte, ob sie bei dir ist. Sie saß die ganze Zeit mit gesenktem Kopf wie ein Häufchen Elend vor mir. Kein Wort hat sie gesagt. Nicht ein Einziges! Ich habe mich fast nicht getraut, ihr das zu sagen, daß ich nicht – ich hatte Angst, daß ihr das den Rest gibt, daß sie das völlig aus der Fassung bringt."

„Und?"

„Es hat sie völlig aus der Fassung gebracht. Sie ist aufgesprungen wie ein junges Reh, trotz ihres Knies! Dann hat sie mir einen Kuß auf die Stirn gedrückt und gestrahlt hat sie dabei! Eine Glühbirne ist gar nichts dagegen!"

„Wie Jens! Genau wie Jens!"

„Dann wollte sie wissen, wo Jens ist – und weg war sie!"

„Er hat es versprochen, er wird ihr doch nichts…"

„Du meinst?" Knut schluckte. „Ist allen beiden zuzutrauen. Komm", sagte er und griff nach Katjas Hand, „wir müssen sie vorher finden!"

„Vielleicht können wir das Schlimmste verhindern!" sagte Katja ängstlich.

„Egal, was in ihren Köpfen vorgeht, wir können das nicht hinnehmen. Ich lasse mir von den beiden nicht unser Glück zerstören. Sie müssen sich zusammenraufen in Zukunft, daran führt kein Weg vorbei!" Knut schien außer sich, nicht nur, weil er noch immer nicht genug Luft bekam, sondern auch vor Erregung. Sie bewegten sich, so schnell es eben ging in die Richtung, in die Jens verschwunden war. Als sie um die Ecke des Hauses bogen, blieben sie wie angewurzelt stehen:

„Das glaube ich jetzt nicht, was ich da sehe!" Knut schaute wie ein Auto und zeigte mit ausgestrecktem Arm zu der Stelle, wo Jens und Meike standen. „Was soll das denn jetzt wieder! Verstehst du das?"

„Nein. Ich hätte alles erwartet, nur das nicht", Katja schien genauso überrascht zu sein „aber ich glaube, daß ich jetzt verstehe, was Jens meinte als er gesagt hat, daß wir denken, daß wir sehen und dabei blind sind!"

Ich hörte, daß meine Mutter mir irgendwas hinterher rief. Aber das interessierte mich nicht, ich stürmte weiter, so schnell ich konnte. Als ich am Ende meiner eng bemessenen Kräfte um die Ecke stolperte, sah ich Meike: sie kam humpelnd aus der anderen Richtung. Als sie mich entdeckte, warf sie ihre Gehhilfe weit von sich und riß ihre Arme in die Höhe:

„Jens!" rief sie und humpelte weiter.

„Meike!" röchelte ich, und kroch weiter. Es war, als wenn ich nicht von der Stelle käme, aber schließlich hatte ich sie erreicht. Ohne abzuwarten schlang ich die Arme um sie und sie preßte sich an mich.

„Das stimmt, das mit den Sternschnuppen!" sagte sie und schloß ihre Augen.

Ende.

Leseempfehlung

Klaus-Jürgen Sparfeld - Eine Woche und sieben Tage

Zwei Freunde, die ihren Urlaub in Südamerika verbringen, treffen auf zwei Freundinnen, die dies ebenfalls tun. Es kommt zu einer Reihe unvorhergesehener Ereignisse, die zu einer Vielzahl von Verwicklungen führen. Das Verschwinden von Carlos und das Auffinden eines Verletzten sowie der Versuch, ein Geheimnis zu entschlüsseln verkompliziert die Angelegenheit noch.

Eine Woche und sieben Tage - Auf dem Weg ins Abenteuer - Teil 1 der Trilogie
Abenteuerroman, 132 Seiten, Paperback
Herstellung und Vertrieb: Books on Demand GmbH, Norderstedt, ISBN 978384 4800685

Eine Woche und sieben Tage - Der Weg zum Sternenhaus - Teil 2 der Trilogie
Abenteuerroman, 140 Seiten, Paperback
Herstellung und Vertrieb: Books on Demand GmbH, Norderstedt, ISBN 978384 4806601

Eine Woche und sieben Tage - Der Kreis schließt sich - Teil 3 der Trilogie
Abenteuerroman, 156 Seiten, Paperback
Herstellung und Vertrieb: Books on Demand GmbH, Norderstedt, ISBN 978384 4809602

Klaus-Jürgen Sparfeld – Und dann kam Pit

Olaf ist sechzehn, schüchtern und unsterblich verliebt. Er fährt das erste Mal ohne seine Eltern in die Ferien: mit seinem Freund Tilo und dessen Eltern. Die räumliche Trennung von seiner großen Liebe läßt ihn fast verzweifeln. Ein Übriges trägt das pubertäre Gehabe seines Freundes gegenüber Mädchen bei, der sich in jedes Abenteuer stürzt, das sich ihm bietet. Und dann ist da noch diese Petra, die von allen nur Pit genannt wird...

Und dann kam Pit
Roman, 164 Seiten, Paperback
Herstellung und Vertrieb: Books on Demand GmbH,
Norderstedt, ISBN 978384 4813470